Diogenes T

Georges Simenon

Die letzten Tage eines armen Mannes

Roman
Deutsch von
Michael Mosblech

Diogenes

Deutsche Erstausgabe

ERSTER TEIL

Die beiden Tage in der Rue Delambre

I

Ihr Blick schweifte über das Weiß der Wände und der Decke. Sie fragte mit ausdrucksloser Stimme, wie in einem Rezitativ:

»Ist Monsieur Maghin immer noch zufrieden mit deiner Arbeit?«

Er war nicht darauf gefaßt. Genauer gesagt, es dauerte eine Weile, bis ihn die Stimme erreichte, denn er war bereits angetrunken. Dabei war er auf der Hut, solange er bei ihr in diesem Krankenhaus war. Ein kurzes Zögern, ein unmerkliches Stirnrunzeln, dann ging ihm auf, daß sie wieder eine ihrer Fallen stellte.

»Monsieur Maghin konnte mir nicht sagen, ob er zufrieden ist oder nicht, da er sich nicht in Paris aufhält.«

Das war völlig belanglos. Gewohnheit. Noch mit dem letzten Atemzug würde sie versuchen, ihn bei einem Schnitzer zu ertappen.

»Entschuldige, François, ich hatte vergessen, daß er an die Côte d'Azur gefahren ist.«

Sie log. Sie vergaß niemals etwas, vor allem nicht hier im Krankenhaus. Vielleicht war sie früher auch einmal durch die Rue de la Glacière gegangen und hatte an der Fassade eines Hauses, in einer Vertiefung in Höhe des Erdgeschosses, den Namen Oscar Maghin, Stuhlflechter, gelesen.

Eben dieser Name war ihm in den Sinn gekommen, als sie ihn gefragt hatte, ob er Arbeit gefunden habe. Er log niemals ganz. All seine Lügen enthielten zumindest ein wahres Detail. Und er wählte mit Vorliebe seltene Namen, da sie ihm überzeugender erschienen.

Sie wußte Bescheid – wahrscheinlich –, aber wie üblich würde sie nichts sagen, monatelang, jahrelang, bis es dann zusammen mit allem anderen in einem Weinkrampf hervorbrechen würde.

So wie es um sie stand, konnte es allerdings sein, daß es soweit nicht mehr kommen würde.

Er wartete auf die elektrische Glocke, die das Ende der Besuchszeit ankündigte. Da Germaine im ersten Bett nahe der Tür lag, konnte er, wenn er sich zurückbeugte, die Wanduhr im hinteren Teil des Flurs erkennen. Sie zeigte sieben Minuten vor acht.

Sie lag in Zimmer 15, einem Zimmer mit sechs Betten. Das Bett an der Wand, in dem am letzten Sonntag noch jemand gelegen hatte, war leer.

Als er eingetreten war, hatte Germaine dieses Bett bedeutsam angeblickt, und er hatte verstanden. Das kam öfters vor.

Sie hatte ihn zu sich gewinkt, um ihm ins Ohr zu flüstern:

»Du solltest ein wenig mit Mademoiselle Trudel reden. Sie erhält überhaupt keinen Besuch. Dabei ist sie so nett zu mir! Versuch ihr doch beim nächsten Mal eine Kleinigkeit mitzubringen, ein paar Apfelsinen oder Bonbons.«

Ein Paar in Trauerkleidung saß zu beiden Seiten des dritten Betts und hielt die Hände eines Kranken, der unfähig war zu sprechen.

»Mach dir keine Sorgen, François. Weißt du, ich habe keine Angst! Frag Mademoiselle Trudel! Wenn man bei der siebten Operation in einem Jahr angekommen ist! Du wirst sehen! Es wird alles gut. Morgen um zehn werde ich abgeholt, und noch vor Mittag bin ich wieder zurück. Es wird fast gar nichts herausgeschnitten.«

Die Stimme drang durch seinen Nebel hindurch. Das gehörte zu dem täglichen Ritual.

»Sorgt die Aufwartefrau wenigstens für euch beide?«

Sie glaubte auch nicht an die Aufwartefrau. Vielleicht redete sie in erster Linie zu Mademoiselle Trudel. Oder auch, weil sie wie er nur darauf wartete, daß die Glocke läutete.

Sie lebten in verschiedenen Welten. Dennoch hatte er in elf Monaten keinen einzigen Besuch versäumt, Donnerstag abends allein, Sonntag nachmittags mit seinem Sohn – und die Besuchszeit am Sonntag dauerte zwei Stunden.

Es bestand Gefahr, daß sie diese Operation nicht überlebte. Zu Beginn hatte sie François mehr oder weniger erklärt, worum es ging, und er hatte es gehaßt, wenn sie ihm sämtliche Organe aufgezählt hatte, die man ihr entfernen würde. Inzwischen verzichtete sie darauf. Das war zu kompliziert geworden. Wahr-

scheinlich betrachtete man sie endgültig als Hospitals-
eigentum. Vielleicht mußte sie für Experimente herhalten?

Falls sie sterben sollte, war es besser, wenn es während der Narkose geschah.

»Du brauchst bloß gegen Mittag anzurufen und dich
bei der Oberschwester zu erkundigen.«

»Ich werde kommen.«

»Wozu, François? Du bist noch nicht lang genug bei
Monsieur Maghin, um dich von deinem Platz zu entfernen.«

Er würde dennoch dasein, in der ersten Halle neben
dem Schalter, wie jedesmal, wenn sie operiert wurde.

»Gib Bob einen dicken Kuß von mir.«

»Ja.«

»Sei vorsichtig, wenn du über die Straße gehst. Du
warst immer schon so zerstreut. Wenn Sie wüßten, wie
zerstreut er ist, Mademoiselle Trudel!«

Das war ungefähr alles für diesen Abend. Allmählich
schwankte er auf seinen Beinen, denn er hatte sich nicht
gesetzt, sondern war in einer Haltung stehengeblieben,
wie er sie einst in der Kirche eingenommen hatte, den
Hut mit beiden Händen gegen den Bauch gedrückt.
Jedesmal sagte sie zu ihm:

»Warum legst du deinen Hut nicht auf das Bett?«

Er tat es nicht, weil er einmal gehört hatte, das bringe
Unglück. Er war nicht abergläubisch. Es geschah unbewußt.

Die Glocke tönte zum erstenmal durch die Flure,
was hieß, daß die Besucher noch fünf Minuten Zeit
hatten. Germaine drängte ihn aufzubrechen.

8

»Geh jetzt, François. Die Schwestern haben es nicht gern, wenn man bis zum letzten Moment ausharrt.«

Sie waren beide erleichtert. Er mußte nur noch aufpassen, daß sie seinen Atem nicht roch, als er sich vorbeugte, um sie auf die Stirn zu küssen.

Er hatte ihr versprochen, keinen Alkohol mehr anzurühren. Wozu eigentlich, da sie ihm doch nicht glaubte? »Kopf hoch, François!«

Er vergaß nicht, sich mit einem Lächeln von Mademoiselle Trudel zu verabschieden.

Draußen auf dem Flur achtete er darauf, daß er langsam ging, um nicht den Eindruck zu erwecken, er fühle sich von einer Last befreit. Der Geruch störte ihn nicht, auch nicht all diese kranken Frauen in all diesen Zimmern, in all diesen Betten.

In diesem Moment fragte er sich stets, ob die Tür zur Nummer 27 bereits geschlossen war. Das war Glückssache. Er wußte, wie er durch den Flur gehen mußte, um den besten Blickwinkel zu haben.

Die 27 war ein Privatzimmer, in dem stets frische Blumen standen. Und man hatte einen hellroten Schirm über die Lampe gestülpt. Wenn die Tür geschlossen war, sah er das bereits von der Biegung des Flurs aus, denn dann waren die Blumensträuße nach draußen gestellt, vor die Wand.

Binnen knapp einem Jahr hatte er viele Frauen gesehen, die hier, in diesem Krankenhaus, kein Schamgefühl mehr kannten. Die Frau im Zimmer 27 war jedoch nicht krank. Man hatte ihr lediglich ein Bein bis zum Oberschenkel eingegipst, und anfangs war dieses Bein durch eine Art Rolle hochgehalten worden.

Es handelte sich um ein Mädchen oder um eine sehr junge Frau mit blonden Haaren und sehr heller Haut. Sie vertrieb sich die Zeit damit, mit einer Zigarette in der Hand Illustrierte zu lesen. Ihr Gesicht, das fast immer hinter einer Zeitschrift verborgen war, hatte er nur selten gesehen.

Sie hatte die Angewohnheit, ihre Decke zurückzuschlagen und ihr gesundes Bein anzuwinkeln, so daß er von einer bestimmten Stelle des Flurs aus die intimen und feuchtschimmernden Schatten ihres Geschlechts erkennen konnte.

An diesem Tag sah er es, und er wurde rot, denn eine Krankenschwester, die ihm entgegenkam, folgte seinem Blick.

Danach war es ein leicht verwirrendes Gefühl, nach draußen zu gelangen, wo die Straßen noch nicht in Dunkelheit gehüllt waren. Die Fenster der oberen Stockwerke blinkten in der Sonne. Die Luft in Kopfhöhe war bläulich, nur halb klar.

Er betrat den Weinladen auf der anderen Straßenseite, der einem Händler aus der Auvergne gehörte, der zudem Brennholz und Kohle verkaufte.

»Einen Marc!«

Seit einiger Zeit schon verspürte er keinen Ekel mehr, achtete er nicht mehr auf sich, war er nicht mehr unglücklich. Er leerte sein Glas in einem Zug, nicht ohne einen leichten Brechreiz, denn der Schnaps war stark. Früher hatte er Cognac getrunken, aber er hatte festgestellt, daß der Tresterbranntwein schneller wirkte und ihn folglich billiger kam.

Der Inhaber hatte die Flasche in der Hand behalten

und füllte das Glas nach, während Lecoin in seiner Tasche nach Kleingeld suchte.

Das erforderte eine feinere Einstellung, als man glauben mochte, vergleichbar der Schärfeneinstellung eines Fotoapparats. Früher, als Bob ein Baby war, da hatte er viel fotografiert. Bei seiner Tochter weniger: die Geldsorgen hatten die Sache erschwert.

Morgens begnügte er sich mit zwei Gläsern, das erste unmittelbar nachdem er aus dem Haus getreten war, kaum daß er von der Rue Delambre in die Rue de la Gaîté bog. Das duldete keinen Aufschub, denn in diesem Augenblick fühlte er sich leer, wie von Schwindel erfaßt, voll Verlangen, ein für allemal Schluß zu machen.

Er ging durch die Straßen. Er ging viel. Er war nie so viel gegangen, bevor er arbeitslos geworden war. Er wählte stets den gleichen Weg mit den gleichen Unterbrechungen, von einigen Varianten abgesehen. Um halb zwei stellte er sich in der Schlange vor dem Zeitungsgebäude an, um als einer der ersten die Stellenangebote zu lesen.

Das war inzwischen mehr Gewohnheit als sonst etwas. Er beeilte sich nicht mehr, denn er wußte Bescheid.

Er wohnte seit zwölf Jahren im Viertel von Montparnasse, seit neun Jahren in der Wohnung in der Rue Delambre. Geboren war er nicht weit davon, in der Rue de Sèvres, ebenfalls auf dem linken Seineufer.

Mittlerweile standen Leute in den Türen, Radioklänge drangen durch die offenen Fenster, zuweilen auch, fast nur ein Schimmer, der Schein einer Lampe, die im hinteren Teil eines Zimmers stand.

Er bog niemals nach rechts in Richtung Friedhof ab, und auch das war eine Art Aberglaube. Lieber mischte er sich unter die Menschenmenge auf der Rue de la Gaîté, wo die Leuchtreklamen bereits eingeschaltet waren.

An einer Ecke gab es ein Lokal, ›Chez Popaul‹, und neben der Telefonkabine einen kleinen Rundtisch, den er fast als sein Eigentum betrachtete.

Er setzte sich, lehnte sich mit dem Rücken gegen die hellgrün gestrichene Wand. Er bestellte laut:

»Einen Marc!«

Gegenüber strömte das Volk in den leuchtenden Schlund eines Kinos. Andere gingen vorbei, schleckten Hörnchen mit Eiscreme. Da der Bürgersteig nicht sehr breit war, konnte er die Gesichter in den Autobussen erkennen.

All das war seit einiger Zeit mit dem Geschmack von Staub, von Sommer und Schweiß vermischt, denn es war sehr heiß, und selbst nachts blieben die Fenster von Paris geöffnet. Manche Leute schoben gar eine Matratze auf den Balkon.

Sie war nicht da. Es gab noch zwei andere, eine dicke Blondine, die er insgeheim »Feldwebel« getauft hatte, und das kleine, unterwürfige Dienstmädchen, das sich so ungeschickt schminkte.

Das lief ab wie in einem Ballett. Durch die Glasscheibe hindurch, auf der spiegelverkehrt, in gelben Buchstaben, der Name Popaul zu lesen war, konnte er sehen, wie sie aufeinander zugingen.

Sie schlenderten langsam über den Bürgersteig, die Handtasche mit ausgestrecktem Arm schwingend. In dem Moment, wo sie einander begegneten, verzogen sie zur Begrüßung leicht das Gesicht, kein Lächeln, eher eine Art Schmollmund. Das schiefe Gesicht des Mädchens besagte:

»Meine armen Füße!«

Selbst auf neuen Sohlen knickte sie ständig mit den Absätzen um. Sie lächelte einem Passanten zu, blieb kurz stehen, zuckte mit den Schultern und zog weiter, um in Höhe des Wäschegeschäfts kehrtzumachen, während der Feldwebel am anderen Ende der Bahn, in der Dunkelheit der Seitenstraße, einen Moment reglos verharrte.

In dieser Straße stand das Hotel mit dem fahlen Licht oberhalb der Tür und dem Büroschalter zur Rechten, der nach Linoleum roch.

Vielleicht war die dritte gerade in diesem Hotel. Die Vorstellung, daß sie mit einem Freier zusammen war, gefiel ihm, vor allem der Augenblick, da sie den Rock ihres Kostüms raffte, um auf der Bettkante Platz zu nehmen. Es gefiel ihm auch, wenn sie gelassen zurückkam, wenn sie einen Blick in seine Ecke warf, ehe sie sich mit den Ellbogen auf die Theke stützte.

»Einen Pfefferminzsirup, Popaul.«

Das Dienstmädchen unterhielt sich an der Einbiegung der kleinen Straße mit einem Mann.

»Einen Marc!« bestellte er und klopfte mit einem Geldstück auf den kleinen Marmortisch.

Er war nicht betrunken. So weit ging er nie. Er

kannte den Punkt, den er erreichen wollte, den Punkt, an dem der Nebel dicht genug war, daß er Menschen und Dinge nach Belieben verformen konnte.

In diesem Moment, als sein Blick noch über die Scheibe schweifte und er das Glas an seine Lippen führte, erstarrte er. Seine Kehle war trocken. Ein Junge stand auf dem Bürgersteig, das Gesicht gegen das Fenster gepreßt, und dieser Junge war sein Sohn, und er klopfte mit seinen kleinen, hellen Händen gegen die Scheibe.

Er stand auf, wäre fast hinausgegangen, ohne zu zahlen, und an der Straßenecke, wo die Frauen und ihre Kunden zusammenkamen, legte Bob unwillkürlich seine Hand in die seines Vaters.

»Es ist jemand zu Hause«, erklärte er.

»Wer?«

»Er hat nicht gesagt, wie er heißt. Er ist vor einer halben Stunde gekommen und hat gefragt, ob ich dein Sohn bin.«

»Warum hast du nicht mit ihm auf mich gewartet?«

»Ich weiß nicht. Ich hatte Angst.«

Es gab noch eine andere Frage, die François Lecoin auf den Lippen brannte, die er jedoch nicht zu stellen wagte.

Ihr Haus war nur zweihundert Meter entfernt, doch noch nie war Bob tagsüber bei Popaul erschienen. Abends war er gehalten, um acht Uhr schlafen zu gehen. Wenn François heimkehrte, fand er ihn dann im Bett vor, wo er sich mehr oder weniger schlafend stellte, während sich sein Vater über ihn beugte, um ihm einen Gutenachtkuß zu geben.

»Guten Abend, mein Sohn.«

»Guten Abend, Papa.«

Auch dort achtete er auf seinen Atem.

»Wie sieht er aus?«

»Er ist sehr dick und hat kaum noch Haare. Er hat eine komische Art zu reden.

›Du bist wohl sein Sohn?‹ hat er mich so streng gefragt, daß ich gedacht habe, er will mich schlagen.«

»Was hat er gemacht? Hast du ihn allein gelassen?«

»Ich hab ihm gesagt, ich geh dich holen. Er hat sich in deinen Sessel gesetzt. Er hat gefragt, ob wir etwas zu trinken haben.«

»Und?«

»Er hat mir einen Schein gegeben, damit ich runtergehe und ihm eine Flasche Cognac kaufe.«

»Hast du das getan?«

Bob reichte ihm den Geldschein, den er in seiner geballten Faust behalten hatte.

Sie gingen schneller. Als sie an dem Weinladen vorbeikamen, blieb François stehen. Er fragte sich, ob er nicht besser daran tat, für alle Fälle die Flasche zu kaufen.

»Bist du sicher, Bob, daß du ihn noch nie gesehen hast?«

»Ganz sicher.«

Er kaufte eine erstklassige Flasche mit drei Sternen. Wegen des Unbekannten erschien ihm seine Straße weniger vertraut, sie hatte etwas Unwirkliches. Die Fußgänger wirkten geheimnisvoll.

»Wie...«

Nein! Das war die Frage, die er nicht stellen durfte.

War es nicht merkwürdig, daß sein Junge das Gesicht ausgerechnet gegen Popauls Scheibe gepreßt hatte? Konnte es sein, daß er Bescheid wußte?

Sie wohnten im ruhigsten Teil der Rue Delambre. Die Concierge war in ihrer Loge. Mit gespreizten Beinen enthülste sie Erbsen über ihrer Schürze, neben ihr stand ein Bottich voll Wasser.

»Guten Abend, Madame Boussac!« stieß er hervor.

Er wußte, daß sie keine Antwort geben, nur mürrisch, verächtlich das Gesicht verziehen würde, denn er war zwei Mieten im Rückstand.

Es gab keinen Aufzug, aber das Treppenhaus mit dem roten, von Kupferstangen an die Stufen gedrückten Teppich war sauber.

Dritter Stock. Die Tür rechts. Er suchte in seiner Tasche nach dem Schlüssel, doch dann merkte er, daß die Tür nur angelehnt war. Gedankenlos hängte er seinen Hut an die Garderobe. Von der Tür des Eßzimmers aus sah er zwei große, spöttische Augen, die ihm lauernd entgegenblickten.

»Hallo, François!«

Der Junge hielt sich hinter ihm, er klammerte sich an das Jackett seines Vaters.

»Guten Abend, Raoul.«

»Das hast du nicht erwartet, was? Hast du wenigstens die Flasche mitgebracht? Ich wette, ich hab dem kleinen Mann Angst eingejagt.«

François wandte sich um und sagte fast widerwillig:
»Das ist dein Onkel, Bob.«

»Welcher Onkel?«

»Mein Bruder Raoul. Der, der in Afrika war.«

»Ah!«

»Er scheint nicht besonders erfreut, meine Bekanntschaft zu machen.«

»Das ist das erste Mal. Er muß ins Bett. Er müßte schon längst schlafen. War er nicht im Bett, als du kamst?«

»Ich wollte mich gerade ausziehen.«

»Geh schlafen.«

»Ja, Papa. Kommst du mir gute Nacht sagen?«

»Und mir sagst du nichts?«

»Gute Nacht, Monsieur.«

»Gute Nacht wer?«

»Gute Nacht, Onkel.«

Bob ließ die Tür seines Zimmers einen Spalt offen; sein Vater drückte sie zu, und die beiden Männer waren allein. Der Sekretär zwischen den beiden Fenstern war geöffnet, und auf dem Rundtisch waren Blätter verstreut.

»Wie wäre es für den Anfang mit einem Gläschen?« schlug Raoul vor, ohne sich aus seinem Sessel zu erheben.

Er hatte sein Jackett und seine Krawatte ausgezogen und den Hemdkragen über seiner fetten Brust geöffnet.

Er war wirklich dick geworden, von einem unschönen, gelben Fett, das überall Wülste bildete.

François' Blick schweifte von dem Wirrwarr der auf dem Tisch herumliegenden Blätter zu der Platte des offenstehenden Sekretärs.

»Stört es dich?« fragte sein Bruder. »Komm, ich hätte auf den ersten Blick Bescheid gewußt! Und ohne dich eigens ansehen zu müssen! Wir sind doch vom gleichen Blut, oder?«

François rechnete nicht sogleich nach. Raoul mußte sechsundvierzig oder siebenundvierzig Jahre alt sein, er selbst war nur sechsunddreißig. Ja, genau zehn Jahre Unterschied, vielleicht einige Monate mehr oder weniger.

Mechanisch öffnete er die Anrichte, nahm zwei Gläser, suchte in der Schublade nach dem Korkenzieher mit dem Horngriff.

»Wann hat es bei dir angefangen...?«

»Was?«

»Wie unsere beiden Großväter, die Halunken...«

François verzichtete auf eine Antwort.

»Ich wußte nicht, daß du nach Frankreich zurückkommen würdest.«

»Du wußtest nicht, wo ich war. Macht nichts. Ich bin um sechs Uhr an der Gare Montparnasse angekommen. Ich hab meine Koffer gegenüber, im ›Hôtel de Rennes‹, gelassen, und dann ist mir deine Adresse eingefallen. Ich hab mich gefragt, ob du vielleicht umgezogen bist. Ist deine Frau tot?«

»Sie liegt im Krankenhaus. Ich komme gerade von ihr...«

»Wird sie sterben?«

»Ich weiß es nicht.«

»Wie alt ist der Junge?«

»Er ist letzten Monat neun geworden.«

»Warum nennst du ihn Bob? Ich dachte, du hättest ihm den wohlklingenden Namen Jules gegeben.«

Das stimmte. Jules war der Vorname ihres Vaters,

und François hatte Wert darauf gelegt, seinen Sohn nach ihm zu benennen, aber gewöhnlich riefen sie ihn Bob.

»Zum Wohl.«

»Zum Wohl.«

Raoul, der sein Glas in einem Zug geleert hatte, erhob sich aus seinem Sessel, um nach der Flasche zu greifen und sich erneut zu bedienen.

»Bist nicht gerade froh, mich wiederzusehen, was?«

Sein Lächeln war zynisch, selbstzufrieden. Am verblüffendsten, am schockierendsten war seine Stimme; François war, als hätte er sie noch nie gehört.

»Bringen die was ein, die Dinger da?«

Er deutete mit dem Kinn auf den Wirrwarr von Briefen, die François hartnäckig aufbewahrte.

»Papa!« rief Bob aus der Dunkelheit seines Zimmers.

Als sich sein Vater über sein Bett beugte, stammelte er:

»Ich mag ihn nicht. Du etwa?«

Es war besser, nicht zu antworten. Er mußte in das grelle Licht des Eßzimmers zurück, erneut den grausamen Blick seines Bruders ertragen.

»Wann hast du angefangen?«

»Weiß ich nicht mehr.«

»Ist Marcel darauf reingefallen?«

Marcel war ihr Bruder, der Advokat, wie er zu Beginn seiner Karriere genannt wurde. Inzwischen war er Mitglied des Stadtrats und Leiter einer großen Rechtsabteilung.

»Gib zu, Marcel hat sich nicht aufs Kreuz legen lassen.«

Keine Antwort.

»Schwachkopf! Dann warst du also so naiv, dich an Renée zu wenden!«

Marcels Frau, die Tochter des alten Eberlin, die Millionen von ihrem Vater geerbt hatte.

»Stehst du noch in Verbindung mit ihnen?« fragte François, um dem Gespräch eine andere Richtung zu geben.

»Wir haben uns hin und wieder geschrieben. Auf die Art habe ich auch mitten in Gabun von Eberlins Tod erfahren. Der alte Schuft! Trink.«

»Danke.«

»Bist du nicht betrunken?«

»Ich bin nie betrunken.«

»Das habe ich auch gesagt.«

»Hör zu, Raoul...«

»Nichts da! Du hörst mir zu.«

Er nahm aufs Geratewohl eines der Blätter vom Tisch und hielt es recht weit von sich, wie jemand, der schlechte Augen hat.

»*Werter Herr und Freund...*«

»Raoul!«

»*Sie sind sicher überrascht, nach so langen Jahren diesen Brief zu erhalten. Aber seien Sie versichert, daß ich eine unauslöschliche Erinnerung an die Zeit habe, da ich Ihr Mitschüler auf Stanislas war, und daß...*«

»Leiser«, flehte François und schaute auf die Tür, hinter der Bob im Bett lag.

»Hält dich dein Sohn für einen großen Mann?«

»Ich bitte dich!«

»*...und daß ich erst nach langem Zögern den Ent-*

20

schluß gefaßt habe, mich in einer Zeit, da schwere Prü-
fungen über mich hereinbrechen, an Sie zu wenden…

Schwere Prüfungen, die hereinbrechen… Erinnert
dich das nicht an etwas? Das ist haargenau Mamas Stil.
Warte! Wieviel verlangst du von ihm? Er heißt Allais.
Was ist er jetzt?«

»Stellvertretender Direktor einer Versicherungsgesellschaft.«

»*…Sie wissen, daß ich eine ordentliche Ausbildung
hatte. Ich bin noch jung, einsatzbereit. Es ist mir peinlich, von einer Tugend zu sprechen, die heutzutage nicht
mehr viel zählt, aber ich lege Wert darauf, Ihnen mitzuteilen, daß ich ehrlich bin, rechtschaffen und ehrlich.
Wollte ich vorgehen wie manch anderer…*

Wie Marcel zum Beispiel?«

»Marcel ist…«

»Marcel ist ein Lump. *…Ich bin sicher, daß es in
Paris einen Posten gibt, auf dem ich beweisen kann, was
ich…*

Dummer Hund! Der uralte Trick! Und das ganze
Pipapo: Hingabe, Dankbarkeit… Schau her! Er ist
drauf eingegangen, der gute Allais, wie ich sehe. Hundert Francs, hast du mit Bleistift vermerkt.«

»Bitte, Raoul. Mein Sohn…«

»Was, dein Sohn? Ist er nicht ein Lecoin wie wir
auch? Mit einer leichten Beigabe Ruel zur Abwechs-
lung. So heißt doch seine Mutter? Lecoin-Ruel. Und
ein Schuß Naille über unsere werte Mama.«

»Sei bloß still!«

»Überdies, was macht eigentlich deine Schwieger-
mutter? Ich dachte, sie lebt bei dir.«

Er schaute sich um, als sei er darauf gefaßt, in einer Ecke den Schatten einer alten, gebrechlichen Frau zu erblicken.

»Sie ist gestorben.«

»Immerhin etwas.«

»Du bist betrunken, nicht wahr?«

»Nicht mehr als sonst auch. Nicht mehr als Groß-vater Lecoin oder Großvater Naille. Man tut, was man kann.«

»Gib mir die Flasche.«

»Nein.«

»Bist du bei Marcel vorbeigegangen?«

»Nein.«

»Wirst du vorbeigehen?«

»Weiß ich noch nicht.«

»Bleibst du lange in Frankreich?«

»Vielleicht für immer.«

»Ich dachte, du seist verheiratet.«

»Sogar zweimal. Meine zweite Frau muß mitsamt meiner Tochter irgendwo hier stecken.«

»Du kennst ihre Adresse nicht?«

»Es interessiert mich nicht. Ich hatte vor drei Mona-ten, mitten im Busch, einen Anfall von gallehaltigem Blutharnen, und ich wäre fast abgekratzt. Da hab ich das nächste Schiff genommen.«

»Es heißt, du seist reich.«

»Ammenmärchen. Auf mich brauchst du bei deinen Schundbriefen bestimmt nicht zu zählen.«

»Bitte!«

»Im Gegenteil, die sind es wert, laut gelesen zu wer-den. Hör dir den an. Wenn ich recht verstehe, ist er an

22

einen Zeitungsdirektor gerichtet. Ich pick nur die Rosinen heraus: *Ich habe seit jeher Gefallen am Schreiben*... Donnerwetter! Erster Preis im Aufsatz...! *Dennoch bin ich bereit, den wenn auch reinen Verwaltungsposten anzutreten, den Sie die Güte haben werden mir anzuvertrauen. Bei einem Mann wie Ihnen wäre jede falsche Bescheidenheit fehl am Platz, und ich sage Ihnen also unumwunden, daß ich meinen Wert kenne*... Vortrefflich, daß du sogar die Summe angibst! Soundso viel im Monat! François Lecoin ist soundso viel im Monat wert! Was hat er dir geantwortet, der Herr?«

»Die Krise...«

»Großer Gott!«

»Ich versichere dir, Raoul, es ist nicht so, wie du denkst. Ich hatte einen Schicksalsschlag nach dem andern. Meine Frau ist nicht erst seit einem Jahr krank. Tatsächlich schleppt sie sich schon seit vier Jahren dahin. Wenn ich abends nach Hause kam, mußte ich putzen und aufräumen. Und dazu die Kleine...«

»Du hast eine Tochter?«

»Ja, Odile. Sie ist sechs Jahre alt. Wir mußten sie wegen ihrer Lunge in die Berge schicken. Sie lebt bei einer Bauernfamilie in Savoyen.«

»Und die Pension hast du schon lange nicht mehr bezahlt?«

»Woher weißt du das? Nun ja, das Krankenhaus. Wir sind keine Bedürftigen, wir müssen alles bezahlen.«

»Und du bist im Rückstand.«

»Germaine besitzt ein kleines Haus, das sie geerbt hat.«

»Hast du es nicht verkauft?«

»Der Preis, der dafür geboten wird, deckt nicht die Hypotheken. Statt dessen verhilft uns die Hütte dazu, als Hauseigentümer eingestuft zu werden...«

»Wieso hast du deine Arbeit verloren? Weil du gepichelt hast, hm?«

»Mein letzter Chef hat sich aus dem Geschäft zurückgezogen. Ich hatte sämtliches Pech auf einmal.«

»Nein.«

Ohne es zu wollen, senkte François vor seinem älteren Bruder den Kopf. Früher hatte ihr Altersunterschied gereicht, um sie auf verschiedene Stufen zu stellen. Und sie hatten sich, von einem kurzen Treffen in Paris abgesehen, seit achtzehn Jahren nicht mehr gesehen.

»Reich mir dein Glas.«

»Nein.«

»Reich mir dein Glas. Ich hasse es, allein zu trinken. Hast du zu Abend gegessen?«

»Bob und ich essen immer, bevor ich ins Krankenhaus gehe.«

»Kochst du selber? Und wer spült das Geschirr? Was ist mit dem Rest?«

»Anfangs ist die Concierge für zwei Stunden am Tag hochgekommen.«

»Sie war nicht gerade freundlich zu mir, deine Concierge. Nicht bezahlt, was?«

Es war sehr heiß im Zimmer, obwohl beide Fenster geöffnet waren. François beugte sich vor und schaute auf die große Uhr, die dem Geschäft gegenüber als Reklame diente. Es war halb zehn. Unterhalb der Uhr standen die Worte, die er unablässig vor Augen hatte, seit er in der Rue Delambre wohnte: »Pachon, vormals Glassner«.

Für einen Moment überlegte er, sich weiter vorzu- beugen, sich ins Nichts fallen zu lassen, auf den Bürger- steig, der direkt unter ihm von einer Straßenlaterne beleuchtet wurde.

Er wußte, daß er es nicht tun würde. Er kehrte in das Zimmer zurück, erblickte die halbleere Flasche und griff nach ihr.

»Endlich!« meinte sein Bruder hämisch.

»Endlich was?«

»Nichts! Trink schon, Kleiner. Weißt du noch, wie der alte Naille so besoffen war, daß er in den Küchen- herd gepinkelt hat?«

François mußte wider Willen lachen.

»Und unsere hehre Mutter, die noch kurz vor ihrem Tod behauptet hat:

›Das ist nicht wahr. Das kam nur daher, daß er auf seine alten Tage nicht mehr ganz bei Verstand war.‹

Erinnerst du dich, François? Sie hat auch behauptet, sein Vermögen habe er nur aus purer Menschenfreund- lichkeit verloren, weil er so unvorsichtig war, einige Wechsel für einen in Not geratenen Freund zu unter- zeichnen.

An diesem Abend, altes Haus, an diesem Abend mit den Wechseln, da war er voll wie eine Haubitze. Trotz- dem war es seine Schwester, die in einem Irrenhaus das Zeitliche gesegnet hat.«

»Bist du sicher?«

»Hat dir Mama etwas anderes erzählt?«

»Sie hat behauptet, Emma sei an einer Rippenfell-
entzündung gestorben.«

»Wenn man sie so hört, hat unser Großvater Lecoin
wohl auch nie die Syphilis gehabt?«

»Raoul!«

»Schau her! Du sagst das mit der gleichen Stimme
wie Mama. Weißt du, daß du ihr ähnelst? Du hast die
gleiche Art, den Kopf ein wenig schräg zu halten, als
wärst du schüchtern, als wolltest du dich dafür entschuldigen, daß du da bist. Du siehst immer noch ein
wenig so aus, als gingst du in eine Kirche.«

»Mir wäre lieber, du würdest aufhören, von Mama
zu reden.«

»Worüber soll ich denn reden?«

Aber François konnte nicht mehr antworten: ein
Schluchzen entlud sich in seiner Kehle wie ein Schluck-
auf, und für einen Moment faßte er sich an die Brust,
die Augen tränenfeucht, als müßte er sich übergeben.

2

Er wachte auf, weil ihm die Sonne ins Gesicht schien. So wußte er, noch bevor er die Augen aufmachte, daß es sehr spät war, so wie er, gleichsam durch den Schlamm des letzten Schlafs watend, bereits gewußt hatte, daß ihn auf der anderen Seite des Erwachens nur Übles erwartete.

Sein erster, flüchtiger und verschämter Blick galt dem Bett seines Sohnes – seit Germaine im Krankenhaus war, teilten sie das gleiche Zimmer –, und der schonungslose Anblick der abgezogenen Laken traf ihn wie ein erster Vorwurf. Bob war aufgestanden, vermutlich ausgegangen, denn die Wohnung mit den offenen Türen und Fenstern wirkte leer. In dem leichten Säuseln der Luft war noch ein schwacher Kakaoduft wahrzunehmen.

Die große Uhr oberhalb des Schaufensters von Monsieur Pachon zeigte zehn Uhr zehn, und von oben blickte man auf eine Art Kaviar aus Köpfen herab, die sich um die kleinen Gemüse- und Obstkarren scharten.

Er hätte, wie versprochen, längst im Krankenhaus sein müssen, neben dem Schalter in der Eingangshalle, um das Ergebnis der Operation abzuwarten, und der Umstand, daß er sein Versprechen nicht gehalten hatte, verursachte ihm weiteres Unbehagen.

Auf dem Küchentisch standen eine große Tasse, in der heiße Schokolade gewesen war, und ein Eierbecher mit einer leeren Schale, daneben lag ein aus einem Heft gerissener Zettel, auf den der Junge geschrieben hatte:

»Ich bin bei meinem Freund.«

Das hieß zwei Häuser weiter bei einem Klempner, in einem Hof, der mit Handkarren und allerlei Material vollgepfropft war, aus dem die Kinder eine phantastische Welt schaffen konnten.

François war sich nicht sicher, aber er glaubte sich zu erinnern, daß er in aller Frühe die Augen aufgeschlagen hatte, als die Sonne noch nicht in die enge Straße schien. Das Bild, wie sich Bob lautlos, ihn aus dem Augenwinkel beobachtend, anzog und dann mit den Schuhen in der Hand hinausschlich, war ihm noch ganz frisch im Gedächtnis.

Hatte François ihm nicht gesagt, er sei krank? Hatte Bob ihm geglaubt? Hatte er seinen Vater schnarchen hören, und hatte er den üblen Geruch des Alkohols im Zimmer wahrgenommen?

Die leere Flasche und die Gläser standen neben Unmengen von Zigarettenstummeln auf dem Tisch des Eßzimmers herum. Nichts war genau an seinem Platz, nichts bot das vertraute Bild, und das Fotoalbum mit den Kupferecken lag offen neben einem Aschenbecher.

Er wußte nicht, was tun. Er trieb dahin, wirklich krank. Es ging ihm durch den Kopf, Kaffee aufzusetzen, aber allein bei dem Anblick der gelben Flecken auf der weißen Eierschale wurde ihm übel. Vergeblich versuchte er sich zu erbrechen. Er war nicht einmal in der Lage, ein Glas Wasser zu trinken.

Er stand immer noch unter dem Eindruck des Traums, der ihn heimgesucht haben mußte, kurz bevor er aufgewacht war. Er war in einem Bahnhof, mitten im Gewühl, und diskutierte hitzig mit einem Mann in Uniform, der ihm seine Fahrkarte abgenommen hatte, und er hielt Bob an der Hand. Er verstand nicht, warum ihn jener nach hinten zu ziehen suchte. Das war lächerlich, denn was er dem Beamten zu sagen hatte, war von größter Bedeutung. Die Leute ringsum betrachteten ihn verächtlich, und er verstand nicht, warum, bis ihm plötzlich auffiel, daß er völlig nackt war.

Nackt, aber nicht in seiner eigenen Nacktheit. Das war das Unerklärliche an diesem Traum. Er war nackt wie sein Onkel Léon, der Bruder seiner Mutter, den sie zuweilen in Melun besucht hatten, als er in Bobs Alter war; nackt wie sein Onkel Léon, als er ihn einmal durchs Schlüsselloch im Zimmer der Hausgehilfin und in deren Gesellschaft ertappt hatte.

Zu dieser Zeit war er ein wenig älter gewesen als Bob. Er mußte zwölf gewesen sein. Onkel Léon war fuchsrot mit einer hellen, fast leichenblassen Haut. Auch die Haut der Hausgehilfin wirkte in dem Halbdunkel des Mansardenzimmers aschfahl. Niemals hätte er gedacht, daß die menschliche Haut von einem so harten Weiß sein konnte, auf dem sich sämtliche Härchen wie mit Tinte gestrichelt abzeichneten. Es war widerlich. Er hatte die schweren, weichen Brüste der Frau gesehen, die älter war als seine Mutter, und vor allem ihr Unterleib, schwarz wie eine Höhle, hatte ihn jahrelang verfolgt. Danach war er unfähig gewesen, seinen Onkel zu küssen oder ihm nur ins Gesicht zu sehen.

»Ich werde dich operieren müssen, mein Junge!«

Das hatte nicht Onkel Léon gesagt. Das war sein Bruder Raoul gewesen, letzte Nacht. War das nicht ein merkwürdiger Zufall?

Dieser Ausdruck gehörte zu einem Wortschatz, den François beinahe vergessen hatte. Er stammte aus den Ferien, die die Familie in Seine-Port verbracht hatte, genauer gesagt von einem Bediensteten in dem Gasthaus am Ufer der Seine, der stets in ein Jagdkostüm gekleidet war. Seine Aufgabe bestand in erster Linie darin, die Boote für die Angler in Ordnung zu halten, doch zuweilen rief ihn die Wirtin, damit er die Hasen oder Hühner tötete. Dann konnte man ihn, ein Tier unter jedem Arm, vorübergehen sehen, und er sagte mit wilder Sanftmut:

»Habt keine Angst, Kinder! *Ihr werdet nur operiert!«*

Raoul hatte diesen Ausdruck aus ihrer Kindheit gegenüber seinem Bruder wiederholt. Und eben dieses Wort *operieren* hatte François insgeheim für das Tun seines Onkels verwendet.

Und drüben im Krankenhaus, wurde dort nicht Germaine gerade wirklich operiert?

»Mein Junge!« hatte ihn Raoul genannt.

Das war das Wort, das ihr Vater benutzt hatte, wenn er mit ihnen sprach.

Und Raoul hatte ihn operiert, ebenso wild wie der Mann in Seine-Port – er hieß Celestin –, ebenso schmutzig wie sein Onkel Léon.

Nicht den Körper eines Mannes hatte Raoul bloßgelegt, sondern – ganz wie in dem Traum – nichts als kranke Haut, Haare, obszöne Geschlechtsorgane, wie sie auf die Wände der Pissoirs gekritzelt wurden.

François getraute sich kaum mehr, seinen Blick auf das Fotoalbum zu richten, das aufgeschlagen auf dem Tisch lag.

Das Ganze war von einer quälenden Grausamkeit, die ihn an sein eigenes Gesicht im Spiegel der Toilette erinnerte, die so manchen Vormittag, der einer üblen Nacht folgte, von einem trüben Tageslicht erhellt war. Und an Germaine, Germaine auf ihrem Krankenbett, wo noch der Geruch hinzukam.

Er hatte versprochen, hinzugehen, während der Operation im Wartesaal zu sein, doch er hatte nicht die Kraft, sich anzuziehen, nicht einmal, sich zu waschen. Er wagte sich kaum zu rühren, denn bei jeder Bewegung wurde er von Schwindel befallen.

Die Luft war warm, feucht, voller Schwingungen und vertrauter Geräusche, aber er vermied es unbewußt, sich ans Fenster zu stellen, als befürchtete er, einem menschlichen Blick zu begegnen. Hätte er nicht Angst gehabt, daß die Leute gegenüber sich fragten, was mit ihm sei, er hätte die Fenster geschlossen und die Vorhänge zugezogen.

Er hatte Durst. Er verspürte das dringende Bedürfnis, etwas zu trinken. Angeekelt packte er den Hals der leeren Flasche und preßte ihn gegen die Lippen, doch sie enthielt gerade noch einen lauwarmen Tropfen Alkohol, der nach Korken schmeckte. Und nach Raoul, ein ebenso schaler wie intensiver Geschmack, der trotz der offenen Fenster und der Gerüche von der Straße nur zu seinem Bruder gehören konnte.

»Der Geruch der Familie!« hätte Raoul höhnisch bemerkt. »Der Geruch der Familie Lecoin, vermischt mit dem der Nailles. Und bei dir auch ein wenig mit dem Geruch der Ruels!«

Er hatte sie umgerührt, alle, mit einer dumpfen, von Jubel durchsetzten Wut. Er hatte sie *operiert,* alle, die sie da waren, einen nach dem andern.

François zürnte ihm nicht. Er hatte lediglich Angst vor seinem Bruder, solche Angst, daß es ihn erschreckte, ihn in der gleichen Stadt zu wissen, drüben in seinem Hotel gegenüber der Gare Montparnasse, keine fünfhundert Meter entfernt, wo man die Züge pfeifen und fahren hörte.

Raoul schlief bestimmt wie ein Stein in seinem Schweiß. Er hatte keine Probleme, vielmehr keine mehr. Vielleicht würde er den ganzen Tag schlafen, da er sich vorgenommen hatte, am Abend einen neuen Rundumschlag zu veranstalten.

Raoul war ein Teufel. Er kannte seine, François', Schwachpunkte besser als er selbst, obwohl er ihn seit fünfzehn Jahren nicht gesehen hatte.

»Du bemühst dich, Papa ähnlich zu sein, nicht wahr?«

Die einzige Person, die einzige – bereits verblaßte – Erinnerung, die François um jeden Preis aus diesem teuflischen Spiel heraushalten wollte! Er mußte ihn angefleht haben. Er wäre fähig gewesen, sich auf die Knie zu werfen.

»Laß mir wenigstens Papa!«

Aber nichts hatte Raoul aufhalten, ihn daran hindern können, auf jeden jenes tödliche Licht zu werfen, in dem François eines Tages Onkel Léon und die Haus-gehilfin gesehen hatte.

»Weißt du, mein Junge...«

War François bereits völlig betrunken gewesen, als er entdeckt hatte, daß sein Bruder das gleiche Auf und Ab in der Stimme hatte wie ihr Vater? Es war befremdend, diese Stimme zu hören und dabei einen dicken Mann mit gelblicher Hautfarbe, spärlichem Haarwuchs, vom Alkohol aufgedunsenem Gesicht und behaarten Unter-armen, die aus den umgekrempelten Ärmeln hervor-stachen, vor sich zu haben.

»Weißt du, mein Junge...«

Er, der nie zuvor dieses Haus betreten hatte, er hatte das Fotoalbum aus der Schublade des Sekretärs geholt. Er mußte es zynisch durchgeblättert haben, während Bob auf der Suche nach seinem Vater durch die Straßen lief. Er machte keinen Hehl daraus. Er machte aus nichts einen Hehl. Im Gegenteil, er stellte alles mit fröhlicher Selbstgefälligkeit zur Schau.

»Weißt du, mein Junge, der Unterschied zwischen Papa und dir besteht darin, daß Papa nicht daran glaubte.«

»Woran?«

»An all das!«

Er deutete auf die erste Seite des Albums, auf der zwei vergilbte Fotografien zwei Paare zeigten: die Großeltern Lecoin und die Großeltern Naille.

Lag es daran, daß die beiden Männer fast den glei-chen Backenbart, den gleichen Schnauzbart, die gleiche sehr hoch geknotete Krawatte trugen und die Frauen die völlig gleichen Puffärmel?

Die beiden Paare mußten zur Zeit der Aufnahme knapp dreißig Jahre alt gewesen sein. Sie kannten einander noch nicht. Sie wußten nicht, daß sie dereinst die gleiche Seite eines Familienalbums zieren würden. Dennoch herrschte zwischen ihnen eine solche Ähnlichkeit, daß François ganz verwirrt gewesen war, als er dessen zum erstenmal gewahr wurde.

»Der Anfang vom Niedergang, verstehst du, Kleiner? Papa und Mama waren schon um einiges tiefer gesunken. Und was uns betrifft...«

Auf den nächsten Seiten folgten die Amateurfotografien, unscharf oder vergilbt, einige ganz rissig.

»Die Seite der Schlösser!« höhnte Raoul.

Sie waren bereits betrunken, aber François merkte es nicht. Nicht einen Moment während der ganzen Nacht war ihm bewußt gewesen, daß er betrunken war.

Das waren keine Schlösser, worauf Raoul anspielte, sondern stattliche Landhäuser, wie sie die Großbürger des vergangenen Jahrhunderts besaßen.

Das der Familie Naille in Bougival am Ufer der Seine war geräumiger, prunkhafter.

»Sie haben es dir im Vorbeigehen gezeigt, nicht wahr? Erinnerst du dich an Mamas schicksalergebene Miene, wenn sie seufzte:

›Hier bin ich geboren. Bis zu meinem fünfzehnten Lebensjahr hatte ich mein eigenes Zimmermädchen, meine eigene Hauslehrerin, mein eigenes Pony...‹

Soll ich dir die ganze Litanei herunterbeten? Du bist lange nach mir zur Welt gekommen, aber ich wette, sie haben dich mit dem gleichen Wiegenlied in den Schlaf gesungen. Mamas Vorrat war unerschöpflich.

›Ganz in unserer Nähe stand das Haus der Maupassants, und auf der anderen Seite wohnte ein verbannter König ...‹

Vielleicht hat sie auch Emilienne d'Alençon erwähnt und ein paar andere Vetteln von damals, deren Sommerhäuschen in der Gegend standen.

Eine feine Gesellschaft, mein Junge?

Von wegen! Die Nailles waren nämlich Nägelfabrikanten, sonst nichts. Schon der Vater unseres Großvaters machte in Nägeln, und in seinen Werkstätten beschäftigte er zwölfjährige Kinder, die fünfzehn Stunden am Tag arbeiteten. Natürlich stellte er auch Frauen ein, und die Vorarbeiter – vielleicht sogar unser Großvater höchstpersönlich, wenn sich die Gelegenheit ergab – machten ihnen versehentlich Kinder und setzten sie anschließend auf die Straße.

Deshalb war Mama auch so empfindlich. So *feinfühlig*, wie sie sagte. Eine schöne Seele! Erinnerst du dich an die schöne Seele? *Wißt ihr, Kinder, wenn man eine schöne Seele hat ...*

Grausam war sie, die schöne Seele. Papa wußte einiges darüber. Du kannst dir nicht vorstellen, wie schrecklich es ist, eine schöne Seele zu heiraten, die in *Les Gloriettes* – so hieß das Haus in Bougival – aufgewachsen ist und dermaßen viele Leute hatte, die sie bedienten.

Papa stammte aus dem Amtsadel, wie es damals noch hieß. Alles Richter seit Generationen, feine, unerbittliche Richter, die Ländereien in der Provinz hatten und in verschiedenen Verwaltungsräten saßen.

Nur daß man in der Familie Lecoin sein Geld eher

verlor als in der Familie Naille. Offenbar sind Ände-
reien weniger haltbar als Nägel.

Unser Großvater war ein Hanswurst, der die Tänze-
rinnen liebte und das Pech hatte, sich die Syphilis zu
einer Zeit zu holen, wo sie noch unheilbar war.

Schau dich an, mein Junge.«

»Ich bin nicht krank.«

»Du bist schön! Wir alle sind schön! Und intelligent,
mit einem eisernen Willen, nicht wahr? Und voller
Zuversicht, doch, doch! Und das, das verdanken wir
Mama.

›Kinder, vergeßt nie, wer ihr seid. . .‹

Wahrhaftig! Die Lecoins und die Nailles. Vor allem
natürlich die Nailles. Les Gloriettes, die Hauslehrerin,
das eigene Dienstmädchen und das Pony. . .

Man verkehrt doch nicht mit irgendwem, wenn man
aus einem solchen Schoß hervorgegangen ist!

Ah, ihr Schoß! Gib zu, du erinnerst dich an ihren
Schoß. Sie hat oft genug davon geredet, als sei sie die
einzige auf der Welt, die einen hatte, die einzige, die
Kinder geboren hat. Weißt du, daß sie uns das zum
Vorwurf gemacht hat? All die Mühe, die es sie gekostet
habe, uns auszutragen, uns auf diese Erde zu bringen,
und all die Wehwehchen nachher und wie ungezogen
wir waren, von Anfang an, die ganze Nacht hätten wir
mit Absicht geschrien, um sie am Schlafen zu hindern!

Verfluchte Mama! Unser armer Vater sagte
nichts. . .«

»Willst du behaupten, Papa war nicht glücklich?«

»Du seliger Trottel! Guck dir doch sein Porträt an!
Guck ruhig! Schlag die Seite um.«

Er war groß und hager, mit kahler Stirn und hellem Schnurrbart, der zu beiden Seiten des Mundes herunterhing. Er schaute durch seine Stilbrille vor sich hin, ein ebenso fester wie sanfter Blick, und die Andeutung eines Lächelns spielte in seinen Zügen.

»Kennst du dieses Lächeln nicht?«

François sagte nein, doch im gleichen Moment spürte er, daß er log, denn dieses Lächeln hatte er oft an sich selbst im Spiegel gesehen.

»Glaub mir, mein Junge, Menschen, die so sanft, so geduldig lächeln, das sind Menschen, die ein für allemal aufgegeben haben. Sie haben aufgehört zu kämpfen, verstehst du, etwas von anderen zu erwarten. Man schließt die Fensterläden und ist ganz allein.«

»Papa hat uns geliebt.«

»Sicher. Deshalb war er auch alles andere als fröhlich.«

»Was meinst du damit?«

»Weil er uns kannte! Er wußte genau, welchen Weg wir einschlagen würden.«

»Mama hat er auch geliebt.«

»Er war nett zu ihr. Er ist kein einziges Mal laut geworden, nicht wahr? Weil er wußte, daß das zu nichts führte. Also hat er sich sein kleines inneres Glück gezimmert. Jeden Morgen ging er bedächtig zu seinem Ministerium, und entweder schien die Sonne oder es regnete, und beides war für ihn eine kleine Freude. Er machte sich seine kleinen Freuden, sonst nichts. Für sich allein. Doch gerade das brachte Mama auf die Palme.

›Man merkt, daß du ein Lecoin bist, ehrlich!‹

Erinnerst du dich? Hat sie dich nicht als Lecoin bezeichnet, wenn sie wütend war?

Man stelle sich vor! Als Frau eines Bürovorstehers im Tiefbauamt zu enden! Nur ein Dienstmädchen zu haben und seine Ferien in einem mittelmäßigen Gasthof zu verbringen!

Übrigens, hast du sie in den letzten Jahren oft gesehen?«

»Ich habe sie jede Woche besucht.«

»Mit deiner Frau?«

François schwieg.

»Natürlich! Wo habe ich nur meinen Kopf? Die Tochter eines Trödlers!«

»Germaines Vater war Antiquitätenhändler.«

»Da haben wir's! Ich höre Mama sprechen. Ich schwöre dir, François, du gleichst ihr ganz erstaunlich. Ich bin sicher, nachher, wenn du ein wenig blau bist, wirst du mir von deinen Mißgeschicken erzählen. Bestimmt erzählst du sie jedem Kneipenbruder. Wie Mama! Herrgott, was hat sie ihre Mißgeschicke geliebt! Sie hätte sie sich am liebsten um den Hals gehängt oder den lieben Gott gebeten, er möge sie über uns hageln lassen.

Und Papa, der so sehr leben wollte! Verstehst du, was das heißt, leben?

Leben, nicht so wie du oder ich. Ich behaupte nicht, daß ich gelebt habe. Ich gehöre nicht umsonst zur Familie. Leben, schlicht leben. Leben!

Das ist das einzige, was man uns nicht beigebracht hat, das große Tabu, das Anstößigste überhaupt.

Papa wußte, was das hieß. Er hatte die Anlage dafür.

Du hättest seine Augen sehen sollen, wenn wir auf der Straße einem schönen Mädchen mit praller Korsage begegneten! Und Mamas Augen erst! Sie witterte nämlich jeden Anflug von Leben über Meilen hinweg.

Ein Blick, ein einziger Blick, und das Feuer in seinen Augen erlosch.

Ihm blieben nur seine Bücher, seine Zeitungen, wenn er abends heimkam. Und selbst das war ihr noch zuviel Unabhängigkeit.

›*Jules. Du hast doch nicht vergessen, im Korridor das Gas abzustellen?*‹

›*Nein, Mama.*‹

Er nannte sie nämlich auch Mama. Allein das, mein Junge, spricht Bände.

›*Bist du sicher? Ich finde, es riecht noch danach.*‹

Es war besser, man stand auf und sah nach. Es war besser, man hatte seinen Frieden, verstehst du?

Gib zu, auch du wolltest deinen Frieden!

Wie Papa!

Und jetzt werde ich dir etwas sagen, was du vielleicht nicht weißt. Keine Ahnung, wann das angefangen hat. Ich habe ihn zufällig ertappt, genau wie dein Sohn dich gestern abend, schau an! Vielleicht wird er sich eines Tages auch daran erinnern.

In den letzten Jahren ging Papa, wenn er sein Büro verließ, heimlich in eine kleine Kneipe an der Ecke der Rue Vaneau, um ein Glas zu trinken.

›*Entschuldigt, daß ich euch nur Tee anbieten kann, aber wir haben keine alkoholischen Getränke im Haus*‹, pflegte Mama zu erklären, wenn Freunde kamen.

Und sie fügte hinzu:

>Jules trinkt nicht.<

Und Jules goß sich heimlich jeden Tag ein, zwei Gläschen hinter die Binde.

Und Jules, da bin ich ganz sicher, denn ich habe ihn dort herauskommen sehen, ging von Zeit zu Zeit in ein Bordell an der Rue Saint-Sulpice, um auf andere Gedanken zu kommen. Ich bin später selbst dorthin gegangen. Ich kann mitreden. Ich kann dir vor allem sagen, daß das ein Bordell für Landpfarrer ist.«

Sein Vater war also genauso gewesen wie Onkel Léon?

»Verstehst du jetzt, mein Junge?«

Was sollte er verstehen?

»Man stürzt ab, und es gibt nichts, was man dagegen tun kann. Mit Papa und Mama, das war noch diskret. Der Beweis ist, daß du nie etwas gemerkt hast. Aber schau dich an, schau mich an.«

Er wühlte in den Briefen herum.

»Der bewußte und organisierte Pump. Mama hätte ebenfalls solche Briefe schreiben können, wäre sie nur ein bißchen weniger stolz gewesen. >Ich bin anständig, Monsieur. Und eben weil ich anständig bin, bekleide ich nicht die Stelle, die ich verdiene und die statt dessen irgendwelche Halunken einnehmen. Ich stamme aus einer ehrbaren Familie. Ich habe eine gute Erziehung genossen, eine gute Ausbildung, und ich verlange nur, daß ich mein Bestes geben kann.<«

»Sei still!«

»>Einen kleinen Posten, ich bitte Sie, werter Herr, und wenn Sie keinen haben, dann wende ich mich an

Ihr gutes Herz: tausend Francs, fünfhundert, hundert ... Nein? Dann fünfzig, zwanzig ... Ich werde sie Ihnen zurückgeben ... Ich bin anständig, ich schwöre es Ihnen! Zu allem Überfluß eine Frau im Krankenhaus, einen Jungen, der jeden Monat ein Paar Sohlen abnutzt, eine lungenkranke Tochter in den Bergen, für deren Unterhalt ich aufkommen muß.« Armer Kerl!

Und der Kerl geht hin und kippt klammheimlich seine Gläschen! Läufst du auch den Prostituierten nach, hechelnd, mit hängender Zunge? Nein? Noch nicht?

Das kommt noch!

Sei nicht gleich beleidigt. Ich bin nicht besser. Unser lieber Marcel auch nicht.«

»Marcel ist glücklich.«

Aber das Gemetzel mußte bis zum bitteren Ende gehen.

»Er hat uns gegenüber nur den Vorteil, daß er ein ausgemachter Schurke ist, ein Schurke durch und durch.«

François protestierte immer noch, aus Prinzip, ohne Überzeugung.

»Das ist nicht wahr.«

»Liebst du Marcel? Willst du behaupten, du hättest je die geringste Zuneigung zu deinem Bruder Marcel gehegt?«

»Ich weiß nicht.«

»Hat er dich nie angepumpt, als er studiert hat?«

»Doch.«

»Du warst noch ein Junge. Er hat es dir zurückgegeben. Marcel war nämlich intelligent genug, Geld zurückzugeben, sogar mit Zinsen. Gib zu, er hat dir Zinsen gezahlt.«

Das stimmte. Das hatte jahrelang angehalten.

»Abends hat er eigenhändig seine Hosen gebügelt, um stets tadellos auszusehen. Erinnerst du dich, was Papa einmal gesagt hat? Ich weiß nicht mehr, was Marcel gemacht hatte. Ich glaube, er hat recht grob über ein Mädchen geredet, mit dem er am Tag vorher ausgegangen war. Ich erinnere mich vor allem an den Ton unseres Vaters, er klang eher traurig als böse.

›*Mein Junge, du bist kein Gentleman.*‹«

»Trotzdem, jetzt ist er einer.«

»Sagt er. Und glücklich, meinst du? Weißt du eigentlich, wie Marcel Karriere gemacht hat? Das Ganze hat sich vor deiner Nase abgespielt, ohne daß du auch nur das Geringste begriffen hast. Das ist gerade der Unterschied zwischen Papa und dir. Papa wußte es. Er hat nie etwas gesagt, aber er wußte es. Du, du sagst nichts, weil du nichts weißt.

Hast du einmal außerhalb der Familie etwas über den alten Eberlin gehört? In der Familie traute man sich nämlich nicht, viel über ihn zu sagen, weil er reich war.

Er hatte stinkende Büroräume in einem Hof am Boulevard Poissonnière. Er konnte kaum lesen und schreiben. Er war mit seinen Siebensachen, wie man so sagt, aus seiner Heimat, dem Elsaß oder, wahrscheinlicher noch, aus Deutschland gekommen. Jedenfalls hatte er einen fürchterlichen Akzent.

Nach außen hin betrieb er ein Geschäft mit An- und Verkauf. Eine Köchin und ein Chauffeur, die zwanzig Jahre gearbeitet hatten, um ein bißchen Geld zusammenzukratzen, als Weinhändler in einem ruhigen Viertel? Genau das fiel ihm ein. Für den Rest mußten Wechsel herhalten.

Wie durch Zufall liefen die Geschäfte stets schlecht, und zwei Jahre später saß das Paar auf der Straße, ohne seine Ersparnisse und ohne den Laden, den der alte Eberlin an einen anderen Trottel verkauft hatte.

Wenn du unbedingt willst, erkläre ich dir, wie das geht.

Fest steht, der alte Eberlin hatte bisweilen einigen Ärger. Er legte keinen Wert darauf, allzu viele Anwälte in seine Geschäftsgeheimnisse einzuweihen.

Eines Tages hat er sich gesagt, wenn er einen eigenen hätte, einen wendigen, fügsamen jungen Mann, würde er einiges an Zeit, Geld und Risiko sparen.

Seine Wahl ist auf unseren Bruder gefallen.

Mama hat dir bestimmt erzählt, daß es Marcel durch seine Begabung und seine Arbeit zu etwas gebracht hat.

Ich sag dir die Wahrheit. Es war nämlich so, daß unser braver Marcel mit knapp dreißig Jahren bereits ebenso durchtrieben war wie der alte Eberlin und es ihm schließlich gelang, den Alten reinzulegen.

Paß gut auf, die Geschichte ist einfach köstlich.

Auf der einen Seite der alte Eberlin, der sich für den gewieftesten Hai überhaupt hält. Schön!

Auf der anderen unser Marcel, fein gekleidet, wohlfrisiert, wohlerzogen, der offenbar alles tut, was man von ihm verlangt, ohne Fragen zu stellen.

Er ist dermaßen korrekt, daß selbst seine Kollegen im Justizpalast, obwohl sie wissen, worum es sich dreht, nicht allzu hart mit ihm umspringen und ihn beinahe für einen Naivling halten.

Der alte Eberlin ist Millionär – damals hieß das noch etwas.

Er hat eine Tochter von zweiundzwanzig Jahren, die Renée heißt. Renée ist das schlechtest erzogene Mädchen, das man sich nur vorstellen kann, und eines schönen Tages erfährt man, daß Marcel sie heiratet. Mama frohlockt, weil endlich wieder der vage Duft von Millionen durch die Familie weht.

Marcel hat den ersten Durchgang gewonnen. Ich wäre zu gern dabeigewesen, als er um ihre Hand angehalten hat, und ich könnte schwören, daß dabei nicht von Liebe die Rede war oder davon, viele Kinder zur Welt zu bringen.

Papiere, nichts als Papiere, verstehst du, ein ganzer Berg von Papieren, die den alten Eberlin kompromittieren und die unser lieber Bruder vorsorglich beiseite geschafft hat.

Das junge Paar bezieht eine schöne Wohnung am Quai Malaquais, wo Marcel beim Rasieren die ehemalige Wohnstätte der französischen Könige vor Augen hat.

Nur daß es noch einen zweiten Durchgang gibt, und den, den gewinnt nicht er, den gewinnt Renée.

Schau dir das Album an, mein Junge. Vor allem die Paare. Angefangen mit den Großeltern. Du siehst, am Anfang sind die Frauen nett, sanft, fügsam. Sie neigen samt und sonders den Kopf zur Schulter ihres Gatten.

Jetzt blättere weiter. Fünf Jahre, zehn Jahre später. Gar nicht mehr so sanft, der Blick, nicht wahr?

Marcel verbringt seine Tage damit, zu gehorchen, sich immer wieder anzuhören, daß er nur ein armseliger, verkrachter Anwalt ist, den seine Frau aus der Gosse geholt hat.

Und du Tölpel, du schreibst ihm, um ihn um Geld zu bitten! Als ob er über sein Geld verfügen könnte! Und vor allem, als ob es ihm angenehm wäre, an die Armut seiner Familie erinnert zu werden!

Es kommt noch besser. Das ist der Gipfel! Du schreibst Renée, und Renée kann den Brief des Bettel-bruders schwenken.

Ich wette, sie hat dir eine Kleinigkeit geschickt, nur um dir für die Freude zu danken, die du ihr gemacht hast. Wieviel?«

»Hundert Francs. Ich werde sie ihr zurückgeben.«

Er hatte sich angezogen, weil er unbedingt etwas trinken mußte. Er hatte Angst, draußen auf der Straße seinem Sohn zu begegnen. Er erinnerte sich, was ihm Raoul über ihren Vater erzählt hatte, und das war vielleicht die schmerzlichste Wunde, die ihm sein Bruder zugefügt hatte.

Erst der Vater.

Dann der Sohn.

»Gott!« stammelte er unwillkürlich, als er die Treppe hinunterstieg, »gib, daß Bob nie davon erfährt. Gib, daß er nichts begriffen hat, als er mich gestern bei Popaul gesehen hat.«

Im ersten Stock traf er Madame Boussac, die die Treppe putzte und seinen Gruß nicht erwiderte. Er schlängelte sich eilig durch die Menschenmenge, um wenigstens aus seiner Straße heraus zu sein, bevor er in ein Bistro einkehrte. Ohne nachzudenken, sagte er:

»Einen Marc.«

Und er wandte sich vor einem Spiegel ab. Er war nicht rasiert. Eine Reklameuhr zeigte halb zwölf, aber vielleicht war sie stehengeblieben.

Der Alkohol kratzte dermaßen im Hals, daß ihm die Tränen kamen und ihm der Kellner ein Glas Wasser reichte. Er war nahe daran, sich vorzunehmen, nie wieder einen Tropfen zu trinken. Er mußte Entscheidungen fällen. Aber nicht sofort. Er war überzeugt, ein zweites Glas würde ihn wieder auf die Beine bringen, jetzt, wo er etwas im Magen hatte, und er trank es langsam, bedächtig.

War Raoul unglücklich? Er fragte es sich. Es erschien ihm unmöglich, daß dem nicht so war. Aber dann war er es auf eine Weise, die François nicht begreifen konnte.

»Stimmt die Uhr?«

»Sie geht sieben oder acht Minuten nach.«

War die Operation womöglich schon zu Ende? Vielleicht war Germaine schon tot, und man versuchte, ihn zu erreichen, um ihm ihren Tod mitzuteilen...

Er fühlte sich ihr nicht näher als am Tag zuvor. Zudem hatte er am Vortag, als er sie verließ, ruhig ihren Tod ins Auge gefaßt, wie ein wahrscheinliches, beinahe wünschenswertes Ereignis, das die Dinge eher ins Lot bringen denn sie komplizieren würde.

In dem Album war auch eine Aufnahme, auf der sie beide zu sehen waren, ihr Hochzeitsfoto. Merkwürdig, obwohl es unter den Familienbildern eines der jüngeren war, wirkte es bereits verblaßt, wie ein Porträt längst Verstorbener.

Es versetzte ihm einen Schlag, nur daran zu denken. Er hatte eine fürchterliche Angst zu sterben. Diese Angst hatte er schon als kleines Kind gehabt, morgens war er mitunter aus dem Schlaf geschreckt und hatte geschrien:

»Papa, ich bin tot!«

Warum hatte er Papa geschrien und nicht Mama? Er wollte nicht sterben. Er wünschte nicht Germaines Tod. Sie hatte ebenfalls Angst vor dem Tod. Sie hatte ihn mehrfach beschworen:

»Du läßt mich nicht gehen, nicht wahr? Ich bin ganz sicher, wenn du da bist, wenn du mich festhältst, dann werde ich nicht sterben.«

»Haben Sie ein Telefon?«

»Soll ich Ihnen einen Jeton geben?«

Er mußte an etwas anderes denken, bevor er anrief, denn das konnte Unglück bringen. Zum Beispiel an das Geschäft in dem provinziellen Teil des Boulevard Raspail zwischen dem Boulevard Montparnasse und der Place Denfert-Rochereau, in dem er Germaine kennengelernt hatte.

Ein altes, etwas zurückgelegenes Haus. Bei schönem Wetter hatte Germaines Vater stets neben der Tür gesessen.

Es stimmte, daß es sich eher um einen Trödelladen als um ein Antiquitätengeschäft handelte. Auf dieser Seite wurde der Boulevard den ganzen Nachmittag von der Sonne beschienen, und im Innern hing eine feine Wolke aus goldenem Staub.

Hatte er sie geliebt? Er wußte es nicht mehr.

»Hallo? Spreche ich mit dem Sekretariat des Hospitals?«

Er ärgerte sich, daß er nicht noch ein drittes Glas getrunken hatte. Seine Finger zitterten. Er fühlte sich nicht wohl in dieser Kabine, in der es viel zu heiß war.

»Hier François Lecoin. Der Ehemann von Madame Lecoin auf Zimmer 15, die heute morgen operiert worden ist. Ich konnte nicht ins Krankenhaus kommen. Ich wollte mich erkundigen...«

»Einen Augenblick.«

Das dauerte lange. Er hörte ein Murmeln am anderen Ende der Leitung.

Durch die Scheibe der Kabine sah er Stukkateure in weißem Kittel, die billigen Rotwein tranken.

»Hallo!«

»Einen Moment bitte. Ich rufe die Oberschwester der Station.«

Die Frau sagte halblaut zu jemandem, der neben ihr stand:

»Gestern abend habe ich es nicht geschafft wegen eines Notfalls, aber heute werde ich hingehen. Das soll ganz hervorragend sein.«

Dann, wahrscheinlich an einem anderen Apparat:

»Ja... Gut... Gut... Ja... Ich werde es ihm sagen...«

Schließlich:

»Hallo? Madame Lecoin ist wieder in ihrem Bett.«

»Sie ist nicht tot?«

»Sie ist noch in der Narkose. Die Oberschwester läßt Ihnen ausrichten, vor drei, vier Uhr könne man nichts

sagen. Sie brauchen nur anzurufen oder hier vorbeizukommen.«

Germaine lebte noch, sie lag in ihrem Bett neben der
dicken Mademoiselle Trudel, die für sie mittlerweile
mehr Bedeutung hatte als ihr Mann.

»Hat die Verbindung geklappt?«

»Danke.«

Er mußte einkaufen, das Essen zubereiten. Bob
würde bald zurückkommen, wenn er nicht schon zu
Hause war.

3

»Darf ich den Tisch decken, Papa?«

»Du darfst, Bob.«

Sie bildeten ein seltsames Paar, er und sein Sohn. Seit seine Mutter nicht mehr im Hause war, hatte der Junge begonnen, unaufgefordert und voller Ernst Dinge zu tun, zu denen er vorher nicht bereit war.

Ihre Bewegungen, ihre Haltung waren so ähnlich, daß die Leute ganz verblüfft waren, nicht nur die, die sie kannten, wie die Kaufleute des Viertels, sondern auch die Passanten, die sich nach ihnen umdrehten.

Sie hatten weiterhin ein Tischtuch benutzt. Raoul hätte sicher behauptet, da trete das Erbe der Nailles hervor, der Stolz der Nailles.

»Wie Mama, die eher verhungert wäre, als sich von ihrem Tafelsilber zu trennen!«

Das bewies, daß Raoul längst nicht immer recht hatte. Das war kein Stolz, wenn es François Tag für Tag auf sich nahm, richtige Mahlzeiten zu kochen, Fleisch, Gemüse, Kartoffeln, mitunter gar Gerichte, die auf kleiner Flamme schmoren mußten, auf die er dann, während er las, ein wachsames Auge hatte. Das geschah nicht aus Stolz oder Schicklichkeit, sondern eher aus Pflichtgefühl.

Genauer gesagt, er tat es für Bob. Er wollte nicht, daß sein Sohn auf einer Ecke eines Küchentisches aß, vor einem Berg fettigen Wurstpapiers.

Die beiden Betten wurden täglich gemacht, die Matratzen umgedreht. Er vergaß nicht das traditionelle »Wasch dir die Hände, mein Junge«. Und abends sah er nach den Strümpfen des Jungen, legte ihm saubere Wäsche für den nächsten Tag zurecht.

Die schmale Küche lag zum Hof hin. Sie war dunkel, die Wände in einem gräßlichen Grün, auf dem schon immer braune Flecken zu sehen waren, und im Sommer bedienten sie sich, um kein Feuer anzuzünden, des einflammigen Gaskochers.

War es Scham oder das Bestreben, ihn nicht zu bekümmern, daß das Kind fast nie von seiner Mutter sprach? Das ging so weit, daß sich François zuweilen fragte, ob das nicht Gleichgültigkeit war.

Sicher, als er noch kleiner war, hatte einzig sein Vater für ihn gezählt, und sein Lieblingssatz war:

»Das sage ich meinem Vater!«

War das immer noch so? Das war schwer zu durchschauen. Seit einiger Zeit redete er weniger, vor allem nicht mehr so ungezwungen, und er erweckte den Eindruck, als wäge er den Sinn seiner Worte ab.

»Wird dein Bruder wiederkommen, Papa?«

»Ich weiß es nicht, Bob. Wenn er eine gewisse Zeit in Paris bleibt, wird er uns wahrscheinlich noch einmal guten Tag sagen.«

Der Junge fragte nicht weiter. Was dachte er über Raoul? Jedenfalls hatte er letzte Nacht nicht an der Tür gelauscht. Sein Vater hatte mehrmals nachgeschaut und ihn schlafend vorgefunden.

»Sag mal, Papa...«

»Ja?«

»Du bist doch klüger und weißt mehr als der Vater von Justin, nicht wahr?«

»Ich glaube schon.«

»Ich bin sicher. Und du bist klüger als Onkel Marcel.«

»Ich weiß nicht. Was beschäftigt dich denn?«

»Nichts.«

»Du wolltest doch etwas sagen.«

»Nein.«

Er dachte sichtlich nach, während er kaute.

»Ist Onkel Marcel reich?«

»Sehr reich.«

»Und der neue Onkel, der gestern gekommen ist?«

»Ich glaube nicht.«

»Ist er arm?«

»Das glaube ich auch nicht.«

»Wie wir.«

»Wir sind nur vorübergehend arm, Bob, zufällig, bis ich eine neue Arbeit gefunden habe.«

»Ich weiß.«

»Dir hat doch nie etwas gefehlt, nicht wahr?«

»Nein.«

»Wer hat dir gesagt, wir seien arm?«

»Niemand.«

»Die Kaufleute?«

»Nein, Papa.«

»Hat die Concierge mit dir geredet?«

»Sie redet nie mit mir.«

»Wer denn?«

»Das ist schon lang her.«

»Wer?«

»Mama.«

»Hast du heute morgen schön gespielt?«

»Wir haben fast gar nicht spielen können. Die Mädchen waren im Hof.«

»Warum habt ihr nicht mit den Mädchen gespielt?«

»Ich mag Mädchen nicht. Jungen mögen keine Mädchen.«

Seit einigen Tagen, seit der Junge Ferien hatte, fiel es ihm schwer, sich zu beschäftigen.

»Ich möchte, daß du heute nachmittag hierbleibst, Bob. Es sind bestimmt noch Bücher da, die du noch nicht gelesen hast.«

»Warum willst du, daß ich hierbleibe?«

»Ich muß ins Krankenhaus.«

»Heute ist keine Besuchszeit.«

»Deine Mama ist heute morgen operiert worden.«

»Schon wieder? Warum mußt du ins Krankenhaus?«

»Um mich nach ihr zu erkundigen.«

»Und warum soll ich zu Hause warten?«

Er konnte ihm nicht antworten:

»Weil deine Mutter vielleicht tot ist.«

Er war sich dessen fast sicher gewesen, als er in dem Moment, wo sie sich an den Tisch setzten, zum Fenster hinausgesehen und bemerkt hatte, daß Pachons große Uhr um zehn vor eins stehengeblieben war. Das war seit Jahren nicht mehr geschehen.

Er glaubte Raoul spotten zu hören:

»Wie Mama! Die Zeichen! Und natürlich immer nur schlechte Zeichen!«

Das stimmte. Sie waren in einer Welt voll unheilverkündender Zeichen aufgewachsen, und François hatte

53

sich nie darüber gewundert, bis ihn sein Bruder gestern darauf angesprochen hatte.

»Weißt du noch? Mamas berühmte 21?«

Das reichte weit zurück, bis zu ihrer Großmutter und sogar Urgroßmutter. Der 21. des Monats galt den Nailles als unheilvoll. An diesem Tag ereigneten sich unweigerlich Katastrophen, so daß man sich schon im voraus darauf einrichtete.

Manchmal fragte einer der Jungen:

»Warum ist Mama heute so nervös?«

Ihr Vater antwortete nur mit einem flüchtigen Blick auf den Kalender.

Und dann gab es Raben, schwarze Katzen, Katzen schlechthin, Fledermäuse, Westwind und Donner, und es gab einen bestimmten Schmerz im Ellbogen, der schlechte Neuigkeiten ankündigte.

Wahrscheinlich hatte sich François nie gewundert, weil er dachte, das sei anderswo genauso. In seinen Augen ähnelten wohl alle Familien einander mehr oder weniger.

Wie hätte ihnen Gutes widerfahren können, durch welches Wunder, durch welche Umkehrung des Schicksals?

»Iß, mein Junge.«

Es störte ihn, daß ihn sein Sohn so aufmerksam betrachtete, als sei er ebenfalls im Begriff, irgendwelche Entdeckungen zu machen.

Selbst die Anrede »mein Junge« hatte ihm Raoul verdorben, indem er sie die ganze Nacht mit seiner kratzenden Stimme verwendet hatte!

Es war unglaublich und doch wahr: Gestern noch

war François ein glücklicher Mensch gewesen. Er hatte es nicht gewußt, aber jetzt wurde er dessen gewahr; er erinnerte sich zum Beispiel an ihr gestriges Essen in der Abgeschiedenheit ihrer Wohnung, durch die wie in Wellen die Luft und die Geräusche der Straße wehten, und daran, wie er danach das Geschirr gespült und sein Sohn die Teller in den Schrank geräumt hatte, der stets nach feuchtem Lappen roch.

Auch gestern hatte er getrunken, zwei, drei Gläschen, aber diese Gläschen hatten ihre Wirkung nicht verfehlt, hatten ihm den Abstand verschafft, den er so trefflich zu dosieren wußte.

Er war unten, ganz unten an der Leiter angelangt, zugegeben; das Schicksal hatte sich in ihn verbissen, es beutelte ihn weiter, doch die Straßen, durch die er seine Bitterkeit und sein Aufbegehren trug, hüllten sich in Poesie; sein Pech, seine Nöte, seine Feigheit waren Teil einer vertrauten Welt.

Alle bösen Mächte der Erde hatten sich gegen François Lecoin verschworen, und François Lecoin beugte sich, zog die Schultern ein wie unter einem Platzregen. Trotzdem zog er unbeirrt seines Weges, er klammerte sich krampfhaft an das Geländer, trank da und dort sein Gläschen und klingelte an den Türen.

»Sind Sie sicher, daß Sie keinen intelligenten, einsatzfreudigen, ehrlichen Mann gebrauchen können, dem bislang nur die Gelegenheit gefehlt hat, seinen wahren Wert zu zeigen?«

Diese Leute wußten ja nicht, konnten nicht wissen, wie es um ihn stand, und sie erzählten ihm von der Krise.

Der Beweis für seine Bedeutung war das große Geschütz, welches das Schicksal auffuhr. Das ging schon seit Jahren so, seit Jahren schon griff es ihn an allen Fronten an, verfolgte es ihn bis in den letzten Schlupfwinkel.

Die Nachbarn und die Händler glaubten, das habe angefangen, als Germaine ins Krankenhaus kam. In Wirklichkeit war sie schon seit langem krank. Seit einer Fehlgeburt, keine sechs Monate nach ihrer Hochzeit. Und weshalb waren seine Arbeitgeber stets bankrott gegangen, wenn er eine gute Stelle hatte?

Kein Zweifel, es war weit mit ihm gekommen. Er hatte zu allerlei Tricks greifen müssen, um sich durchzuschlagen. Es stimmte schon, daß er erniedrigende Briefe geschrieben hatte, daß er sich an den meisten Läden des Viertels vorbeischlich, weil er aller Welt Geld schuldete. Und er hatte eine peinliche Unterredung mit dem Direktor des Krankenhauses gehabt, in der er ihn darum gebeten hatte, Germaine dazubehalten, obwohl er die Kosten seit mehreren Monaten nicht mehr beglichen hatte.

Er war tief gesunken, aber noch war er nicht ganz unten. Er hatte den Sinn für sich selbst nicht verloren. Das war ein Kampf zwischen François Lecoin und den vereinten Kräften der Erde. Vielleicht würde er die Partie verlieren, *aber er würde sich nicht unterkriegen lassen,* selbst wenn er eines Tages den struppigen und spöttelnden Clochards gleichen sollte, die unter den Brücken schlafen.

»Warum ißt du dein Kotelett nicht auf, Bob?«

Der Junge ahnte nicht, daß das vorerst sein letztes

sein konnte, daß sein Vater gerade noch zwanzig Francs in der Tasche hatte.

»Ich habe keinen Hunger mehr.«

»Du weißt doch, daß man trotzdem essen muß.«

Weshalb? Er wußte es nicht. Das war ein Satz, den er seine ganze Kindheit lang gehört hatte und den er einfach nachsprach.

»Iß!«

»Ich habe Bauchschmerzen.«

»Hattest du schon Bauchschmerzen, bevor du dich an den Tisch gesetzt hast?«

»Nein. Das ist beim Essen gekommen. Ich habe keinen Hunger.«

»Schön, dann legst du dich jetzt ins Bett.«

»Ich bin nicht krank.«

Er erkannte zum erstenmal, daß diese Logik, diese Worte, die er sprach, nicht von ihm stammten, sondern von seiner Mutter. Jahrelang hatte er sie benutzt, ohne es zu merken. Vielleicht hatte er, wie Raoul behauptete, nicht selber gedacht, sondern nur das Denken von Generationen von Nailles und Lecoins fortgeführt.

Es war grauenhaft. Wenn Raoul recht hatte, gab es nichts mehr, keine Grundlage, keine Gewißheit, nicht einmal eine Erinnerung, auf die man sich stützen konnte.

»Sogar das Foto mit deiner Frau, guck doch! Dein Hochzeitsfoto! Sieh es dir gut an, mein Junge. Alle beide habt ihr, unbewußt, die gleiche Pose wie eure Vorfahren, das gleiche falsche Lächeln, den gleichen Anschein von Glück, den man auf allen Hochzeitsbildern findet!«

Es stimmte. Man hätte die Bilder des Albums übereinanderlegen können. Lediglich die Puffärmel, die Backenbärte und die Spitzen der abknöpfbaren Kragen hätten nicht übereingestimmt.

Ob Bob, der nicht umhinkonnte, seinen Vater verstohlen zu beobachten, und jedesmal den Blick abwandte, wenn jener ihn ansah, bereits eigenständig dachte?

Das wäre schlimmer als alles andere.

Und wenn Germaine in diesem Moment, wo sie sich vom Tisch erhoben, längst tot war?

Er wußte nicht mehr, was er empfinden mußte. Er war ohne jedes persönliche Gefühl, und er wagte nicht, zu jenen Gefühlen Zuflucht zu nehmen, die man ihn gelehrt hatte.

»Das schönste Ende der Karriere einer Frau, der logische Abschluß, ist das Witwendasein!« hatte Raoul gespottet. »Was mich betrifft, ich hatte zwei Frauen. Warum, weiß ich, nebenbei gesagt, selbst nicht mehr, jedenfalls habe ich sie geheiratet, aber ich habe zugesehen, daß ich sie beizeiten loswurde. Ein Witwer ist etwas ganz anderes, das hat etwas Anstößiges an sich. Als ich klein war, war ich überzeugt, so ein Witwer würde schlecht riechen. Das muß ich von Mama haben, die im allgemeinen keine Männer mochte und die, ein Glück für sie, mehr als genug vom Witwenstand abbekommen hat.«

»Ich spül das Geschirr, Papa«, sagte das Kind, als sich sein Vater die Schürze, die an einem Nagel hing, um die Hüften schlingen wollte. »Weißt du, das ist mir lieber als lesen.«

»Bist du sicher?«

»Solange mich die Mädchen nicht sehen!«

Er ließ ihn in der Wohnung zurück. Er wußte nicht mehr, was recht und was unrecht war. Es gab keine Grundlage mehr, nur noch eine große Leere ringsum.

Und er würde ganz allein, winzig, erbärmlich durch diese Leere irren, hartnäckig wie ein Insekt, das ständig auf den Grund der Glasschale zurückfiel.

Keine Unebenheit mehr, an die man sich klammern konnte.

Das war es! Gestern hatte es noch Unebenheiten gegeben! Der Geruch der Koteletts in der Pfanne zum Beispiel, das Brutzeln des Fetts. Das hatte einen Sinn. Das hing mit anderen Gerüchen zusammen, mit anderen Koteletts, das war eine Art Verbindung zu vergangenen Jahren, zu seiner Kindheit. Nun aber hatte er zwei Koteletts gebraten, ohne ihren Geruch wahrzunehmen.

Die Obstregale mit dem üblen Geruch von Spanien – er war noch nie in Spanien gewesen, aber sämtliche Obsthändler von Paris waren Spanier, und ihre Läden rochen nach Spanien...

Nur ein Schwall sengender, von der Mittagssonne erhitzter Luft über dem schmelzenden Asphalt, der ihr einen Hauch von seiner Würze beimengt...

Töne, Lichtreflexe, der Kellner hinter dem Schanktisch, der mit seinem Lappen über die Theke fuhr, und die weißen Flecken seiner Ärmel...

Zwei Frauenbeine vor seinen Augen oder, gestern noch, die Jahrmarktsstimmung, die in der Rue de la Gaîté herrschte, die Eishörnchen in den Händen der

Passanten, die schweren Brüste der Mädchen aus dem Volk, Brüste, die die in grellen Farben schillernden Kunstseidenblusen ausbeulten.

Und die Ecke bei Popaul, wo die drei Frauen auf Männerfang gingen, und die zu helle Lampe über dem Eingang des Hotels...

Eine von ihnen – die, die am Abend zuvor beschäftigt gewesen sein mußte – beobachtete er seit mehr als sechs Monaten, und manchmal hatte er ein ungemein heftiges, fast schmerzhaftes Verlangen nach ihr.

Er hatte nie mit ihr gesprochen. Sie war älter als das Dienstmädchen, jünger als der Feldwebel. Er hatte sie mit Unmengen unterschiedlicher Männer losziehen sehen, und jedesmal hatte er sich die Szene in allen Einzelheiten vorgestellt, ein wenig wie die Szene mit Onkel Léon und der Hausgehilfin.

Er hatte sie in Popauls Lokal gehört, ihre ein wenig heisere Stimme. Er kannte die Handbewegung, mit der sie ihre Handtasche aus rotem Leder öffnete.

Stets trug sie ein marineblaues Kostüm, eine weiße Hemdbluse und diese rote Handtasche, die zu dem kirschroten Hut paßte, unter dem ihre braunen Locken hervorquollen. Sie wirkte weder traurig noch fröhlich. Sie wirkte gleichgültig. Sie hatte es sich zur Gewohnheit gemacht, in seine Ecke zu schauen, wenn sie eintrat. Ein einziges Mal nur hatte sie ihm einen Blick zugeworfen, der zu besagen schien:

»Kommst du mit?«

Und er nahm sich ständig vor, am nächsten Tag mit ihr zu gehen, es kam vor, daß er sich das Geld in seiner Brieftasche zurechtlegte.

Und es gab die Abende, wenn er sich ins Fenster lehnte und Bob schlief, wenn die Wohnung hinter ihm dunkel war und still und er die erleuchteten Fenster betrachtete. Er sah ein Stück des Himmels, die Sterne, manchmal den Mond zwischen den Dächern. Ob man wollte oder nicht, er war ein Teil eines Ganzen, selbst wenn dieses Ganze feindselig war.

Heute hatte die Welt nicht mehr den gleichen Geschmack, keine Gerüche mehr, keine Lichtreflexe, und er bewegte sich im Nichts wie jemand, der in die Pedale eines der im Boden verankerten Fahrräder auf den Jahrmärkten tritt, um den Zeiger eines Tachometers in Schwung zu bringen.

Er schaute den Boulevard Edgar-Quinet nicht einmal an. Es drang ihm nicht ins Bewußtsein, daß sich ein wenig weiter der Friedhof mit seinen grauen Mauern und seinen Bäumen befand. Nicht wenige Leute gaben viel darum, gegenüber vom Friedhof zu wohnen. Wegen des Grüns.

»Und wegen der frischen Luft!« hätte seine Mutter hinzugefügt.

Er war so abgespannt, daß er beschloß, sich hinzulegen und zu schlafen, sobald er aus dem Krankenhaus zurückkam. Das hieß, daß Germaine nicht tot sein durfte, denn ihr Tod würde allerlei Komplikationen nach sich ziehen, und er hatte nicht die Kraft, sich an diesem Tag mit ihnen auseinanderzusetzen.

Gott, gib, daß sie nicht tot ist! Wenn es denn sein muß, laß sie nächste Nacht sterben, oder morgen, oder in zwei, drei Tagen.

Gib mir Zeit, mich hinzulegen!

»Dein Vater ist müde, Bob. Nein, nein, er ist nicht krank. Nur sehr müde. Sei so nett und erschrick nicht, mach bitte keinen Lärm.«

Er würde geschlagene vierundzwanzig Stunden im Bett bleiben, um die Dinge wieder ins Lot zu bringen.

Es kam auch nicht in Frage, daß sein Bruder vorbeikam und ihn störte. Es war besser, Raoul Bescheid zu geben, irgendeine Ausrede vorzubringen.

Vielleicht sollte er sich eine winzige Flasche kaufen. Aber dann hätte er überhaupt kein Geld mehr.

Es wurde unerläßlich, daß er irgendwann den Entschluß faßte, nicht mehr zu trinken, und sei es nur, um Raoul zu zeigen, daß das, entgegen seiner Behauptung, kein Schicksal war, das auf ihm lastete.

Wenn er doch nur tausend Francs zur Verfügung hätte! Seit Monaten wartete er darauf, auf einen Schlag tausend Francs zu besitzen, seit Monaten verfügte er nur über geringfügige Summen, so daß sich die Geldsorgen jeden Tag oder alle zwei Tage von neuem einstellten, und das erschöpfte seine Energie.

Als er das Krankenhaus betrat, wünschte er inständig:

»Nicht heute!«

Daß Germaine nicht tot war, daß sie nicht heute starb. Das war wie eine Beschwörung, und er begleitete sie mit einer Daumenbewegung, indem er ein kleines Kreuz auf seine Brust zeichnete.

Hinter dem Schalter saß nicht das rothaarige Mädchen, das er nicht mochte, sondern eine nicht mehr ganz junge Frau, die er noch nie gesehen hatte.

»Meine Frau ist heute morgen operiert worden«,

sagte er. »Ihr Name ist Lecoin. Sie liegt auf Zimmer 15.«

Leute warteten auf Stühlen, Leute, wie man sie nur in Krankenhäusern zu sehen bekommt und die doch irgendwo anders existieren müssen.

»Hallo...! Ja... Lecoin, Germaine... Zimmer 15...«

Sie sprach sehr leise und hielt die Hand um den Hörer.

»Aha... Ja...«

Sie legte auf, schaute ihn ruhig an und sagte:

»Sie ist eine Stunde nach der Operation gestorben.«

Eine Stunde lang war er wie ein Strohhalm. Man schob ihn hin und her, ohne daß es ihm bewußt wurde, ließ ihn auf einem Stuhl vor einer Tür warten, dann auf einer Bank vor einer anderen Tür.

Er unterschrieb irgendwelche Papiere, hörte zu, bemühte sich zu verstehen, was man ihm sagte, bemühte sich, verstanden zu werden, aber er war sich nicht sicher, ob der Kontakt hergestellt wurde.

Er hatte Germaine gesehen, in einem merkwürdigen Saal, in dem zwei weitere zugedeckte Leichen lagen. In das Zimmer 15 war er nicht mehr zurückgekehrt, er hatte sich das leere Bett nicht mehr angesehen, das neben dem von Mademoiselle Trudel stand, der er keinen Konfekt mitgebracht hatte, wie ihm seine Frau aufgetragen hatte. Er nahm sich vor, es nachzuholen.

»Ich weiß nicht, Monsieur. Morgen habe ich bestimmt Geld, dann kann ich einen Entschluß fassen. Ich stecke in einer schwierigen Lage. Morgen kann ich bestimmt...«

Denn es kostete Geld, Germaine zu beerdigen. Man hatte ihm vorgeschlagen, sich an ein Bestattungsinstitut zu wenden, das sie zur Rue Delambre überführen und inmitten brennender Kerzen aufbahren würde.

War das denn möglich? Man wunderte sich, daß er zögerte. Wie sollte er es anstellen, gemeinsam mit Bob und diesem Leichnam in der Wohnung? Man konnte ihn nur im Eßzimmer aufbahren. Wo sollten sie ihre Mahlzeiten einnehmen?

Er wußte, daß sich das so abspielt. Am Tag der Beerdigung würde ein schwarzer, mit einer silbernen Initiale bestickter Trauerbehang in der Haustür hängen.

»Ja, Monsieur. Ich gehe sofort hin.«

Zum Bezirksamt. Er ging durch die Straße. Er kehrte nirgendwo ein, um etwas zu trinken. Den ganzen Weg lang führte er Selbstgespräche.

»Wenn sie doch nur bis morgen gewartet hätte...«

Dann hätte er sich ausruhen können und wäre wieder auf der Höhe gewesen. Das war Absicht, daß man ihn so drangsalierte. Niemand schien ihn zu verstehen. Sie widerten ihn an mit ihren Schikanen.

»Haben Sie eine Geburtsurkunde?«

»Ich glaube, ich habe eine zu Hause, im Familienstammbuch.«

»Holen Sie sie.«

Er ging los. Er dachte an Bob.

»Deine Mutter, mein armer Bob...«

Doch als er die Wohnung betrat, sah sich sein Sohn gerade die Fotografien des Albums an, und er vergaß, mit ihm zu reden. Mehr zu sich selbst sagte er:

»Wo habe ich das Stammbuch hingelegt?«

»Ist Mama tot, Papa?«

Bob hatte sich nicht gerührt, seine rechte Hand hielt eine Seite des Albums hoch.

»Ja, mein Junge.«

Er war geistesabwesend.

»Ich muß sofort eine Urkunde zum Bezirksamt bringen.«

»Darf ich mitkommen?«

»Nein!«

»Nimm mich mit!«

»Nein!« schrie er, von einem plötzlichen Wutanfall gepackt. Er verstreute die Blätter des Sekretärs, bis er endlich das Stammbuch zu fassen bekam.

Er blieb im Türrahmen stehen.

»Bleib hier. Sei brav. Bitte, Bob, sei brav! Jetzt ist nicht der rechte Augenblick, mich aufzuregen.«

Er war gereizt.

»Haben Sie zwei Zeugen?«

»Ich habe eine Bescheinigung des Krankenhauses und die Beisetzungserlaubnis.«

»Sie brauchen zwei Zeugen.«

»Wofür?«

»Nehmen Sie irgendwen im Wartesaal.«

Das war absurd, und er bemühte sich gar nicht mehr zu verstehen, er wiederholte Namen, Vornamen, Geburtsdatum, dann die gleichen Angaben für Germaine, das Datum ihrer Eheschließung.

»Kinder?«

»Eins«, sagte er zuerst, so wenig dachte er an seine Tochter, die in Savoyen lebte.

»Entschuldigung. Zwei!«

Man mußte ihn für verrückt halten. Bei all dem durfte er am Abend nicht bei Popaul vorbeigehen, denn er mußte Geld auftreiben, um jeden Preis, und dieses »um jeden Preis« war zwingend geboten.

Es war unmöglich, Germaine nicht zu beerdigen. Lag es vielleicht an all diesen Komplikationen, daß er nicht erschüttert war?

Ob ihm sein Bruder unter diesen Umständen Geld geben würde? Wenn es stimmte, daß Marcel in seiner Ehe nichts zu sagen hatte, dann war es besser, er wandte sich direkt an Renée.

»Meine Frau ist tot!« würde er sagen.

Sie würde antworten:

»Mein armer François!«

»Ich brauche Geld, um ihre Beerdigung zu bezahlen. Wenn ich keines auftreibe, weiß ich nicht, was sie mit ihrem Leichnam machen. Möchten Sie, daß man sagt, Ihre Schwägerin sei in einem Sarg für Bedürftige von uns gegangen? Mir ist das gleich. Sie trägt den gleichen Namen wie Sie.«

Der Wahlkampf für den Stadtrat würde bald beginnen. Er hatte eigentlich schon begonnen.

»Ich glaube nicht, daß es Marcel dienlich ist, wenn man erfährt, daß seine Familie...«

»Cimetière d'Ivry«, sagte der Angestellte und reichte ihm ein Blatt.

»Wir wohnen doch gleich am Cimetière Montparnasse!«

»Haben Sie eine Familiengruft?«

Es gab die Gruft der Nailles, in dem seine Eltern ihre letzte Ruhe gefunden hatten. Jetzt war sie voll.

»Der Friedhof ist ebenfalls voll«, erwiderte der Angestellte. »Jetzt ist Ivry an der Reihe.«

So daß auch noch ein Leichenwagen und Automobile vonnöten waren.

»Muß ich sonst keine Formalitäten erledigen?«

»Ich empfehle Ihnen, sich an das Bestattungsinstitut zu wenden.«

Ein Mann von ungefähr dreißig Jahren, der hinter ihm stand, schien nicht weniger verunsichert. Er wollte eine Geburt anmelden.

»Haben Sie Zeugen?«

Es war sehr heiß. Die Taxis, die zum Bahnhof fuhren, transportierten Liegestühle, Angelruten, manche sogar ein Kanu, das auf dem Dach befestigt war.

Zehntausende, Hunderttausende von Leuten lagen in bunten Badeanzügen am Strand, und in den Hotels wurden Tische gedeckt, mit weißen Tüchern und zwei, drei Blumen, die in einer schmalen Kristall- oder Silbervase standen.

Sie waren nie über Seine-Port am Ufer der Seine, oberhalb von Corbeil, hinausgekommen. Auch nach der Hochzeit waren sie weiter dorthin gefahren, und Bob hatte Haselnüsse von den gleichen Sträuchern gepflückt, von denen auch sein Vater in seinem Alter welche gepflückt hatte.

In den Straßen war alles in Bewegung, und er hatte den Eindruck, daß er als einziger stillstand. Er mußte etwas unternehmen, sofort. Er brauchte Geld, um Germaine zu beerdigen. Er merkte nicht, daß er am Boulevard Raspail war, auch nicht, daß er an dem Haus vorbeiging, in dem er seine Frau kennengelernt hatte.

Das war kein Trödelladen mehr. Die Schaufenster waren modernisiert worden, mauvefarben gestrichen, und eine noch frische Banderole pries preisgünstige Dauerwellen für die Sommermonate an.

Er wartete an der Bushaltestelle am Boulevard Montparnasse. Und wenn Renée in Urlaub gefahren war? Das war zu vermuten. Es wäre ein Wunder, sollte sie in Paris anzutreffen sein. Gewöhnlich fuhr sie mit Marcel nach Deauville, anschließend verbrachten sie den September in ihrem Landhaus an der Loire.

Wenn sie beide nicht in Paris waren, wer blieb dann? Raoul? Er war nicht sicher, ob Raoul Geld hatte, und schon gar nicht, ob er ihm welches geben würde.

François hatte nichts mehr zu verkaufen, nicht einmal seine Armbanduhr. Seinen Ehering hatte er verpfändet, ebenso Germaines alten Schmuck. Das war geschehen, als sie im Krankenhaus lag, so daß sie nichts davon erfahren hatte und Mademoiselle Trudel weiterhin von dem Opal ihrer Tante Mathilde erzählte.

Er blieb auf der Plattform des Autobusses stehen und reichte mechanisch, mit einem Blick auf die Mauern der Häuser, sein Kleingeld. Er stieg am Odéon aus. Dort war er geboren, in einem Haus Ecke Rue Racine, einem stattlichen Gebäude, in dem es einen hydraulischen Fahrstuhl gegeben hatte, der ständig zwischen zwei Stockwerken anzuhalten schien.

Er betrachtete die Fenster, hinter denen nicht mehr die gleichen Vorhänge waren. An einem war ein Käfig mit einem Kanarienvogel zu sehen.

Er ging den Rest der Strecke zu Fuß, überquerte den Boulevard Saint-Germain, wo sein Vater viermal am

Tag, auf dem Weg zu seinem Büro und auf dem Rückweg, vorbeigekommen war. Morgens hatte er bedächtigen und gleichmäßigen Schritts die Zeitung gelesen und seine erste Zigarette geraucht.

Er hatte Lust, den Leuten unvermittelt zuzurufen: »Germaine ist tot.«

Vielleicht würden sie verstehen, daß sich etwas geändert hatte, daß das nicht seine Schuld war, daß er wirklich Geld brauchte, nicht für sich, sondern für Germaine.

Seit langem schon mußte er als Zielscheibe herhalten, schickte man ihm Unglück auf Unglück.

Was würden sie tun, alle, die sie da waren, wenn er sich am Rande des Bürgersteigs hinsetzen und einfach »Leckt mich« sagen würde?

Man hatte nicht das Recht, mehr von ihm zu verlangen als von jedem anderen auch. Es gab Grenzen. Man mußte sich wohl oder übel um Germaine kümmern, um Bob und Odile, die Kleine, die er nicht ewig bei den Bauern in Savoyen lassen konnte, ohne ihre Unterkunft zu bezahlen.

Und um ihn.

Schon drehte man sich nach ihm um, und dabei gestikulierte er nicht, er begnügte sich damit, gewisse Blicke um sich zu werfen. Ein wenig wie Raoul. Raoul hatte recht, wenn er sie verachtete, wenn er alle Welt und obendrein sich selbst verachtete. Er hatte nur allzu recht.

Wenn nur Renée in Paris war, wenn sie ihn empfing – denn das war auch ein Problem, bis zu ihr vorzudringen –, dann würde man weitersehen.

»Einen Marc! Ein großes Glas!«

Er hatte sich plötzlich dazu entschlossen, als er die Kaimauern erreicht hatte. Diesmal trank er nicht, um Abstand zu gewinnen oder um den Nebel zu verdichten, sondern im Gegenteil, um klar und unverhüllt zu denken.

Raoul hatte recht. Man mußte die Dinge nackt, schonungslos sehen. Renée war nackt bestimmt noch aufregend, trotz ihrer fünfundvierzig Jahre und ihrer beiden Töchter. Den beiden, Marie-France und Monique, fehlte es an nichts, sie brauchten kein Unheil zu befürchten. Er kannte sie kaum. Germaine und er waren lediglich zu ihrer Erstkommunion eingeladen worden, und sie hatten Geschenke kaufen müssen.

Allein für ihre Kleidung wurde mehr ausgegeben, als es kostete, eine ganze Familie zu ernähren!

Nein, er würde sich nicht für dumm verkaufen lassen! Wenn er einfach an ihrer Tür klingelte, würde man ihm nur antworten, Madame sei nicht da.

»Geben Sie mir bitte einen Jeton.«

Er wählte die Nummer der Wohnung am Quai Malaquais. Er erkannte die Stimme seiner Schwägerin am anderen Ende.

»Sind Sie es, Renée?«

Sie zögerte, aber es war zu spät.

»Ich habe Sie erkannt. François hier.«

Schweigen.

»Ich muß Sie unbedingt sofort sehen.«

»Unmöglich, mein lieber François. Die ganze Familie ist in Deauville. Das ist reiner Zufall, daß Sie mich antreffen, denn ich bin nur kurz mit dem Wagen nach

Paris gefahren, um meinen Zahnarzt aufzusuchen. Ich
fahre in wenigen Minuten wieder los.«

»Das macht nichts.«

»Bis Sie hier ankommen, bin ich längst wieder unterwegs. Der Chauffeur lädt gerade die Koffer ein.«

»Ich bin nur hundert Meter von Ihnen entfernt.«

»Ich sagte doch...«

»Ich bin gleich bei Ihnen. Germaine ist tot!«

Wieder an der Theke, rief er:

»Das gleiche noch einmal! Schnell!«

Germaine ist tot! Es erregte ihn, die Worte mit halblau-
ter Stimme zu wiederholen, und am liebsten hätte er sie
lauthals hinausgeschrien, als wären sie allesamt daran
schuld oder als verleihe ihm dieses Ereignis mehr
Größe. Hatte er nicht mit dem gleichen Beben einst
seinen Kollegen im Büro verkündet:

»Ich habe einen Sohn!«

Germaine war tot, und er, François Lecoin, bog an
der Rue Bonaparte auf die Uferstraße ein, hielt mit
festem Schritt auf Marcels Wohnung zu, die ihn stets so
beeindruckt hatte.

»Geh allein hin, François!« hatte ihn Germaine gebeten, wenn eine fast feierliche Gelegenheit ihre Anwesenheit am Quai Malaquais erforderlich machte. »Ich
fühle mich bei deinem Bruder nicht wohl.«

Sie sagte nicht:

»Bei Renée.«

Aber genau das dachte sie.

Auch er hatte sich dort stets unbehaglich gefühlt. Im
Grunde genommen die ganze Familie. Wenn seine
Mutter mit anderen Leuten über Marcel sprach, hatte
sie in einem Ton, als dürfe sie nicht daran rühren,
immer gesagt:

»Mein Sohn, der am Quai Malaquais wohnt...«

So wie es ein familieneigenes Vokabular gab, dessen
Wörter nur für den einen Sinn hatten, der in dem Horst

aufgewachsen war, gab es eine Lecoin-Naillesche Geographie, die beinahe gänzlich in einem einzigen Viertel des linken Seineufers Platz hatte, aber mit welch unendlich feinen Unterschieden!

Die Nailles zum Beispiel hatten in ihrer Glanzzeit, obschon ihre Lagerräume und Büros stets auf der anderen Seite des Flusses gestanden hatten, auf zwei herrschaftlichen, durch eine Privattreppe verbundenen Stockwerken gewohnt, im ruhigen Teil des Boulevard Saint-Michel, gegenüber dem Jardin du Luxembourg.

Damals waren sie die Reichen, und doch hatte es seine Mutter stets gekränkt, daß ihre Schwiegereltern, die Lecoins, in der aristokratischen Rue Saint-Dominique wohnten.

Das aus den beiden Familien hervorgegangene Paar, François' Eltern, hatte sich wiederum an der Place de l'Odéon niedergelassen, was schon eine Kategorie tiefer war.

Und François, den Abstieg fortführend, war noch weiter, ans andere Ende des Boulevard Montparnasse, zurückgewichen. Für seine Mutter hieß das fast Montrouge.

Und so war die gesamte Verwandtschaft durch eines ihrer Mitglieder in volkstümlichen oder vielmehr gemischten, fragwürdigen Vierteln gelandet, während Marcel gegen den Strom schwamm und eines der stolzesten Häuser am ganzen Quai Malaquais bezog.

»Gegenüber vom Louvre!« hatte Raoul mit leichter Übertreibung gespottet.

Das war um so überraschender, als sich der alte Eberlin, die Quelle des neuen Reichtums, sein ganzes

Leben darauf versteift hatte, mitten in Charenton in einer seltsamen Villa, einer Art Vorstadthäuschen mit umzäuntem Gärtchen, zu hausen.

Im Grunde hatte sie Marcels Aufstieg allesamt verbittert, François nicht weniger als die anderen, und der Butler, der mit weißen Handschuhen den Portwein servierte, war eine Art Symbol geworden.

Verwandte wurden selten eingeladen, nur zu Gelegenheiten, bei denen es nicht zu umgehen war, wenn man die Verbindung nicht ganz abbrechen wollte. Das war kein Haus, in dem man kurz hereinschaute, um guten Tag zu sagen, und jedesmal, wenn er an der Rue Bonaparte um die Ecke bog, blickte François mit dumpfem Zorn auf dieses Gebäude, in dem kein Platz für ihn war.

Das war Verrat. Durch den Rahmen, mit dem er sich umgab, tat Marcel kund, daß er mit den Seinen nichts mehr gemein hatte.

Aber jetzt war Germaine tot, und François war allein losgezogen, um seiner Schwägerin die Stirn zu bieten.

Renée war eine schöne Frau, eine Art Juno, groß, gutgebaut, ein Prachtweib, ein scharfes Luder, wenn man Raoul glauben konnte, der Gott weiß woher alles wußte, was die Familie betraf, obwohl er sein halbes Leben in den Kolonien verbracht hatte.

Raoul hatte behauptet, sie sei dermaßen heißblütig, daß sie nur zwei Jahre gebraucht habe, um ihrem Bruder sämtliche Lebenskraft auszusaugen.

Es traf zu, daß Marcel in jungen Jahren bereits zusammengefallen war, jeden Glanz verloren hatte, daß seine Haare frühzeitig schütter geworden waren. Er hatte jenes müde Aussehen, das durchaus vornehm wirkt.

»Meinst du, sie betrügt ihn?«

»Sie betrügt ihn nicht. Sie betrügt niemanden. Sie läßt bloß keine Gelegenheit aus, mit jemandem zu schlafen, weil sie es im Blut hat. Angeblich war sie eines Abends in irgendeinem Kabarett von einem ihrer Begleiter dermaßen erregt, daß sie mit ihm unter den Tisch gerutscht ist, wo sie es dann im Schutz eines Tischtuchs, inmitten von fünfzig Personen, getrieben haben.«

Marcel war in Deauville. Die Kleinen waren mitsamt ihrer Gouvernante bestimmt auch dort. Jahr für Jahr mieteten sie dort eine Villa, wenn sie nicht mittlerweile eine gekauft hatten.

»Germaine ist tot!« sagte er sich ein letztes Mal, als er aus dem Fahrstuhl stieg, der einer Sakristei glich.

Und als Renée selbst die mit Schnitzereien verzierte Eichentür öffnete, stieß er, obwohl er es ihr bereits am Telefon gesagt hatte, wie ein Papagei erneut hervor:

»Germaine ist tot!«

»Mein armer François!«

Sie war ausgehbereit, wie sie ihm mitgeteilt hatte. Ausnahmsweise hatte sie nicht gelogen. Sie trug einen luftigen, blumengeschmückten Hut und ein Seidenkleid, das die berühmten Modeschöpfer für ein ländliches Kleid zu halten schienen, und sie verströmte ein schweres und betörendes Parfüm.

Ihren großen, in der Sonne funkelnden Wagen hatte er unten gesehen. Firmin, der Chauffeur, hatte auf dem Fahrersitz gesessen und eine Abendzeitung gelesen.

»Schrecklich, nicht wahr?«

Worauf er ihr in die Augen schaute, was er nicht oft gewagt hatte:

»Warum sollte das besonders schrecklich sein?«

»Wann ist sie gestorben?«

»Gegen Mittag. Etwas später.«

»Die Ärmste!«

»Glauben Sie, Renée?«

»Was meinen Sie damit?«

»Sie hatte so wenig Spaß am Leben!«

Seine Schwägerin war brünett mit einem festen, üppigen Körper und dichten Haaren, die über ihren Nacken fielen. Sie standen beide in der Eingangshalle, die eher an einen Schloßsaal als an den Eingang einer Pariser Wohnung erinnerte, und die Sonne wurde von den Scheiben eines gotischen Fensters zerstückelt.

»Ich nehme an, François, Sie sind ganz durcheinander und wollten Marcel sprechen?«

Sie wußte noch nicht Bescheid; sie redete mit ihm wie immer, wiederholte die konventionellen Worte.

»Weshalb sollte ich?« fragte er schlicht.

Allmählich begann sie sich zu wundern; bei jeder Antwort wunderte sie sich mehr, während es ihn anstachelte, daß sie unsicherer wurde.

»Immerhin ist er Ihr Bruder, nicht wahr?«

»Kaum, Renée!«

Sie mußte in der kurzen Zeit, die zwischen seinem Anruf und seiner Ankunft verstrichen war, einen Scheck oder auch ein paar Geldscheine zurechtgelegt haben; ihre Finger nestelten am Verschluß ihrer Handtasche, die sie jedoch noch nicht zu öffnen wagte.

»Wann findet die Beerdigung statt?«

»Ich weiß es nicht. Ich habe noch nicht darüber nachgedacht.«

»Haben Sie sie nach Hause überführen lassen?«

»Halten Sie das für notwendig? Wir kennen doch kaum jemand! Zu dieser Jahreszeit sind die meisten Leute in Urlaub gefahren.«

Raoul hatte am Abend zuvor ähnlich geredet, aber das hatte brutaler, auf vulgäre Art aggressiv geklungen. Er, François, schien über ganz natürliche Dinge zu reden, mit einer Stimme, die kaum mehr zitterte als sonst.

Sie fragte sich bestimmt, ob er betrunken war. Offenbar war sie allein in der Wohnung, denn sie warf unwillkürlich einen ängstlichen Blick auf die Tür in ihrem Rücken, die einen Spalt offenstand. Trotzdem, es gab Gepflogenheiten, die man selbst in diesem Haus wohl oder übel einhalten mußte.

»Sie trinken doch einen Portwein, François? Entschuldigen Sie, daß ich Sie so ungehörig empfange, aber heute abend findet im Kasino eine Galaveranstaltung statt, und...«

Sie erkannte, daß man das einem Mann, der seine Frau verloren hat, nicht erzählen konnte.

»Verzeihen Sie.«

»Wozu? Das ist nur natürlich. Ich hoffe, Sie amüsieren sich.«

Sie hatte schon immer das Gefühl gehabt, er habe Lust zuzubeißen, aber früher war das eher duckmäuserisch gewesen, und seine Unterwürfigkeit hatte ihn gezwungen, ein Lächeln aufzusetzen.

»Portwein? Whisky?«

»Einen Whisky, wenn es Ihnen nichts ausmacht. Ich habe nur selten Gelegenheit, Whisky zu trinken.«

Sie hatte gehofft, er werde ihr nicht in den Salon folgen, wo man, wenn man eine der Paneelen zur Seite schob, die Bar erkennen konnte. Früher wäre er brav an seinem Platz geblieben, heute jedoch folgte er ihr ganz unbefangen auf den Fersen, betrachtete ihre Hüften, die das cremefarbene Seidenkleid ausfüllten.

Sie wußte, er dachte daran, daß sie allein war, und sie dachte auch daran.

Sie war ihm ausgeliefert. Er könnte sie zum Beispiel töten. Warum nicht?

»Auf Ihr Wohl, François. Sie müssen entschuldigen, daß ich Ihnen kein Eis aus dem Kühlschrank hole, aber die Hausdiener müssen ihn nach unserer Abreise ausgeschaltet haben. Ich glaube, Marcel wäre froh, Ihnen helfen zu können, wenn er hier wäre. Sind Sie... Sind Sie immer noch in der gleichen Lage?«

»Immer noch arbeitslos, ja.«

Zum erstenmal verwandte er dieses schonungslose Wort für seine Situation, und es erregte ihn beinahe ebenso wie sein ständiges »Germaine ist tot«.

»Haben Sie sich nach dem Preis eines geziemenden Begräbnisses erkundigt?«

Das war unverkennbar die Tochter des alten Eberlin, der Millionen zusammengespart hatte, um seinen Lebensabend allein mit einer gebrechlichen Haushälterin in einer Bruchbude am Stadtrand zu verbringen und zur Zerstreuung seine Blumen zu gießen und Unkraut zu jäten.

»Daran habe ich noch nicht gedacht, Renée.«

»Dann...«

Sie entschloß sich, ihre Tasche zu öffnen. Er erahnte den Scheck zwischen ihren Fingern. Fünfhundert? Tausend?

Nie zuvor hatte er sich so aufgekratzt gefühlt. Er wünschte, Raoul wäre da, um ihn zu sehen, oder auch Germaine. Zum Glück war Renée eine Zuschauerin, die so etwas zu würdigen wußte. Der Beweis war, daß sie ihn nicht hervorholte, diesen Scheck, daß sie nicht mehr auf ihre Armbanduhr schaute und es seit einigen Augenblicken vermied, ihrem Schwager ins Gesicht zu sehen.

»Wissen Sie, Renée, in Wirklichkeit ist Germaines Tod nicht das wesentliche Ereignis dieses Tages. Wie ich vorhin schon sagte, sie hing nicht so sehr am Leben.«

»Sie haben sie geliebt, François!« sagte sie in vorwurfsvollem Ton, wie im Theater.

Selbst solche Leute wie die Tochter eines Eberlin, die sich unter dem Tisch eines Kabaretts nehmen ließ, selbst die verspürten das Bedürfnis, zarte Empfindungen zum Ausdruck zu bringen.

Wie seine Mutter!

»Meinen Sie, Renée?«

Er gefiel sich darin, eine nachdenkliche Miene aufzusetzen.

»Nun ja, wissen Sie, ich glaube es nicht. Wir waren aneinander gewöhnt, Schluß, aus. Und das ist nicht besonders angenehm.«

»Haben Sie getrunken?«

»Kaum etwas.«

»Hören Sie, François, ich...«

Er war fest entschlossen, sich nicht abfertigen zu lassen. Er sah es kommen. Sie würde ihn sanft zur Tür schieben, ihm den Scheck für den armen Verwandten reichen und hastig nuscheln:

»Entschuldigen Sie, ich muß jetzt unbedingt los...«

Nein! Heute nicht. Das verfing nicht mehr. Da zog er die andere Lösung vor. Sie zu töten mißfiel ihm keineswegs, denn bei der Gelegenheit könnte er sie vorher vergewaltigen.

Man hatte sich lang genug über ihn lustig gemacht, genau sechsunddreißig Jahre lang, und sein Tag war gekommen. Ihm lag nicht daran, in die Rue Delambre zurückzukehren und dem ernsten Blick seines Sohnes zu begegnen, der seit einiger Zeit zu fragen schien:

»Ist mein Vater weniger wert als andere?«

Denn er täuschte sich nicht. Das war der Sinn der Fragen, die ihm der Junge gestern, nach langem Zögern, während des Essens gestellt hatte:

»Du bist doch klüger als der Vater von Justin? Und als Onkel Marcel?«

Genau das würde sich zeigen. Er hatte nichts zu verlieren, alles zu gewinnen. Er war auf dem Grund angelangt. Er konnte nicht mehr tiefer sinken, und Germaine war tot und würde ihm keine mißtrauischen Blicke mehr zuwerfen, wenn er in Zimmer 15 einträte, und ihn nicht mehr wegen eines gewissen Monsieur Maghin in die Enge treiben.

Man hatte ihn oft genug belogen und oft genug gezwungen, selbst zu lügen. Wenn es ihm doch noch passieren sollte, dann nicht mehr für andere, um ihnen Kummer zu ersparen oder wohlerzogen zu wirken, sondern für sich.

»Ich habe Ihnen noch nicht gesagt, Renée, was an diesem Tag wichtiger ist als der Tod meiner Frau.«

»Es kann nichts Wichtigeres geben, François.«

»Für sie vielleicht. Für mich sicher nicht. Und für Sie auch nicht.«

»Ich wüßte nicht, was ich damit zu tun habe.«

»Dieses Ereignis ist gerade der Umstand, daß Sie hier sind, daß ich hier bin und daß ich Ihnen etwas zu sagen habe.«

»Hören Sie, François, Sie bringen mich noch soweit zu glauben, daß Sie heute nicht ganz normal sind.«

Sie hatte ein wenig Angst und zwang sich zu lachen, ein leises, kehliges Lachen, das sinnlich, fast zweideutig klang, ganz wie ihre ein wenig rauhe Stimme, die einen unweigerlich auf wollüstige Gedanken brachte.

»Jetzt ist nicht der Augenblick, dummes Zeug zu reden.«

»Stimmt. Sie haben eine Galaveranstaltung in Deauville und ich eine geschäftliche Verabredung ganz in der Nähe.«

»Na, sehen Sie!«

»Sobald ich gehe, muß ich Monsieur Gianini aufsuchen.«

Das Schöne war, daß er sich diese Geschichte während der kurzen Busfahrt ausgedacht hatte, und die Idee dazu war ihm gekommen, als er den Namen Gianini am unteren Rand eines bereits zerfetzten Wahlplakats gesehen hatte.

»Meinen Sie Arthur Gianini?«

Sie zog die Stirn in Falten, ihre Augenbrauen rückten zusammen. Die Fensterläden des Salons waren geschlossen, der Teppich gegen die Wand gerollt. Indem sie sich mit den Hinterbacken gegen den Tisch lehnte, zeigte sie, daß sich etwas geändert hatte. Das hieß, daß sie längst nicht mehr die gleiche Eile hatte, ihn aufbrechen zu sehen.

Um das Terrain zu erforschen, murmelte sie:

»Bietet er Ihnen eine Stelle in seinen Läden an der Rue de Buci an?«

Na ja! Es stimmte nicht ganz, daß er diese Geschichte aus dem Stegreif erfunden hatte. In seinem Innersten war es ihm nämlich zur Gewohnheit geworden, der Wahrheit ein wenig auf die Sprünge zu helfen. In Wirklichkeit war es so, daß er sich, wenn er in seinem Nebel lebte – und das war gestern erst der Fall gewesen! –, Geschichten erzählte, ohne zu ahnen, sie könnten eines Tages wahr werden.

Raoul war trotz allem nicht unfehlbar, und er irrte sich, wenn er ihn für ein gutmütiges Schaf hielt. Die Geschichte um den alten, mit einem Orden dekorierten Herrn bewies, daß er keines war, und das war nur eine Geschichte unter tausend, die beinahe Wirklichkeit geworden wäre.

Vor allem abends bei Einbruch der Dunkelheit, wenn sich die elektrischen Lampen mit dem letzten Licht des Tages mischten und der Stadt das falsche Ambiente einer Theaterkulisse verliehen, wenn er bei Popaul das Hin und Her der Mädchen verfolgte, tüftelte er diese Pläne aus, und das um so gründlicher, als sie ihn zu nichts verpflichteten, als sie nicht dazu bestimmt waren, seinem Gehirn zu entweichen.

Unter den Stammkunden des Feldwebels war ihm ein alter, sehr feiner Herr aufgefallen, perfekt gekleidet, gepflegt bis ins letzte Detail, der die kleine Rosette der Ehrenlegion im Knopfloch trug.

Er war der Ängstlichste von allen, wenn er dem Mädchen in einigen Schritten Abstand in das Hotel folgte und später wieder auf die Straße trat.

»Der da«, hatte der Feldwebel einmal bei einem Glas an der Theke gesagt, »der zahlt mir zwar zehnmal mehr als die anderen, aber ich wäre trotzdem froh, wenn ich ihn nicht mehr sähe. Ich frag mich, was diesen Alten durch den Kopf geht. Es gibt immer noch Dinge, die einem zuwider sind, und ich hab das Gefühl, daß das eines Tages schiefgeht.«

Damit hatte es angefangen. Der alte Herr war wahrscheinlich Familienvater oder Großvater. Er stand womöglich an der Spitze eines bedeutenden Unternehmens, eines Verwaltungsrats oder Staatsdienstes, vielleicht war er ein hoher Beamter wie Großvater Lecoin?

Und er hatte Neigungen, die sogar eine erfahrene Prostituierte wie den Feldwebel anwidern konnten.

François hatte sich gesagt:

»...Ich kann ihm ja mal nachgehen, das ist nicht weiter schwierig. Sobald ich weiß, wo er wohnt, werde ich mich erkundigen...«

Seine Geschichten waren stets von präzisen Bildern begleitet, und im Geiste sah er den alten Herrn eines der herrschaftlichen Stadthäuser betreten, die er im Viertel kannte, Richtung Boulevard Saint-Germain, in der Rue de Grenelle zum Beispiel oder gar in der Rue Saint-Dominique, wo seine Großeltern gewohnt hatten.

»Wenn ich erst einmal über seine Geschäfte unterrichtet bin, brauche ich nur abzuwarten, bis er das nächste Mal aus dem Hotel kommt. Ich werde sehr höflich sein, keineswegs drohend. Ich werde lächeln. Den Hut ziehen. Ich werde ihm freundlich sagen:

›Entschuldigen Sie, daß ich Sie auf der Straße anspreche, Monsieur X..., aber ich habe schon seit langem den Wunsch, für Sie zu arbeiten, und ich erlaube mir, die Gelegenheit, die sich mir bietet, zu nutzen. Ich bin überzeugt (ein lässiger Blick auf das anrüchige Hotel), daß wir einander verstehen.‹«

Er war ihm wirklich nachgegangen, eines Abends, und wegen des regen Treibens auf der Straße hatte sich das schwieriger gestaltet, als er gedacht hatte. Er war ihm nicht sehr weit gefolgt, nur bis zur Gare Montparnasse, wo der alte Herr in ein Taxi gestiegen war, und er hatte nicht einmal die Adresse mitbekommen, die jener dem Chauffeur genannt hatte.

Er hätte ihm noch viele Abende nachgehen können, denn die Geschichte lag schon lang zurück. Er hatte es nicht getan, weil zu jener Zeit die Pläne, die er auf diese Art schmiedete, keinerlei Bedeutung hatten. Sie waren nur zu seinem Vergnügen. Er erzählte sich Geschichten, und es gefiel ihm, immer neue zu erfinden.

Es gab andere, harmlosere und schlimmere, und einige unter ihnen waren nicht völlig vergessen. Raoul, der alles zu wissen glaubte, wäre überrascht gewesen, wenn er gewußt hätte, was sich im Kopf seines Bruders zusammenbraute.

Renée, die ebenfalls nichts wußte, aber allmählich eine Ahnung bekam, redete leise und wider besseres Wissen von einer Stelle in Gianinis Läden. Er zuckte mit den Schultern.

»Können Sie sich vorstellen, daß ich Endiviensalat oder Heringe in einem Viertel verkaufe, für das mein Bruder im Stadtrat sitzt?«

Sie biß sich auf ihre vollen Lippen, die ein fetter und glänzender Lippenstift noch betörender, noch sinnlicher machte.

Von diesem Moment an war er sicher, das Spiel gewonnen zu haben.

Er war nicht mehr der gleiche Mensch.

Germaine war tot.

Gianini war ein kleiner, stämmiger Mann mittleren Alters, der sich mal als gebürtigen Korsen, mal als gebürtigen Italiener bezeichnete. Er behauptete, die ersten Schritte ins Leben habe er als Straßenverkäufer von Eiscreme und heißen Maronen getan, was wahrscheinlich zutraf.

Er hatte auch als Kellner gearbeitet, erst in einer Brasserie am Boulevard Saint-Michel, dann in einem Nachtlokal in der Umgebung.

Während die Wohnung am Quai Malaquais für einen (trotz einer leichten Verstaubtheit) eleganten, gepflegten Teil des Viertels Saint-Germain-des-Prés stand, war Gianinis Laden in der Rue de Buci gleichsam der strahlende Mittelpunkt all der engen und übervölkerten Sträßchen des gleichen Viertels.

Das war ein seltsames Geschäft, zwischen einem

Milchladen und einem Bistro gelegen. Es hatte bereits zwei andere Läden geschluckt, und das waren sicher nicht die letzten. Im Sommer hatte es weder eine Tür noch Scheiben vor der Auslage. Es war eine zur Straße hin offene Halle, farbenfroh, buntscheckig, lärmend, ächzend, voll intensiver Gerüche, in der die Hausfrauen in einem heillosen Tohuwabohu unablässig drängelten.

»Gianini ist billiger.«

Überall waren Schilder zu sehen, auf denen in ungeschickten Buchstaben, teils rot, teils grün, teils blau, Waren und Preise standen; sie hingen über den baufälligen Türmen von Orangen und Bananen, über dem Kohl, den Erbsen, Pfirsichen und Salaten, über der Wurst- und Fleischabteilung und über dem Fischstand.

Über allem prangte der Slogan des Hauses:

»Die Leute von Saint-Germain-des-Prés sind ehrlich.

Bedienen Sie sich selbst.

Wir haben keine Zeit, Sie zu kontrollieren.

Wir vertrauen Ihnen.

Bezahlen Sie am Ausgang.«

Die Hausfrauen wogen ihr Obst selbst, wählten selbst ihren Wittling oder ihre Scheibe Seeteufel. In der Metzgerei türmten sich die bereits zurechtgeschnittenen und mit einem Preisschildchen versehenen Steaks und Koteletts.

Aus einem Lautsprecher tönte von morgens bis abends Musik, bisweilen unterbrochen von einer fröhlichen Ansage.

*»*Vergessen Sie nicht, meine Damen, heute ist die Seife spottbillig.*«*

Gianini, immer gutgelaunt, immer ungezwungen, freundlich, jeden beim Namen nennend, wanderte durch die Menge wie ein wohlwollender König inmitten seiner Untertanen.

Hatten ihn seine Popularität und der Umstand, daß in dem Viertel viele Italiener lebten, auf die Idee gebracht, bei den Wahlen zum Stadtrat zu kandidieren?

Hatte er nicht – angesichts der Gewinne, die er erzielen würde, wenn er erst einmal Stadtrat war – angefangen, die Preise zu senken?

Das war nicht weiter wichtig. Er war ein so gefährlicher Konkurrent für Marcel Lecoin, daß dieser bereits eine kleine Zeitung gegründet hatte, die ihn sehr viel Geld kostete.

An den Mauern waren bereits die ersten Plakate zu sehen, allerdings noch nicht an den Plakatwänden, die erst im Herbst aufgestellt wurden.

François war mehrfach bei Gianini vorbeigekommen, und der Anblick, wie sich die Menge in einem aberwitzigen, von der Musik untermalten Tempo der Waren bemächtigte, und vor allem, wie das Geld in die am Ausgang installierten Registrierkassen prasselte, dieser Anblick verwirrte ihn.

Und es verwirrte ihn nicht minder, diesen kleinen, breitschultrigen Mann zu sehen, der inmitten dieses ganzen Aufruhrs Ruhe bewahrte, lächelte, scherzte und auf alles ein wachsames Auge hatte.

Mit den Lecoins, den Nailles ging es ständig bergab, von Generation zu Generation, immer enger mußten sie den Gürtel schnallen, sie schlichen fast auf Umwegen durch die Straßen, während dieser Mann dort, der aus der Gosse kam, mit unerschütterlicher Freude im Geld schwamm.

Hatte er Kinder, Söhne? Gingen sie aufs Gymnasium? Vielleicht auf Stanislas? Sicher machte sich manch bleicher und blutleerer Sprößling aus großbürgerlichem Elternhaus über sie und ihren Ladengeruch lustig...

Hätte Bob gern einen Gianini zum Vater gehabt?

Diese Gedanken stammten aus der Zeit, in der sich François Geschichten erzählte.

Damals faszinierte ihn der kleine Italiener regelrecht, und er strich in Gedanken um ihn herum, dachte sich immer neue Annäherungsversuche aus.

Warum sollte Gianini nicht auch, wie Marcel, eine Zeitung gründen?

Er würde jemand brauchen, der gebildet war, der schreiben konnte.

»Ich habe Abitur. Ich bin es gewohnt, Texte zu verfassen. Bedenken Sie, was es heißt, Artikel herauszugeben, die von dem Bruder Ihres Widersachers unterzeichnet sind.«

Er stellte sich Marcels Gesicht vor, seine kalte Wut. Er stellte sich einen recht glaubhaften Anruf vor.

»Ich muß dich sofort sprechen, François.«

»Entschuldige, ich bin sehr beschäftigt.«

Worauf Marcel einen weniger arroganten Ton anschlagen würde.

»Wann können wir uns treffen?«

»Mal sehen! Vielleicht übermorgen, gegen neun?«

Ganz bewußt, weil sein Bruder gewöhnlich spät aufstand. Würde er auf Marcels Angebot eingehen?

Nun, die Zeit des Träumens war vorbei. Er spielte eine gewichtige Rolle. Innerhalb weniger Minuten, weil Raoul bei ihm eingedrungen war, weil Germaine tot war, hatte er aufgehört, Pläne ins Leere zu schmieden.

»Nein, Renée. Es geht nicht darum, als Angestellter in seinem Laden zu arbeiten. Nicht einmal als Kassierer oder Buchhalter. Sie wissen, Gianini hat politische Ambitionen. Es heißt, ein Sitz im Rathaus bringt mehr ein als ein Abgeordnetenmandat und sogar als ein Ministeramt.«

»Sie übertreiben, François.«

Sie hatte sich mit einer Hinterbacke auf die Tischkante gesetzt, und er sah, wie ihr durch die Seide schimmerndes Bein nervös hin und her pendelte.

Sie nahm sich eine Zigarette aus einem goldenen Etui, zündete sie mit einem ebenfalls goldenen Feuerzeug an, blies den Rauch in den Raum.

»Entschuldigung. Ich habe vergessen, Ihnen eine anzubieten.«

»Das macht nichts. Gianini ist nicht besonders gebildet, so daß er einen großen Teil der Wahlpropaganda nicht persönlich in Angriff nehmen kann. Wahrscheinlich hat er über Freunde von mir gehört. Er erwägt eine Zeitung aufzuziehen...«

»Deren Artikel dann mit Lecoin unterzeichnet sind, nehme ich an?«

»Ich weiß noch nicht, ob ich ein Pseudonym verwenden werde. Soweit sind wir noch nicht. Diese Einzelheiten wollen wir heute abend besprechen.«

»Ich habe verstanden.«

»Sie haben verstanden, nicht wahr, daß der Umstand, daß mein Bruder mit Politik befaßt ist, mich nicht davon abhalten kann, an meine eigene Lage zu denken? Ich habe einen Sohn, eine Tochter. Bislang habe ich mich im Hintergrund gehalten.«

Sie rückte vom Tisch ab und ging auf die Bar zu, um sich nachzuschenken.

»Nun ja, François, das sind in der Tat Neuigkeiten.«

Wieder ließ sie ihr kehliges Lachen ertönen.

»Ich gratuliere Ihnen. Schade, daß Marcel nicht da ist, um mit Ihnen darüber zu sprechen.«

»Ich glaube nicht, Renée, daß Marcels Anwesenheit von irgendeinem Nutzen wäre.«

»Setzen Sie sich, François. Das heißt, bedienen Sie sich zuerst.«

»Ich möchte heute abend nicht trinken. Ich trinke sehr selten, wissen Sie.«

»Setzen Sie sich.«

War es Absicht, daß sie, als sie sich ihm gegenüber in einem tiefen Ledersessel niederließ, ihre Beine bis weit über die Knie zeigte?

Anfangs schaute sie ihn kurz an, als wollte sie die Veränderung ermessen, die in ihm vorgegangen war.

»Ich muß gestehen, als Sie kamen, habe ich geglaubt, Sie seien betrunken. Wohlgemerkt, ich hätte verstehen können, wenn Sie in Ihrer Trauer getrunken hätten.«

»Ich war nicht betrunken.« ·

»Ich weiß.«

Sie gewöhnte sich daran, ihm ins Gesicht zu sehen. Sie war sich noch nicht ganz sicher, was sie denken sollte.

»Ich nehme doch an, Sie hegen keine besondere Zuneigung für Gianini... Zwischen ihm und Ihrem Bruder...«

»Ich hege auch keine Zuneigung für meinen Bruder.«

»Für mich selbstverständlich auch nicht!« stieß sie lachend hervor.

»Mit Ihnen ist das etwas anderes. Zuneigung kann man das jedenfalls nicht nennen. Das werden wir später sehen.«

»Wieviel hat Ihnen Gianini für seinen Wahlkampf geboten?«

»Die Summe ist noch nicht endgültig. Wissen Sie, Renée, ich muß mich vollkommen neu einkleiden. Ich glaube auch nicht, daß ich in der Wohnung in der Rue Delambre bleiben kann. Sie selbst haben sie nie zu betreten geruht. Und es werden zwangsläufig große Repräsentationskosten auf mich zukommen.«

Plötzlich schreckte er davor zurück, eine Zahl zu nennen. Er war es so sehr gewohnt, unterwürfig zu sein, daß er fürchtete, nicht hoch genug zu greifen.

Das Weibsbild spürte das. Sie tat nichts, um ihm zu helfen, obwohl sie ihm ein aufmunterndes Lächeln schenkte.

»Fast hätte ich Germaines Begräbnis vergessen, denn Tatsache ist, daß Germaine tot ist und ihr Leichnam immer noch im Krankenhaus liegt.«

»Weiß Gianini davon?«

»Noch nicht.«

Es war mit dem Italiener nicht anders als mit Monsieur Maghin, dem bewußten Stuhlflechter. Mit jedem Satz wurde er ein wenig realer, rückte er ein wenig näher. François würde bald wirklich glauben, er habe sich für den Abend mit ihm verabredet.

»Hören Sie zu, Renée. Sie sind in Eile, ich auch. Wahrscheinlich werden wir heute nicht auf Einzelheiten eingehen. Er wird mir einen Scheck über zehntausend Francs für meine dringendsten Bedürfnisse ausstellen, den Rest werden wir später sehen. Sagen Sie Marcel, es tut mir leid, ich werde mein möglichstes tun, nicht allzu boshaft zu sein.«

Es war geschafft. Sie zog ein schmales Scheckheft aus ihrer Handtasche statt des fertig ausgestellten Schecks für den armen Verwandten. Ihr Federhalter war aus Gold, wie ihr Zigarettenetui, wie ihr Feuerzeug, wie ihre schwere Armbanduhr.

Sie schrieb.

»Hier, François. Ich glaube, es ist nicht nötig, daß Sie sich mit Arthur Gianini treffen. Ein Anruf dürfte reichen. Sagen Sie ihm, Sie hätten nachgedacht und zögen es doch vor, für Ihren Bruder zu arbeiten. Nächsten Mittwoch habe ich wieder einen Termin bei meinem Zahnarzt. Rufen Sie mich gegen vier Uhr hier an.«

Als sie ihm vor der Tür die Hand drückte, fügte sie hinzu:

»Mein Beileid, François! Ich habe hier auch nichts mehr zu tun. Ich gehe mit Ihnen.«

Er begleitete sie bis zu ihrem Wagen. Firmin hielt ihr die Tür auf.

»Soll ich Sie irgendwo absetzen?«

»Danke, Renée. Grüßen Sie Marcel.«

Es war noch nicht sechs Uhr, viele Geschäfte waren noch geöffnet.

Es drängte ihn vor allem, sich von Kopf bis Fuß neu einzukleiden.

Er sprang in ein Taxi, und die Ungeduld setzte ihm derart zu, daß er nach den öffentlichen Uhren schielte.

5

Er ließ das Taxi am Boulevard Montparnasse anhalten, gegenüber der Terrasse des ›Dôme‹, wo die Leute nichts anderes zu tun hatten, als ihren Aperitif zu trinken und den Passanten nachzublicken. Er bog in die Rue Delambre ein, hielt bereits nach der großen Uhr von Monsieur Pachon Ausschau.

Er hielt die Kordel eines Pakets in der Hand, dessen braunes Papier den Namen eines Geschäfts am Boulevard Saint-Michel aufwies. Das waren die Schuhe, die er Bob gekauft hatte. Denn er hatte auch an Bob gedacht. Er hatte die ganze Zeit an ihn gedacht.

Er dachte sogar an ihn, als er in dem eleganten Geschäft, in dem er sich schon seit Jahren einmal hatte einkleiden wollen, seinen Anzug anprobierte.

Während er sich in dem dreiteiligen Spiegel betrachtete, verdarb ihm der Gedanke an den Scheck ein wenig die Freude, was immer noch an der Erziehung lag, die er genossen hatte, eine Erziehung des Hosenstrammziehens, wie Raoul sagte. Er hatte Angst, gleich an der Kasse für einen Schwindler gehalten zu werden.

Sein erster Gedanke war gewesen, einen schwarzen Anzug zu kaufen, einen richtigen Traueranzug, so daß er vor Bobs Augen und vor denen der gesamten Rue Delambre, sogar vor Marcel und Raoul, als würdevoller Witwer dastehen würde.

Dann hatte er in dem Regal einen grauen, sehr feinen

Zwirnanzug gesehen, leicht und schmiegsam, einen Anzug, von dem er seit seinem achtzehnten Lebensjahr geträumt hatte.

»Leider muß ich Trauer tragen!« hatte er dem Verkäufer erwidert, der ihn ihm anhielt.

»Gestatten Sie mir eine persönliche Meinung. Es ist Hochsommer, werter Herr, und Sie werden wahrscheinlich reisen, Ferien machen, mit dem Auto fahren. Meines Erachtens würde dieser graue Anzug – beachten Sie: ein Grau ohne jedes Muster –, kombiniert mit einem schwarzen Hut, einem weißen Hemd und einer dunklen Krawatte, eine ebenso zurückhaltende wie vornehme Trauerkleidung ergeben. Heutzutage bürden sich nur noch wenige Leute, vor allem der höheren Gesellschaft, eine strikte Trauerkleidung im alten Stil auf.«

Anzüge von der Stange paßten ihm im allgemeinen, denn er war weder zu dick noch zu mager.

»Sie behalten ihn an, vermute ich? Ihren lasse ich Ihnen liefern, oder möchten Sie ihn gleich mitnehmen?«

»Ich lasse Ihnen meine Adresse da.«

Es folgte der kurze, unangenehme Augenblick, vor dem er sich fürchtete, seit er das Geschäft betreten hatte. An der Kasse angekommen, überreichte er dem Verkäufer seinen Scheck, den dieser mit verlegener Miene betrachtete. Vielleicht bereute er, daß François den Anzug anbehalten hatte.

»Einen Moment bitte. Ich muß leider den Inhaber hinzuziehen.«

Es war in der Tat eine seltsame Idee, nach Schließung

der Banken einen Anzug zu kaufen und nur einen Scheck über zehntausend Francs in der Tasche zu haben, vor allem wenn man dafür ein mehr als verschlissenes Kleidungsstück zurückließ.

Der Inhaber war ein kleiner, feister Mann, piekfein, schwarzhaarig, wohlriechend. Er lispelte ein wenig. Auch er drehte den Scheck zwischen seinen beringten Fingern hin und her, als wollte er einen Taschenspielertrick vorführen.

»Hat die Dame Telefon?« fragte er schließlich höflich, aber keineswegs begeistert.

»Sie hat Telefon, ist aber gerade nach Deauville abgereist. Sie ist meine Schwägerin, die Frau des Stadtrats.«

»Sie sind der Bruder des Stadtrats? Ich sehe, daß Sie auch Lecoin heißen.«

»Ich bin sein Bruder.«

»Darf ich Sie fragen, ob Sie einen Ausweis bei sich haben?«

Errötend holte er ihn hervor.

»Ich kann Ihnen heute nicht die gesamte Differenz aushändigen, aber ich stelle Ihnen eine Quittung aus. Wenn Sie morgen nach der Öffnung der Banken vorbeischauen wollen, kann ich Ihnen den Rest übergeben.«

»Es handelt sich um einen Trauerfall«, drängte es ihn zu erklären. »Deshalb bin ich so in Eile.«

Einzig aufgrund dieses erbärmlichen Details bereute er fast, daß er den schwarzen Anzug nicht gekauft hatte, der seinen Worten mehr Glaubwürdigkeit verliehen hätte.

»Ihre Frau?«

»Ja, meine Frau.«

Er hatte tausend Francs in Scheinen erhalten. Es war spät. Er hatte viel Zeit verloren, und er ärgerte sich darüber. Er war ungeduldig, begierig, Bob wiederzusehen. Da nebenan ein Schuhladen war, hatte er erst für sich, dann für Bob, dessen Schuhgröße er kannte, ein Paar gekauft. Man hatte ihm zugesichert, er könne sie umtauschen, falls sie nicht paßten. Bei dieser Gelegenheit hatte er sich gleich noch ein Paar schwarze Strümpfe gekauft, einige Häuser weiter dann, immer noch am Boulevard Saint-Michel, einen schwarzen Filzhut, weiße Hemden und zwei dunkle Seidenkrawatten.

Noch nie hatte er so viel in so kurzer Zeit gekauft, und er dachte immer noch an die Minuten, die verstrichen.

Er mußte sich noch um das Beerdigungsinstitut kümmern. Das hatte Zeit. Solche Büros schließen nie, nicht einmal nachts.

Ein seltsames Gefühl hatte ihn befallen, eine Art Schwindel, ein Drang, entschlossen, sehr schnell zu handeln, alles mögliche zu erledigen, ohne Atem zu holen. Er wußte nicht mehr, wie und wann genau dieser Drang über ihn gekommen war, aber er hatte den Eindruck, daß das um keinen Preis aufhören durfte. Davon angetrieben, nahm er erneut ein Taxi zur Rue Delambre.

Er spürte den neuen Stoff. Er kam nicht auf den Gedanken, in ein Bistro einzukehren und ein Glas zu trinken.

Wer weiß? Vielleicht würde er die Gelegenheit nutzen, das Trinken ganz aufzugeben.

Hätte Bob nicht auf ihn gewartet, hätte er sofort die Kaufleute in seiner Straße aufgesucht, denen er Geld schuldete. Er schuldete so gut wie allen etwas, und plötzlich war ihm die Vorstellung unerträglich, sie könnten denken, er sei ein armer Mann und nicht in der Lage, sie zu bezahlen.

Aber Bob war dort oben, und es war bald Zeit, zu Abend zu essen. Eines aß der Junge für sein Leben gern, ohne jedoch oft in den Genuß zu kommen: das waren Hummermuscheln mit Mayonnaise, wie man sie so verlockend in den Schaufenstern der Feinkostläden sieht.

Durch die Scheiben hindurch mußte man ihn vor-übergehen sehen, so gar nicht mehr der arme Schlucker, der sich vor einigen Stunden aus der Rue Delambre geschlichen hatte. Die Leute hatten ja keine Ahnung. Er verspürte keinerlei Mattigkeit mehr. Er hatte nicht mehr die geringste Lust, den Kranken zu spielen, sich achtundvierzig Stunden auszustrecken und sein Schicksal dem Zufall zu überlassen.

Wie oft hatte ihn diese Lust überkommen! Aufhören zu denken, sich Sorgen zu machen, wieder ein Kind sein oder ein Kranker, um den sich andere zu kümmern haben.

Für ihn war niemand da, war nie jemand dagewesen.

»Ich hätte gern Hummermuscheln.«

»Wieviel?«

Er zögerte.

»Vier!«

Zwei Muscheln für jeden. Genug, um Bob zu Tränen zu rühren.

»Wenn Sie mir noch meine kleine Rechnung reichen wollen, Madame Blaizot, dann kann ich sie bei dieser Gelegenheit begleichen.«

Warum sollte er nicht noch einen Blätterteigkuchen mit Schlagsahne kaufen? Dem Konditor schuldete er ebenfalls Geld. Das war genau gegenüber von seinem Haus. Madame Boussac würde ihn aus dem Laden kommen sehen. Es war wichtig, daß das ganze Viertel möglichst schnell erfuhr, daß er nicht mehr der kleine Angestellte war, der anschreiben ließ.

Auf einmal erschien ihm die Rue Delambre herzlicher, sympathischer mit ihrer Ungezwungenheit, ihrer vertrauten Mischung von unterschiedlichen Wesen, die einzeln von ihrem Geschick getrieben wurden, und er fragte sich, ob es wirklich sinnvoll war, umzuziehen. Er betrachtete vom Bürgersteig aus die offenen Fenster, erblickte niemand. Er ging an der Loge der Concierge vorbei und dachte:

»Wenn sie wüßte...«

Es würde zuviel Zeit kosten, jetzt gleich seine Miete zu bezahlen, und er wollte sich nicht all seines Bargeldes entledigen. Das hatte Zeit bis morgen. Eigentlich würde er Madame Boussac einen schönen Streich spielen, da sie künftig ihre schlechte Laune nicht mehr an ihm auslassen konnte, war doch ihre schlechte Laune für sie genauso wichtig wie die Heimtücke des Schicksals für seine Mutter.

Er stürmte die Treppe hinauf. Er war so gerührt, als er vor seiner Tür stand, daß ihm Tränen der Freude in die Augen stiegen.

Er hatte es endlich geschafft!

Seine Hände zitterten, als er den Schlüssel ins Schloß steckte. Er hatte weiche Knie. Er trat ein, die Pakete auf seinem linken Arm, und zuckte zusammen, als er Stimmen hörte.

Bob kam nicht gelaufen, um ihn zu begrüßen, wie er sich ausgemalt hatte. Er ging durch das Vorzimmer, ängstlich, unzufrieden. Ziemlich steif stellte er sich in den Türrahmen des in der untergehenden Sonne roten Eßzimmers.

Sie schauten ihn an, ohne einen Ton zu sagen. Bob saß am Tisch, eine Serviette um den Hals, vor sich ein Stück Sahnetorte. Er wirkte verlegen. Raoul hingegen, die Ärmel bis zu den Ellbogen hochgekrempelt, im Sessel versunken, ein Glas in der Hand, rauchte eine pechschwarze Zigarre.

Statt die bewundernde Überraschung seines Sohnes auszukosten, wie er es sich so sehr vorgenommen hatte, suchte er unwillkürlich den Blick seines Bruders, denn er wußte, daß Raoul alles mit einem Blick erfaßt hatte.

»Ich hätte nicht gedacht, dich hier vorzufinden«, sagte er kühl.

»Ich leiste meinem Neffen schon seit einer guten Stunde Gesellschaft. Wir sind zusammen einkaufen gegangen. Erst wollte er nicht mitkommen. Er hat behauptet, er warte auf dich und dürfe die Wohnung auf keinen Fall verlassen.«

Bob schämte sich, als hätte er einen Verrat begangen. Erneut sah er auf den neuen Anzug seines Vaters, ohne jedoch etwas zu sagen.

»Ich hab dir Hummermuscheln mitgebracht, Bob.«

Der Junge schien seine Enttäuschung zu verstehen,

denn er versuchte Begeisterung zu heucheln, obwohl er offensichtlich keinen Hunger mehr hatte.

»Danke, Papa. Die mag ich so gerne! Danke, danke!«

Er traute sich nicht, das Stück Kuchen weiterzuessen. Er traute sich auch nicht, aufzustehen.

»Und Schuhe hab ich dir gekauft.«

»Mit Kreppsohlen?«

»Genau so, wie du sie dir gewünscht hast.«

»Darf ich sie sehen?«

Er machte das Päckchen vorsichtig auf, aber nicht so, wie er es getan hätte, wenn sie zu zweit gewesen wären.

»Und einen Blätterteigkuchen!« fügte sein Vater mit einem Blick auf das Stück Sahnekuchen hinzu.

Raoul schwieg, beobachtete ihn mit einem merkwürdigen Lächeln. Das war nicht sein übliches Lächeln, und vermutlich fühlte er sich auch nicht besonders wohl. Er weigerte sich, nichts zu verstehen. Er, der sich rühmte, alles zu verstehen, er durchschaute die Sache nicht, und er konnte eine gewisse Verwirrung nicht verbergen.

Er wirkte sogar peinlich berührt, als François die Flasche Cognac zur Seite schob, die er mitgebracht und bereits angebrochen hatte.

»Ich hab mir gedacht, du hast wahrscheinlich nichts zu trinken im Haus.«

»Ich habe keine Lust zu trinken.«

»Sind die schön! Darf ich sie anprobieren, Papa?«

»Probier sie in deinem Zimmer an.«

»Ich esse den Kuchen gleich auf«, sagte er zu seinem Onkel.

Er hatte keine Angst mehr vor ihm. Die beiden schienen Frieden geschlossen zu haben, und François fragte sich besorgt, was sein Bruder dem Jungen erzählt haben mochte.

Die Schlafzimmertür war noch nicht geschlossen, da murmelte Raoul:

»Sie ist also tot!«

Und ohne eine Antwort seines Bruders abzuwarten:

»Hast du Marcel getroffen?«

Sein Blick hatte sich für einen Moment auf den Anzug und die kostspieligen Einkäufe geheftet.

»Nein, ich habe nicht versucht, ihn zu treffen.«

Der Gedanke an Renée kam Raoul nicht, so daß er vergeblich nach der Lösung des Problems suchte.

»Guck mal, Papa. Sie passen mir. Sie sind nicht zu klein. Sie tun nicht einmal weh. Darf ich sie anbehalten, bis ich schlafen gehe?«

»Komm her, mein Junge.«

Raouls Anwesenheit hatte seine Pläne umgeworfen. Ihm war unterwegs klargeworden, daß er dem Kind den Tod seiner Mutter kaum mitgeteilt hatte, und er hatte sich vorgenommen, feierlicher mit ihm darüber zu reden. Nur durch Zufall, wegen seines Bruders, waren ihm die Schuhe, die Muscheln und der Blätterteigkuchen eher eingefallen.

»Du bist doch ein kleiner Mann, nicht wahr? Wir beide, wir haben uns in den letzten Monaten gut vertragen. Oder warst du unglücklich?«

»Aber nein, Papa.«

Raoul nutzte die Gelegenheit, um sich nachzuschenken und ans Fenster zu gehen.

»Nun gut! Bob, von heute an werden wir immer zu

zweit sein. Ich verspreche dir, daß ich mein möglichstes tun werde, um deine Mama zu vertreten.«

Das Kind schaute seinen Vater ruhig an.

»Ich weiß, Mama ist tot«, sagte er mit einer Stimme, in der keinerlei Rührung schwang.

»Sie ist tot, Bob. Vorhin war ich zu aufgewühlt und zu beschäftigt, um so mit dir darüber zu reden, wie ich es mir gewünscht hätte.«

François hatte vorgesehen, ihn in diesem Moment in seine Arme zu schließen, aber der Junge senkte nachdenklich den Blick auf seine Schuhe, dann ging er langsam zu seinem Schlafzimmer.

»Bist du sehr unglücklich, Bob?«

»Nein.«

Diesmal drückte er die Tür zu. Raoul wandte sich um, beobachtete seinen Bruder eine Weile, dann bemerkte er, als hätte er gerade eine Entdeckung gemacht:

»Kurz und gut, du bist also Witwer!«

»Hat dir der Kleine etwas erzählt?«

»Worüber?«

»Ich weiß nicht. Über seine Mutter. Über mich.«

»Über dich haben wir nicht geredet. Er hat mir gesagt, daß Germaine tot ist, danach haben wir über den Busch, über Elefanten, Löwen und Boas geredet.«

François war sich dessen nicht sicher, und er spürte, daß ihn ein der Eifersucht nahes Gefühl beschlich.

»Hatte er keine Angst vor dir, als du zur Tür hereinkamst?«

»Du hättest wohl gern, daß er Angst vor mir hat, was? Im Grunde bist du wütend, weil wir gute Freunde geworden sind.«

»Wo du schon hier bist, würde ich dich gern um einen Gefallen bitten. Ich möchte Bob heute abend nicht allein lassen. Andererseits muß jemand mit dem Beerdigungsinstitut die Einzelheiten der Bestattung besprechen.«

»Hast du das noch nicht getan?«

»Ich hatte keine Zeit dazu.«

Er mußte von dem Jungen erfahren haben, wann François das Haus verlassen hatte. Sicher, er hatte den Anzug und die anderen Kleinigkeiten gekauft. Und er war im Krankenhaus und auf dem Bezirksamt gewesen. Aber den Rest der Zeit? Augenscheinlich war das die Frage, die sich Raoul stellte: Wohin war sein Bruder gegangen, um sich Geld zu besorgen?

»Läßt du den Leichnam hierher überführen?«

François betrachtete das Eßzimmer, in dem Germaine inmitten brennender Kerzen aufgebahrt werden müßte. Er zögerte. Nein! Es war unmöglich, mit Bob neben einem Totenzimmer zu leben, zu schlafen, zu essen.

»Besser nicht, glaube ich. Trotzdem, mir wäre lieb, wenn ein schwarzer Behang an der Haustür hinge und der Leichenzug hier losginge.«

Er fuhr mit der Hand zu seiner offenen Brieftasche, so daß sein Bruder die Banknoten sehen konnte, und fügte hinzu:

»Wenn etwas sofort zu bezahlen ist...«

»Laß schon. *Ich weiß, daß du Geld hast.*«

Denn das war ein anderer Mann, den Raoul vor sich hatte, und nicht nur andere Kleider, nichts anderes wollte er sagen. Er war nicht zufrieden, denn er verstand es noch nicht, zudem war das zu schnell gegangen, das war nicht so gelaufen, wie er vorhergesehen hatte. Er wirkte beinahe beunruhigt.

»Würdest du das übernehmen? Tu dein Bestes. Ich will niemandem Sand in die Augen streuen, aber ich möchte schon, daß es gut aussieht.«

»Mit Kirche?«

»Natürlich.«

»Eine Messe?«

»Wenn du meinst, daß das einem schlichten Gebet am Sarg vorzuziehen ist. Germaine war sehr fromm.«

Sie waren alle fromm gewesen. Er hatte Raoul nicht gefragt, ob er noch in die Kirche ging, so sehr war er vom Gegenteil überzeugt. Er selbst war seit Jahren nicht mehr gegangen, obwohl er in letzter Zeit hin und wieder Lust dazu verspürte.

Ob Marcel und Renée ihren religiösen Pflichten nachkamen? Wenn ja, war das reine Wahltaktik.

»Ich geh schon«, seufzte Raoul. Er krempelte die Ärmel seines Hemds hinunter und knöpfte sie zu. »Vielleicht komme ich nachher noch einmal vorbei. Ich sehe ja von der Straße aus, ob Licht brennt.«

Er blieb einen Augenblick vor seinem Bruder stehen, und jener fragte sich, was Raoul gleich sagen würde.

»Und, war es sehr hart?«

»Was?« fragte François, der sehr wohl verstand, daß nicht von Germaine die Rede war.

»Stell dich nicht so dumm an. Mit mir nicht. Mit mir niemals, mein Junge. Bis später.«

Seine Stimme klang beinahe drohend. Er war nicht

zufrieden. Weshalb starrte er so offenkundig auf die Schlafzimmertür? Seine schlechte Laune hing mit Bob zusammen. Irgend etwas ging ihm in Zusammenhang mit Bob durch den Kopf. Aber was?

François verharrte einen Moment vor dem unaufgeräumten Tisch, bis die Schritte seines Bruders im Treppenhaus verhallt waren, dann ging er auf das Schlafzimmer zu und öffnete langsam die Tür.

Sein Sohn saß auf dem Bett und untersuchte interessiert den Mechanismus eines Revolvers, der einer echten Waffe zum Täuschen ähnlich sah.

Die Frage war überflüssig, aber François stellte sie dennoch.

»Wer hat dir das gegeben?«

»Onkel Raoul. Ist er fort?«

»Ja.«

»Er hat gesagt, er nimmt mich vielleicht mit ins Kino. Natürlich nur, wenn du es erlaubst.«

»Man geht nicht ins Kino, wenn man um jemanden trauert.«

»Das ist wahr. Entschuldigung.«

»Komm essen.«

»Ich deck den Tisch.«

Er trennte sich schweren Herzens von seinem Revolver. Er legte ihn so hin, daß er ihn nicht aus den Augen verlor, während er den Tisch deckte. Sein Vater setzte inzwischen in der Küche, wo man bereits das Licht einschalten mußte, Wasser auf, um Kaffee zu kochen.

»Du hast einen schönen Anzug an.«

»Gefällt er dir?«

»Ja. Ich mag es, wenn du fein angezogen bist.«

Kurz darauf:

»Bekomme ich auch einen neuen Anzug?«

»Ja.«

»Vor der Beerdigung?«

»Wir kaufen ihn gleich morgen.«

»Einen schwarzen Anzug?«

François verzichtete lieber auf eine Antwort.

»Wann gehen wir und sehen uns Mama an? Liegt sie noch in dem gleichen Zimmer?«

»Ich weiß es nicht, Bob.«

»Entschuldigung«, sagte er zum zweitenmal.

Und das verblüffte seinen Vater. Nie zuvor war ihm die Angst seines Sohnes, jemandem weh zu tun, so deutlich aufgefallen. Hatte er sich deshalb erkundigt, ob Raoul gegangen war? Er hatte ihm weder danke noch auf Wiedersehen sagen können.

»Hast du trotz des Kuchens noch ein wenig Hunger auf Muscheln?«

»Ja. Vielleicht schaffe ich keine zwei. Ich werde mir eine für morgen verwahren. Onkel Raoul wollte, daß ich den Kuchen sofort esse. Ich habe mich nicht getraut, nein zu sagen.«

»Das macht nichts.«

»Bist du traurig, Papa?«

Fast hätte er in dem Glauben, sein Sohn meine die Muscheln und den Kuchen, mit Nein geantwortet. Rechtzeitig noch erkannte er, daß es um Germaines Tod ging.

»Das ist ein großes Unglück, Bob. Ich werde mich nach Kräften bemühen, daß du nicht zu unglücklich bist.«

»Ich auch«, sagte das Kind und berührte flüchtig seinen Arm.

»Essen wir.«

»Ja.«

»Das schmeckt gut.«

»Ja. Es ist schon ein Jahr her, daß wir keine mehr gegessen haben.«

Dann, nach einer langen Pause, mit zögerlicher Stimme:

»Hast du meinen neuen Revolver gesehen? Er ist genau wie ein richtiger. Er ist viel besser als der von Justin.«

Eine bläuliche Luft drang in die Ecken des Zimmers, obwohl die Rechtecke der Fenster weiter kupferfarben leuchteten.

Sie aßen beide langsam, den Blick auf das weiße Tischtuch gesenkt, während die Geräusche der Straße gedämpft zwischen den Hauswänden aufstiegen und ein leichter Wind bisweilen die Vorhänge aufblähte.

»Du bist mir doch nicht böse, Papa? Ich habe wirklich keinen Hunger mehr.«

Er versuchte ihm nicht weiszumachen, er habe Bauchschmerzen.

François hatte ebenfalls keinen Hunger mehr. Er hatte die gleiche Schwäche für Hummermayonnaise wie sein Sohn, und doch hatte er seine Muschel gedankenlos gegessen, ohne jeden Genuß.

Die Cognacflasche, die auf der Anrichte stand, reizte ihn nicht. Vielleicht war wirklich mit dem Alkohol Schluß.

Er hatte sein neues Jackett und seine Krawatte ausge-

zogen. Er hatte sich seine Serviette um den Hals gekno-
tet, um sein makellos weißes Hemd nicht zu beflecken,
und er achtete darauf, daß er seine Zwirnhose nicht
zerknitterte.

»Du mußt jetzt schlafen gehen, mein kleiner Bob.
Ich kümmere mich um das Geschirr.«

Er fügte hinzu, weil er wußte, daß sich der Junge, der
am Mittag allein abgewaschen hatte, darüber freuen
würde:

»Jeder kommt mal dran.«

Das hieß, daß er sie auf eine Stufe stellte.

»Gut, morgen bin ich wieder an der Reihe«, stimmte
ihm der Junge wie ein Erwachsener zu. »Darf ich noch
fünf Minuten mit meinem Revolver spielen? Nur fünf
Minuten!«

Und er stand auf und schaute auf die große Uhr, die
Monsieur Pachon wieder in Gang gesetzt hatte.

Germaine war tot.

Raoul hatte gesagt, er werde am Abend vielleicht noch
einmal in der Rue Delambre vorbeikommen, und François hatte den Fehler begangen, nicht abzulehnen. Dabei hätte er einfach behaupten können, er wolle sich
gleich nach dem Essen hinlegen.

Jetzt war er gezwungen zu warten, obwohl ihn bei
Einbruch der Dunkelheit eine unbändige Lust gepackt
hatte, auszugehen.

Bob schlief. Im allgemeinen wachte er nachts nicht
auf. Für den Fall, daß er doch wach werden sollte, war
es kein Problem, ihm gut sichtbar einen Zettel zu hinterlassen, um ihn zu beruhigen:

»*Ich mußte kurz weg. Mach dir keine Sorgen. Schlaf weiter.*«

Seit Germaine nicht mehr im Haus war, schrieben sie sich häufig solche Zettel, und Bob hatte sich daran gewöhnt, allein zu sein. Notfalls war er in der Lage, sein Essen selbst zuzubereiten, und es war öfters vorgekommen, daß der Tisch bereits gedeckt war, wenn François zurückkam.

Das war ein wenig verblüffend: Am ersten Tag seiner Freiheit hatte er seinem Sohn gegenüber das gleiche Schuldgefühl, das er Germaine gegenüber stets gehabt hatte.

Vorhin, als er sich im Dunkeln ins Fenster gelehnt hatte und einer Frau nachsah, die langsam im Licht einer Straßenlaterne vorüberging, hatte er jäh eine heftige Begierde verspürt, die sich fast im gleichen Moment auf ein bestimmtes Objekt konzentriert hatte. Und er hatte sich peinlich genau, geradezu besessen, die kleine Kneipe in der Rue de la Gaîté ins Gedächtnis gerufen, mitsamt den drei weiblichen Stammgästen, die dort ein und aus gingen, über den Bürgersteig schlenderten und zuweilen mit einem Mann in dem Stundenhotel verschwanden.

Er war Viviane nie gefolgt. Er hatte sie nie angesprochen. Ihren Vornamen kannte er nur, weil er ihn von anderen und von Popaul gehört hatte. Sie war in der kleinen Kneipe sehr beliebt, und plötzlich spürte er das Verlangen, mit ihr auf eines der Zimmer des möblierten Hotels zu gehen. Allein bei dem Gedanken an ihr blaues Kostüm und ihren roten Hut biß er sich die Lippen blutig.

Wenn Raoul kam, war er wahrscheinlich betrunken. War er es schon am Nachmittag gewesen, als er Bob Gesellschaft geleistet hatte?

Bestimmt hatte er getrunken. Er war an einem Punkt angelangt, wo man trinken muß, sobald man wach wird.

Selbst wenn kein Licht brannte, war er durchaus in der Lage, die Treppe hochzusteigen und Lärm zu machen. Und er würde ihm, sobald er zurückkäme, peinliche Fragen stellen, vielleicht alles erraten, und François schämte sich noch seines Geschlechtstriebs.

Im übrigen war sein Verlangen nicht sexuell. Das war nur eine Anwandlung gewesen, und sie war bereits vorüber. Er wollte nur – jetzt, da es möglich war – jemand anders für Viviane sein als der Herr mit der abgenutzten Kleidung, der sich jeden Abend in die gleiche Ecke setzte und sie von weitem unter gesenkten Augenlidern hervor schüchtern anstarrte.

Das stimmte so auch nicht. Das Ganze bildete eine Einheit, und diese Einheit würde durch Raouls Anwesenheit Risse bekommen.

Er war auch nicht mehr so selbstsicher. Er hatte es schon im Taxi geahnt. Er hatte begriffen, daß er in seinem Schwung auf keinen Fall innehalten durfte.

Es fiel ihm bereits schwer, sich an das Lachen seiner Schwägerin zu erinnern und an jenes geheime Einverständnis zu glauben, das sich zwischen ihnen entwickelt hatte. Eigentlich war das kein richtiges Einverständnis. Auch keine völlige Übereinstimmung. Aber eine Art Kontakt hatte stattgefunden, soviel wußte er.

Es lag etwas Verführerisches in der Ruhe der Straße,

der Bürgersteige, auf denen zuweilen ein regelmäßiger Schritt widerhallte, in der gedämpften Musik, die aus einem vier Häuser weiter gelegenen Nachtlokal drang, dessen Neonreklame einen Teil der Straße in ein helles Violett tauchte.

Es drängte ihn zu handeln. Er hatte zu lange am Rand gestanden. Er bekam keine Luft mehr. Das war zwingend, körperlich wie geistig, und wenn er noch lange auf seinen Bruder wartete, war Viviane vielleicht nicht mehr da.

Er wußte nicht, wie lange sie in der Rue de la Gaîté blieb. Er war noch nie so spät dorthin gegangen. Er wußte auch nicht, welchen Anblick Popauls Kneipe zu dieser abendlichen Stunde bot.

Er machte das Licht wieder an, riß ein Blatt aus einem Heft, aus dem schon mehrere Blätter zum gleichen Zweck herausgerissen worden waren, schrieb die wenigen Worte, die sein Sohn lesen würde, falls er aufwachte.

Er wartete, bis auf der Straße Lärm und im Treppenhaus Stille herrschte. Er beeilte sich, weil er Angst hatte, Raoul auftauchen zu sehen, und auf der Straße wandte er sich um und vergewisserte sich, daß kein Licht brannte. Er ging mit hastigen Schritten und einem unangenehmen, beklemmenden Gefühl in der Brust.

Das war das gleiche Gefühl, nur stärker, das er bereits in dem Taxi gehabt hatte, als er zu spät zu kommen glaubte und an Bob dachte, der auf ihn wartete.

Dennoch, all das war notwendig. Fast hätte er den Feldwebel umgerannt, der in einer gewissen Entfernung von der Kneipe auf und ab ging und sich verwundert nach ihm umdrehte. Sie hatte ihn erkannt, obwohl er nicht mehr derselbe war und zu ungewohnter Zeit kam.

Er beschloß, nichts zu trinken, betrat die Bar und stellte sich an die Theke, statt sich auf seinem Platz niederzulassen.

Popaul, der ebenfalls erstaunt schien, hatte bereits den Arm nach der Flasche Tresterbranntwein ausgestreckt.

»Ein Mineralwasser.«

Wenn er eines Tages einen Mord begehen oder aus irgendeinem Grund verhaftet würde, welch seltsame Zeugen würden diese Leute hier abgeben?

»Er kam jeden Tag zur gleichen Zeit, setzte sich an den Tisch in der Ecke und trank zwei Gläser Tresterbranntwein.«

Sie wußten nichts von ihm. Er hatte nie mit ihnen geredet. Hatten sie ihn immer schon für einen Witwer gehalten?

»Ist Viviane nicht da?« fragte er mit einer Stimme, die er kaum erkannte.

»Sie wird gleich zurückkommen.«

Popaul beugte sich vor, um durch die Scheibe zu spähen.

»Sehen Sie! Da kommt sie schon zur Tür heraus.«

Der Schatten eines Mannes huschte durch die Dunkelheit der kleinen Straße und tauchte in der Menschenmenge auf der Rue de la Gaîté unter. Das Mädchen mit dem blauen Kostüm kam ohne jede Eile näher, ruhig, schlenkernd.

Sie war überrascht, ihn an der Theke stehen zu sehen, und er schaute sie sogleich auf eine gewissermaßen rituelle Art an, die besagen sollte:

»Ich warte draußen auf Sie!«

Sie gab ihm ihrerseits mit einem Blinzeln zu verstehen, daß sie verstanden hatte.

»Einen Pfefferminzsirup, Popaul.«

Die Sache war entschieden. Er zahlte, ging hinaus, bog in die kleine Straße ein und stellte sich in den ersten dunklen Fleck unmittelbar hinter dem leuchtenden Rechteck des Fensters.

Was mochte sie zu Popaul sagen? Welche Gedanken gingen jenem durch den Kopf? Es war ausgeschlossen, daß sie nicht über ihn redeten. Sie hatten beide den neuen Anzug bemerkt, der so viel eleganter war als seine üblichen Anzüge, den schwarzen Hut, die Krawatte, die von dem ungemein weißen Hemd abstach.

Der Feldwebel blieb an der Ecke stehen, erblickte seinen Schatten, trat näher, um zu sehen, wer er war. Viviane, die gerade herauskam, sagte schlicht:

»Das ist für mich.«

Dann, als sie bereits auf das Hotel zu schlenderte, zu François:

»Kommst du?«

Er war verwirrt. Er hatte nicht gedacht, daß sich das so abspielte. Vielleicht lärmte Raoul gerade vor seiner Tür und weckte Bob.

Rechts im Flur war eine Öffnung. Hinter der Öffnung herrschte Finsternis, und in diese Finsternis hinein sagte Viviane mit schlichter Stimme:

»Ich bin's, Madame Blanche.«

»Nimm dir Handtücher aus dem Schrank«, erwiderte eine Person, die sich in einem Bett wälzte.

Sie schritten durch eine Glastür, die eine elektrische Klingel auslöste, während sie sich öffnete. Viviane holte zwei Handtücher aus einem Wandschrank und bog in das weißgetünchte Treppenhaus ein, in dem der gleiche rote Teppich und die gleichen Kupferstangen lagen wie in der Rue Delambre. Der einzige Unterschied war, daß die Treppe in der Rue Delambre aus lackiertem, längst abgetretenem Holz war.

Er mußte daran denken, daß sie gerade erst dagewesen war, vielleicht sogar in dem gleichen Zimmer, und er fragte sich, ob sie Zeit gehabt hatte, eine gewisse Körperpflege vorzunehmen.

Ihre Strümpfe saßen gut. Sie wirkte sehr bürgerlich, sehr anständig. Woanders hätte man sie, wäre sie nicht so ruhig, so selbstsicher gewesen, für ein junges Mädchen halten können.

Sie öffnete die Tür, über der die Nummer 7 stand, machte Licht und ging auf das Bett zu, um die Tagesdecke glattzustreichen.

Das war tatsächlich das Bett, das vorhin benutzt worden war. In dem Zimmer hing noch ein Geruch nach Seife und Desinfektionsmittel.

Er wußte nicht, was er sagen sollte. Er öffnete seine Brieftasche, legte einen Fünfzigfrancschein auf die Kommode und bemerkte ihren erstaunten Blick.

»Hast du vor, die Nacht über zu bleiben?«

Hätte er ja gesagt, hätte sie sicher geantwortet, sie habe nicht frei. Vermutlich führte sie ein geregeltes Leben, nahm zu einer bestimmten Uhrzeit den Autobus oder die Metro, um nach Hause zu fahren. Wer weiß, vielleicht wohnte sie am Stadtrand und hatte ein Kind?

»Oder nur kurz?«

Sie hatte den Hut abgesetzt und die Jacke ausgezogen. Sie schürzte ihren Rock, um ihr Höschen über ihre Oberschenkel zu streifen, die breiter waren, als er gedacht hatte. Sie mußte sich mühsam aus dem blauen Rock schälen.

Sie ließ ihn nicht aus den Augen, und er hörte sie verwundert fragen:

»Du ziehst dich aus?«

Er fand keine Antwort, seine Kehle war wie zugeschnürt.

Es ging ihm ein wenig wie Bob mit seinen Hummermuscheln: Es hatte ihn zu lange danach gelüstet.

6

Er schaffte es nicht. Dabei half sie ihm nach Kräften. Sie hatte seine Empfindlichkeit erfaßt und bemühte sich, ihn nicht anzusehen. Dennoch spürte er, daß sie stutzig geworden war. Wer hätte besser sämtliche Sorten von Männern kennen können als ein Mädchen wie sie? War es möglich, daß sie bereits welchen begegnet war, die ihm ähnlich waren?

Am liebsten hätte er sie danach gefragt. Er hatte schon lange den Wunsch, ihr Freund zu werden, offen mit ihr zu reden, offener noch als mit einem Arzt, und über verschiedene, ganz persönliche Dinge.

Heute hatte er zum erstenmal den Eindruck, daß er sich wie ein gewöhnlicher Freier aufführte, der nicht einmal sein Ziel erreichte.

Vielleicht bedauerte sie es, daß sie ihn daran gehindert hatte, sich auszuziehen. In Wirklichkeit hatte sie ihm nicht gesagt, er solle es unterlassen. Sie hatte nur ihre Überraschung zum Ausdruck gebracht, weil das nicht die Regel war.

Er wußte es. Er war anderen Frauen auf Zimmer wie dieses gefolgt, Unmengen von Frauen, wenn man sie zusammenzählte, nie jedoch in seinem Viertel. Seit Jahren suchte er sich in regelmäßigen Abständen ein Mädchen in der Gegend um den Boulevard Sébastopol. Die Frauen dort führten einen in die schäbigen Absteigen bei den Hallen. Neben alten Trinkerinnen traf man sehr

junge Mädchen, die eine Woche zuvor noch als Kindermädchen gearbeitet hatten.

Daß er stets zum Boulevard Sébastopol ging, war
eher Zufall. Es hatte sich dort zum erstenmal ergeben,
daß er einer Prostituierten auf ein Zimmer gefolgt war,
und er war weiter dorthin gegangen.

Oftmals war er, wie heute, unfähig gewesen, zum
Schluß zu kommen.

»Du bist zu nervös!« sagten sie ihm. »Du machst dir
zu viele Gedanken. Das bringt nichts.«

Er wußte, daß das komplizierter war. Ob das auch
anderen Männern passierte? Noch bevor er das Mädchen anredete oder ihm zuwinkte, verspürte er eine Art
Schock, ein Ziehen in der Brust, das einem Magen-
krampf ähnelte. Manchmal überkam ihn das, wenn er
sich nur entschloß, zum Boulevard Sébastopol zu
gehen. Dann fühlte er sich während der gesamten Busfahrt beklommen.

Statt nachzulassen, verschlimmerte sich dieser Zu-
stand noch, wenn er auf dem Zimmer war, besonders
wenn das Mädchen seinen Rock hochschob.

Es war unmöglich, daß das auf die Sache mit Onkel
Léon und der Haushälterin zurückging. Er war überzeugt, daß auch seine Mutter dafür verantwortlich war.
Er erinnerte sich, wie sie ihm nachspioniert hatte, als er
in die Pubertät kam. Kaum war er allein in seinem
Zimmer oder im Bad, stieg sie auf Zehenspitzen die
Treppe hoch und öffnete unversehens die Tür, als sei sie
sicher, ihn bei einer Missetat zu ertappen. Zudem
glaubte sie lügen und in gespielter Überraschung aus-
rufen zu müssen:

»Entschuldige! Du bist da...?«

In einem Heftchen, das ihm ein Schulkamerad gegeben hatte, hatte er gelesen, daß die einsamen Praktiken
einen Mann impotent machen können, und lange Zeit
war er mitten in der Nacht schweißgebadet aus dem
Schlaf hochgefahren.

Und vor allem war da das Schamgefühl, das ihn bei
all den sündigen Dingen des Fleisches befiel.

War er normal gebaut? Um das zu erfahren, hätte er
andere Männer fragen müssen, doch das hatte er sich
nie getraut. Bei Germaine hatte er das Gefühl gehabt,
sich normal zu verhalten.

Von ihr abgesehen, hatte er eigentlich nur ein einziges Verhältnis gehabt, und zwar mit der Frau seines
ersten Chefs. Er war noch ganz jung. Er hatte gerade
das Gymnasium verlassen.

Wenn er von seinem Schulabschluß sprach, sagte er
stets, er habe Abitur, aber das erforderte, wie alles
andere auch, eine Korrektur. Zwischen dem, was er
sagte, und der Wirklichkeit gab es stets einen gewissen
Unterschied. Hatte seine Mutter nicht genauso gehan-
delt? Und die anderen?

In Wirklichkeit hatte er sich während seines letzten
Winters am Gymnasium ein Bein gebrochen, als er auf
dem Glatteis ausgeglitten war. Der Knochen war nicht
sofort zusammengewachsen – fast hätten sie gegen den
Mediziner, der den Bruch so schlecht wieder eingerichtet hatte, einen Prozeß angestrengt –, und er hatte mehr
als drei Monate im Bett gelegen. Um sich der Reifeprü-
fung stellen zu können, hätte er die Rhetorikklasse
wiederholen müssen.

Dazu hatte er keine Lust mehr gehabt. Überzeugt, daß er ohnehin durchfallen würde, hatte er die Schule abgebrochen. Und so hatte er bei Monsieur Dhôtel angefangen, der zu jener Zeit ein kleines Verlagshaus in der Rue Jacob leitete.

Sein Aufgabenbereich war nicht genau umrissen, denn er war der einzige Angestellte und verschnürte ebenso Buchpakete, wie er bei der Buchführung half. Das Büro im Zwischengeschoß roch nach Papier und Klebstoff, und Monsieur Dhôtel, der groß und fett war, wirkte in den niedrigen Räumen wie ein Riese.

War er ein Betrüger, wie in der Folge behauptet wurde? Auf alle Fälle war er ein unverbesserlicher Optimist, der weder seine gute Laune noch seinen Appetit verlor, wenn die Kasse leer war, und die Wände mit den gelben, blauen oder grünen Schriftstücken des Gerichtsvollziehers tapezierte. Er hatte einen belgischen Akzent und ein schallendes Lachen.

Außer einigen aus der Mode gekommenen Schriftstellern, deren Rechte er mit dem Verlag gekauft hatte, publizierte er vor allem auf Kosten des Autors, insbesondere Werke von Frauen.

Am Ende machte er sich nicht mehr die Mühe, sie zu veröffentlichen, obwohl er sich im voraus bezahlen ließ, und das brachte ihm Schwierigkeiten ein. Er war im Gefängnis gelandet. François wußte nicht genau, was aus ihm geworden war.

Es war also kein reiner Zufall, daß François auf die Wahlzeitung gekommen war. Im Grunde war sein Handeln nie Zufall. Damals in der Rue Jacob hatte er mitunter die Werbeannoncen verfaßt, den Waschzettel und sogar Kritiken, die an einige kleine Provinzblätter verschickt wurden.

»François! Laufen Sie doch schnell zu meiner Frau und sagen Sie ihr, daß ich nicht zum Essen komme!«

Monsieur Dhôtel liebte es, in der Stadt zu speisen, und er verstand es meisterlich, sich in die besten Restaurants einladen zu lassen. Seine Wohnung war im Nachbarhaus und hatte kein Telefon. Sie lag im zweiten Stock, und die Treppe war finster. Madame Dhôtel – sie hieß Aimée – war den größten Teil des Tages unbekleidet.

Sie mußte um die Vierzig gewesen sein, das gleiche Alter, in dem Renée jetzt war. Im Grund ähnelte sie Renée sehr, obschon sie nicht so üppig, ein wenig schlanker war.

War das zwischen ihr und ihrem Mann so abgesprochen? Jedenfalls schickte jener François unablässig aus dem einen oder anderen Grund in die Wohnung, und beim viertenmal hatte er Aimée vollkommen nackt, hochaufgerichtet in einer Duschwanne aus Zink, angetroffen.

»Würden Sie mir das Handtuch reichen, mein Kleiner? Dann brauche ich nicht den Fußboden naßzumachen.«

Ahnte sie, daß er völlig unerfahren war? Sie hatte ihn nicht überrumpelt. Sie hatte sich Zeit gelassen, fast einen Monat. Vielleicht, um das Vergnügen hinauszuzögern? Bis zu jenem Tag, an dem sie im Halbdunkel des Treppenhauses ihren Mund auf seinen gepreßt und eine heiße Zunge zwischen seine Lippen geschoben hatte.

In der Folge hatte er stets zittern, eine Katastrophe

befürchten müssen, denn sie machte sich nicht die Mühe, die Tür zu verschließen, und er glaubte ständig einen wutschnaubenden Monsieur Dhôtel auftauchen zu sehen.

Sie mühte sich erfindungsreich, ihre Spiele zu variieren; es gab keine Stelle in der Wohnung, in der sie sich nicht geliebt hatten. Es konnte passieren, daß sie am Spätnachmittag ins Büro kam und ihn auf einen Stapel Bücher schleifte, während ihr Mann, dessen Stimme deutlich durch die Wand zu hören war, nebenan mit einem Besucher redete.

Um keine Zeit zu verlieren, verzichtete sie auf ein Höschen. Sie schleppte ihn ins Kino, um den Kitzel, von einer Menschenmenge umgeben zu sein, zu genießen, und die Nachbarn mußten wissen, was sie taten. Und sie fuhren mit dem Taxi in den Bois de Boulogne. Beim erstenmal passierte es im Wagen; beim zweitenmal schlugen sie sich in die Büsche, wo ihnen jemand, der sich kaum versteckte, zusah.

Trotz seiner Ängste schaffte er es bei ihr jedesmal. Leichter noch als mit Germaine, die dabei kaum Vergnügen empfand und sich stets ihrer leisesten Freudenbezeugungen schämte. Sie lächelte verlegen, wenn es vorbei war, und beeilte sich, von etwas anderem zu reden, mit Vorliebe von Haushaltsdingen.

War er nicht normal veranlagt? Vielleicht. Ehrlich gesagt, er glaubte es nicht. Sicher, er brauchte einen gewissen Kitzel, um sich gehen zu lassen, aber das war so vage, daß er, selbst wenn er imstande gewesen wäre, diesem Etwas dunkel nachzuspüren, nicht hätte sagen können, was es war.

Viviane täuschte sich darin. Dennoch, in ihrer Neugier lag eine gewisse Sympathie, vielleicht sogar ein klein wenig Furcht, ein Gefühl, das jenem ähnelte, das er am frühen Abend bei seinem Bruder erahnt hatte.

Man hätte meinen können, daß er auf einmal die Leute verunsicherte.

Da er sich verbissen bemühte und sie spürte, daß er unglücklich war, erniedrigt, riet sie ihm sanft:

»Du solltest dich einen Moment entspannen.«

Dann, nicht ohne Klarsicht:

»Ich wette, es hat heute ein wichtiges Ereignis gegeben, das dich heftig aufgewühlt hat. Habe ich recht?«

Er wurde rot. Er hatte in einem Roman gelesen, daß die Mörder, vor allem diejenigen, die die gemeinen Verbrechen begehen, die für Geld töten, nachher fast immer das Bedürfnis verspüren, zu einer Prostituierten zu gehen, um sich zu entspannen, wie sie soeben gesagt hatte.

Nun, sie sah ihn zum erstenmal in einem teuren, eleganten Anzug, und sie hatte die Geldscheine in seiner Brieftasche gesehen.

Er beeilte sich zu antworten:

»Meine Frau ist gestorben.«

Es erstaunte sie nicht, daß ein Mann am Todestag seiner Frau tat, was er gerade tat. Hatte sie schon andere erlebt? War auch das nicht außergewöhnlich?

»Ich dachte mir schon etwas in dieser Richtung«, sagte sie bedächtig.

Was mochte sie von ihm denken, von all denen, die ihr in dieses Zimmer gefolgt waren? Eine Frau wie der Feldwebel oder ein Mädchen wie Olga dachten wahrscheinlich überhaupt nichts. Sie waren dumm. Viviane schaute anders drein.

Wartete sie darauf, daß er ihr sein Herz ausschüttete? Auch das war üblich, hatte er gelesen. Manche folgten einem Mädchen nur, um sich seelisch und geistig Erleichterung zu verschaffen.

Weshalb war er eigentlich gekommen? Ein unwiderstehliches Verlangen hatte ihn plötzlich übermannt, als er sich friedlich auf die Fensterbank in der Rue Delambre gestützt hatte, neben dem Zimmer, in dem sein Sohn schlief.

»Das passiert oft. Mach dir deshalb keine Sorgen.«

Sie hatte breite, weiße Schenkel, wie er sie liebte, und er wagte kaum auf das dunkle Dreieck ihres Unterleibs zu schauen.

Scham! Immer wieder diese Scham! Nach allem, was ihm Raoul gesagt hatte, verdächtigte er seine Mutter, daß sie ihm diese Scham wissentlich eingeflößt hatte, nicht, wie sie sicher behauptet hätte, aus moralischen oder sittlichen Gründen, sondern aus Bosheit, aus Haß auf die Freuden, die sie nie gekannt hatte.

Sie hatte diese Freuden von Anfang an in den Schmutz gezogen, und schon aus Protest wäre er in diesem Moment in der Lage gewesen, irgend etwas Schmutziges, ungemein Häßliches zu tun.

»Ich hab mich schon immer gefragt, ob du meinetwegen kamst.«

Er wußte, daß sie ihn an seinem Tisch bemerkt hatte.

»Wolltest du wegen deiner Frau nicht mitkommen?«

Er sagte ja, aber das stimmte nicht. Das hatte nicht an Germaine gelegen. Zunächst einmal hatte ihm das Geld gefehlt. Aber das war nicht alles, doch der Rest war zu kompliziert. Wie sollte er ihr den Mechanismus seines Nebels erklären?

»Das ist nicht gut, so lange zu warten. Kennst du das, ein Kind, das sich wochenlang eine Freude erhofft?«

Er mußte daran denken, daß auch sie einmal ein kleines Mädchen in Bobs, in Odiles Alter gewesen war. Da er mindestens zehn Jahre älter war als sie, war sie noch klein gewesen, als er bereits ein Mann war und mit Aimée schlief.

»Das ist genau dasselbe«, fuhr sie fort. »Es gibt frisch verheiratete Männer, denen passiert das in ihrer Hochzeitsnacht.«

Um ihn aufzuheitern, fügte sie lachend hinzu:

»Kannst du dir das Gesicht der Braut vorstellen?«

Er lächelte. Es ging schon besser.

»Sollen wir es noch einmal versuchen?«

Er schaffte es trotzdem nicht. Er war traurig, als er sie unter der Straßenlaterne verließ.

»Entschuldigen Sie bitte«, hatte er gestammelt.

»Dummkopf.«

»Doch! Sie waren sehr nett.«

Worauf sie ihm – vielleicht, weil sie erkannte, daß ihm das guttat, daß er eine Aufmunterung brauchte, bevor er in seine Einsamkeit zurückkehrte – einen Kuß auf die Wange drückte.

»Hab keine Angst, wiederzukommen.«

Wegen dieser Geste, wegen ihrer Stimme, die ihn an Renées Stimme erinnerte, nur noch heiserer, war er nicht verzweifelt, sondern nur mürrisch, als er durch die Rue de la Gaîté trottete, in der die meisten Lichter bereits erloschen waren.

Statt den gleichen Weg zurückzukehren, was am kürzesten war, machte er einen Umweg über den Boulevard Montparnasse, wo ihn andere Frauen ansprachen; eine von ihnen faßte ihn am Arm, und er machte sich sanft los.

Alles in allem hatte man ihm auch darin, wie in allem andern, nie eine Chance gegeben. Jetzt war das noch zu neu. Seine Wandlung lag erst einen Tag, noch keinen Tag zurück.

Dennoch mußte man glauben, daß sie grundlegend war, denn jeder hatte sie bemerkt. Als erste Renée, die plötzlich aufgehört hatte, ihn als armen Schlucker, als seligen Trottel zu behandeln, dann sein Sohn – er war sicher, daß Bob die Veränderung gespürt und sich darüber gefreut hatte – und schließlich Raoul. Das mit seinem Bruder war fast schon komisch, denn er schien nichts mehr zu verstehen und langsam unruhig zu werden.

Wäre es nicht lustig, wenn Raoul anfinge, Gewissensbisse zu haben? War das für seine Begriffe zu schnell gegangen oder zu weit? Hatte Raoul in der bewußten Nacht ins Blaue geredet, überzeugt, seine Worte stießen auf taube Ohren?

Es ärgerte ihn, daß er nicht wußte, woher das Geld stammte, und François nahm sich fest vor, ihn vorerst nicht aufzuklären. Was mochte er denken? Daß er gestohlen hatte? Daß er jemanden getötet hatte?

Auf den Terrassen saßen noch Gäste in der frischen Nachtluft, und François tat etwas, was er schon lange nicht mehr getan hatte: Er setzte sich vor dem ›Coupole‹ in einen Korbsessel und bestellte ein Bier.

Wenn es nötig sein sollte, würde er einen Facharzt aufsuchen. Er war noch keine sechsunddreißig. Er war gut, wenn auch nicht stark gebaut, und er war nie richtig krank gewesen.

Er versuchte sich zu erinnern. Bei Aimée war ihm das kein einziges Mal passiert, er hatte es sogar des öfteren ein zweites Mal probiert. Im Grunde hatte das erst mit seiner Pechsträhne begonnen. Er hatte gerade eine Stelle in einer Versicherungsgesellschaft angetreten und war noch nicht lange verheiratet, als die Krise ausbrach und sämtliche Unternehmen ihr Personal verringerten, angefangen natürlich mit denen, die zuletzt eingestellt worden waren.

Bob war zur Welt gekommen. Germaines Vater war gestorben, und François hatte versucht, den kleinen Laden am Boulevard Raspail wieder in Schwung zu bringen.

Sie hatten viel Geld dabei verloren. Sie hatten verkaufen müssen. Der Umzug in die Rue Delambre hatte ihre Ersparnisse verschlungen, und danach hatte er sich in verschiedenen Berufen versucht.

Nur aus Armut ging er zum Boulevard Sébastopol, und er fühlte sich von seinen oft unsauberen Partnerinnen kaum angezogen. War das der Grund?

Man durfte am ersten Tag nicht zuviel verlangen. Ein Pärchen am Nachbartisch sprach leise auf russisch oder polnisch, als fürchte es, verstanden zu werden. An einem Rundtisch saßen zwei sehr hübsche Mädchen, bestimmt Fotomodelle. Er dachte nicht an sie, obwohl er unwillkürlich ihre Beine betrachtete. Es lag auch nicht an ihnen, daß er plötzlich lächelte wie ein Mann, der von einer großen Last befreit war.

Er hatte an Renée gedacht, so wie er sie am Nachmittag gesehen hatte, im Salon, auf einer Ecke des Tisches, die Oberschenkel wie plattgedrückt auf dem dunklen und polierten Holz. Ein heißes Verlangen hatte ihn urplötzlich übermannt, und er empfand das gleiche Entzücken wie ein Kind vor einem Feuerwerk.

Wäre es nicht sonderbar, wenn Renée die Stelle von Madame Dhôtel einnähme, mit der sie einige Züge gemeinsam hatte und die mittlerweile eine alte Frau sein mußte?

Er mußte seine Schwägerin in Deauville besuchen. Sein Bruder Marcel hatte eine gewisse Ähnlichkeit mit dem ehemaligen Verleger, obschon er weniger ordinär war und nicht so fett, aber er hatte die gleichen blonden, schütteren Haare, den gleichen schlaffen Körper und das gleiche Verhalten.

Er wußte noch nicht, ob er Bob, der so darauf brannte, das Meer zu sehen, mitnehmen würde.

Warum nicht? Er würde darüber nachdenken. Er mußte über vieles nachdenken. Vor allem durfte er sich nicht soviel Zeit lassen, daß er den Mut verlor, wie es gerade geschehen war.

Er zündete sich eine Zigarette an und bog rechts in die Rue Delambre ein. In der Wohnung brannte kein Licht. Raoul war nicht gekommen. Wenn er vorbeigeschaut hatte, mußte er gedacht haben, François schlafe. Vermutlich saß er jetzt sturzbetrunken an irgendeiner Theke und trank weiter, und wahrscheinlich hatte er einen vom Alkohol abgestumpften Zuhörer gefunden, dem er seine von einem zynischen und krächzenden Lachen begleiteten Reden halten konnte.

Ohne es zu wollen, hatte ihm Raoul Gutes getan.

Auch er war ein Weichling, trotz seines prahlerischen Gebarens. Er war ein Schaf, wie er es von anderen behauptete, und eben deshalb blökte er so laut!

Er hatte ihm nicht mitgeteilt, was er zu tun gedachte. Er schien nicht die Absicht zu haben, in die Kolonien zurückzukehren. Irgend etwas mußte dort unten geschehen sein, was ihm den Spaß verleidet hatte, vielleicht sogar etwas, was man nicht laut sagen durfte. Besaß er nach all den Jahren ein wenig Geld? Würde er sich in Paris niederlassen oder in einem Vorort?

François nahm sich fest vor, zu verhindern, daß Raoul zu oft mit Bob zusammentraf, denn vorhin hatte er eine Art geheimes Einverständnis zu spüren geglaubt, das ihm mißfallen hatte.

Er selbst würde wahrscheinlich nicht umziehen. Jetzt, da er keine Angst mehr vor den Blicken der Kaufleute zu haben brauchte, denen er so lange Geld geschuldet hatte, begann ihm die Straße zu gefallen. Sie war einzigartig, keine ähnelte ihr.

Andere Straßen stellen im allgemeinen ein bestimmtes Umfeld dar. Man gehört entweder dazu oder nicht. Es kann sein, daß sie einen irgendwann, nach einer gewissen Probezeit, verstößt.

Diese hier war anständig und zwielichtig zugleich, reich und arm, mittelmäßig und glanzvoll. Anständig mit ihren kleinen Kaufleuten, den Wohnungen der Angestellten, Arbeiter oder bescheidenen Rentner, zwie-

lichtig wegen der zwei, drei Nachtlokale, der Stunden-
hotels, die jenem glichen, das er gerade verlassen hatte,
wegen ihrer Nähe zum Boulevard Montparnasse und
wegen jener Bewohner, die ein Bohemeleben führten,
die Straßenmädchen, Fotomodelle, Barkellner und Ani-
mierdamen.

Erneut wurde er angesprochen, nur ein paar Schritte
vor seiner Haustür, und das freute ihn, denn das war
eine der Frauen aus dem ›Pélican‹, der Bar, deren mal-
venfarbener Widerschein von seinem Fenster aus zu
sehen war.

Er würde ein Kindermädchen einstellen müssen, damit jemand auf Bob aufpaßte. Es kam nicht in Frage, ihn
woanders unterzubringen. Hatte er ihm nicht versprochen – und diesmal hatte er nicht gelogen –, daß sie einen
eigenen kleinen Haushalt bilden würden?

Der Junge schlief, als François, ohne Licht zu machen,
da die Wohnung von der Straße aus ausreichend erhellt
wurde, auf Zehenspitzen das Schlafzimmer betrat. Der
Zettel, den er hinterlassen hatte, lag unberührt da.

Er küßte seinen Sohn auf die Stirn, bevor er sich
hinlegte, und der Junge ächzte, während er sich steif auf
die andere Seite wälzte.

Danach wurde es beinahe übergangslos Tag, und die
Lastwagen donnerten über die Straße.

Jetzt bekümmerte ihn der Gedanke, daß er sich schon
bald, wenn sie ein Kindermädchen hatten, nicht mehr zu
den tausend Kleinigkeiten des Alltags zwingen mußte,
auf die er tief in seinem Innern so sehr geschimpft hatte.

Bob stellte sich schlafend, aber François wußte, daß er

wach war, daß er meistens vor ihm aufwachte und ihn durch seine halbgeschlossenen Lider beobachtete.

Die dicke Frau von gegenüber klopfte bereits ihre Teppiche, und da alle Welt der Hitze wegen bei offenem Fenster und ohne Vorhänge schlief, war es für François stets ein Problem, eine Hose überzuziehen, ohne gesehen zu werden.

Das Gas machte »pff«, als er es anstellte, dann floß das Wasser aus dem Hahn in den Aluminiumkessel, und all diese Geräusche waren wie vertraute Wesen. Er putzte sich die Zähne, deckte den Tisch.

Als das Wasser anfing zu singen, ging er ins Schlafzimmer zurück, und Bob tat, als erwachte er aus einem tiefen Schlaf, er setzte eine erstaunte Miene auf und schaute seinen Vater an, der ihm einen Klaps auf die Wange oder den nackten Oberschenkel gab.

»Wie spät ist es?«

Er brauchte sich nur vorzubeugen. Pachons Uhr war da, sie zeigte acht Uhr. Schon wurden die ersten Karren am Bordstein aufgestellt, obwohl die Concierges die Mülltonnen noch nicht hereingetragen hatten.

»Kaufst du mir heute meinen Anzug?«

Plötzlich erinnerte er sich an seinen Revolver. Er holte ihn unter dem Kopfkissen hervor, wo er ihn vor dem Einschlafen versteckt hatte.

»Ist Onkel Raoul gekommen?«

»Wann?«

»Er hat gesagt, vielleicht käme er am Abend noch vorbei.«

»Er ist nicht gekommen.«

»Glaubst du, er ist wirklich Elefanten und Löwen

begegnet, so wie wir auf der Straße Katzen und Hunden begegnen?«

Er lief barfuß los, um sich zu waschen. In dem kleinen Bad stand eine Wanne aus Aluminium, ein älteres, hohes Modell auf vier Füßen, aber sie benutzten sie nicht jeden Tag.

»Bob, du solltest besser baden, wenn du gleich Anzüge anprobieren willst.«

Der Duft des Kaffees zog durch die Zimmer, während François die Betten machte. Heute morgen würde er die Laken und Decken nicht aus dem Fenster hängen. Sie würden beide früh ausgehen.

Germaine war bereits krank gewesen, bevor sie ins Krankenhaus gekommen war, und schon damals war er es gewohnt, aufzuräumen und zu putzen, aber sein Vergnügen wurde durch die Aufsicht getrübt, mit der sie ihn bedachte.

Sie frühstückten. Bob hatte den Revolver neben seinen Teller gelegt.

»Ich habe eine gute Nachricht für dich, mein Junge. Nächste Woche fahren wir nach Deauville.«

»Sehe ich dann das Meer? Bleiben wir lange?«

»Ich weiß nicht. Vielleicht.«

»Fahren wir sofort nach der Beerdigung?«

»Wahrscheinlich einen Tag danach.«

»Wann ist die Beerdigung?«

»Das werde ich gleich erfahren. Onkel Raoul hat sich darum gekümmert. Vielleicht am Montag.«

»Dann fahren wir also am Dienstag?«

»Mir ist noch etwas eingefallen. In einem schwarzen Anzug kannst du nicht nach Deauville fahren.«

»Ich weiß!«

»Ich kann dir nicht mehrere Anzüge auf einmal kaufen. Ich fände es schön, wenn du zum Beispiel einen grauen Anzug und eine schwarze Mütze hättest.«

Sie gingen zu Fuß durch den Jardin du Luxembourg, denn es war noch früh. Sie mußten warten, bis die Banken geöffnet waren. Bob faßte seinen Vater an der Hand.

Als sie das Geschäft betraten, in dem François seinen Anzug gekauft hatte, kam gerade ein Angestellter mit den Banknoten zurück.

Man zeigte sich sehr freundlich, aber für Bob war nichts vorhanden. Sie mußten den Pont Saint-Michel überqueren, um das Kaufhaus Samaritaine zu erreichen.

Und der Junge, der ein empfindliches Schamgefühl hatte, sorgte sich jedesmal um die halboffene Tür der Umkleidekabine, wenn man ihm eine neue Hose reichte.

»Mach die Tür zu, Papa!«

»Wir ersticken. Ich versprech dir, es ist niemand da.«

»Mach die Tür zu!«

Er kaufte ihm auch einige Unterhosen aus blauem Zwillich und zwei gestreifte Pullis, wie sie die Matrosen tragen.

»Darf ich eine amerikanische Mütze haben?«

Er bestand darauf, die blaue Unterhose und den Pulli anzubehalten. Als sie in ihre Straße einbogen, rannte er los, um seinen kleinen Freund zu besuchen.

»Ich komme, um meine Miete zu bezahlen, Madame Boussac.«

Und alles andere auch! Es war Samstag. Die Menschenmenge auf der Straße war dichter als sonst.

Er ging zum ›Hôtel de Rennes‹, um Raoul zu sprechen. Das war ein ruhiges, provinzielles Hotel mit Palmen in der Eingangshalle und alten Damen in Korbsesseln.

»Sie können hinaufgehen. Zimmer 149.«

Raoul schloß barfuß, im Nachthemd die Tür auf und sprang in sein Bett zurück.

»Wieviel Uhr ist es?«

»Halb zwölf.«

»Reich mir mal die Flasche, sie steht auf der Kommode.«

Er setzte sie an die Lippen und trank einen Schluck, dann rieb er sich ausgiebig die Augen und den Kopf. In dem Zimmer lagen Kleidungsstücke auf einem Haufen, und es herrschte ein übler Geruch.

»Was hast du gestern abend gemacht?« fragte Raoul.

»Ich habe mich hingelegt.«

»Ich wette, das stimmt nicht. Deshalb bin ich auch gar nicht erst vorbeigekommen. Du bist viel zu sehr Lecoin und viel zu sehr Naille, um zuzugeben, daß du dir ein Flittchen geleistet hast. Du hattest es dermaßen eilig, deinen neuen Anzug vorzuführen.«

Er sagte weder ja noch nein.

»Um so besser, wenn du dein Vergnügen hattest, mein Junge! Apropos, du solltest vielleicht mehr auf deinen Sohn achtgeben.«

»Was meinst du damit?«

»Nichts. Nur, daß er um einiges klüger und scharfsinniger ist, als du glaubst.«

»Hat er dir etwas erzählt?«

»Nein. Aber Eltern denken schnell, ihr Kind sei weniger bewandert als andere. Hebst du mal meine Jacke auf? Sie muß auf dem Boden liegen. Schau in den Taschen nach. Wahrscheinlich in der Innentasche. Da sind die Papiere des Beerdigungsinstituts. Gib sie mir.«

Er nahm einen weiteren Schluck aus der Flasche. Er machte keine Anstalten, sein Frühstück kommen zu lassen. Offenbar aß er morgens nichts.

»Du mußt hier unterschreiben. Und hier, und hier auch. Das Beste wäre, du gingst bei ihnen vorbei. Sie haben das Nötigste schon veranlaßt. Ich habe auf alle Fälle hundert Anzeigen bestellt, die gegen Mittag fertig sind. Ich habe mir gedacht, das müßte reichen, denn so viele Leute dürftest du nicht kennen. Du brauchst ihnen nur die Namen und Adressen zu überreichen, dann kümmern sie sich um alles. Was die Todesanzeige betrifft, die habe ich nur in einer Morgen- und einer Abendzeitung aufgegeben.«

»Und die Beerdigung?«

»Darauf komme ich gleich. Es ist anscheinend unumgänglich, daß der Leichnam spätestens am Morgen der Beerdigung zu dir überführt wird, wenn du möchtest, daß der Leichenzug in der Rue Delambre losgeht. Ich habe ihnen die Lage erklärt. Sie haben kapiert. Die kennen das wie ihre Westentasche. Weißt du, daß das ein ulkiges Gewerbe ist? Anschließend habe ich den Typ auf eine Runde mitgenommen, und wir sind über eine Stunde zusammengeblieben.«

»Du sagst, der Leichnam wird in die Rue Delambre überführt?«

»Keine Bange. Zu dem Zeitpunkt liegt er bereits im Sarg. Guck dir den Prospekt an. Das Modell Nummer 5, furnierte Eiche mit Verzierungen aus imitiertem Silber. Teuer, die Dinger. Warte! Heute morgen sind sie im Krankenhaus, um alles zu regeln. Der Sarg wird am späten Nachmittag geliefert, aber sie verschließen ihn erst morgen abend, so daß noch Zeit ist, wenn irgendwelche Leute Germaine sehen wollen. Reich mir mal meine Hose, oder hol mir lieber mein Zigarettenetui aus der Tasche. Ist noch eine übrig? Hast du Streichhölzer?«

Das war das erste Mal, daß François jemanden sah, der im Bett rauchte und Cognac aus der Flasche trank. Auch Raoul war einmal in Bobs Alter gewesen, damals, als François geboren wurde, und er war wütend gewesen, daß er einen kleinen Bruder bekommen hatte.

Während seiner gesamten Jugend war er sehr dünn gewesen. Es gab in dem Album ein Bild von ihm in einem Jagdanzug, ein kantiges Gesicht mit patzigem Ausdruck unter widerspenstigen Haaren.

Als François seinerseits zehn Jahre alt wurde, war Raoul bereits ein junger Mann, der nur kurz zum Essen auftauchte und sich regelmäßig mit seiner Mutter stritt.

»Und so etwas läßt du deinem Sohn durchgehen?«

Ihr Vater mischte sich nur widerwillig ein.

Dann hatten sie plötzlich erfahren, daß Raoul, der Rechtswissenschaft studiert hatte und Anwalt werden wollte, eine Anstellung in den Kolonien angenommen hatte, ohne jemandem einen Ton zu sagen.

Deshalb kannte ihn François so schlecht. Er hörte noch seine Mutter sagen:

»Dein Bruder wird auf die schiefe Bahn geraten, und du bist auf dem besten Wege dazu!«

Zwei Tage zuvor hatte ihm Raoul gestanden:

»Was glaubst du, warum ich gegangen bin? Einzig und allein ihretwegen. Es widerte mich an. Ich hatte genug von dieser ganzen Engstirnigkeit zu Hause. Ich strebte nach Größerem. Ich war ein Idealist, mein Junge, ein reiner Idealist!«

Während er so sprach, hatte er gelacht, hatte er sein boshaftes Lachen ausgestoßen.

»Man hat mich nach Indochina geschickt, in ein kleines, verlorenes Nest, in dem ich ein paar Monate später fast am Denguefieber krepiert wäre.«

Einige Jahre darauf war er in Madagaskar gelandet. Dort hatte er einen recht langen Urlaub genommen und war zurückgekommen, um sich mit einer Frau zu verheiraten, die seine Mutter sich weigerte zu empfangen. In dem Album war eine Fotografie des Paars. Zu jener Zeit verteilte Raoul gerne Bilder von sich, mit Vorliebe solche, auf denen er im Tropenanzug und mit Tropenhelm vor einem exotischen Hintergrund posierte.

»Na schön! Morgen wird sie also in ihre Kiste geschnallt. Montag vormittag in aller Frühe, gegen halb acht, tanzen sie bei dir an und richten das Eßzimmer ein. Ich habe ihnen erklärt, wie das gedacht ist. Anscheinend ist das nur eine Sache von einer Stunde, die paar Behänge und alles weitere anzubringen. Die Herren besorgen alles, einschließlich Buchsbaumzweig und Weihwasser. Um acht Uhr wird der Leichnam angeliefert. Um neun Uhr holt ihn ein motorisierter Leichenwagen ab. Die Leute haben also eine Stunde Zeit, um die Treppe hochzusteigen, ihr Sprüchlein runterzuleiern, wieder hinunterzugehen und auf dem Bürgersteig zu warten.

Danach gehen wir alle zusammen in die Kirche. Keine Messe, nur ein Gebet. Bei einer Messe springst du gleich zwei Klassen höher, und das macht sich im Preis bemerkbar.

Kannst du mir folgen? Das ist kein Gebet eben mal auf die Schnelle, sondern eine sehr ordentliche Zeremonie mit drei Meßdienern und ein wenig Musik.

Man hat mich gefragt, wieviel Fahrzeuge nach Ivry gebraucht würden, denn nach dem Gebet geht's los. Ich habe aufs Geratewohl drei gesagt. Vorne im Leichenwagen ist nur für sechs Personen Platz.

Gezahlt wird im voraus. Ich habe zugesagt, daß du heute vorbeikommst.

Jetzt muß ich aber, wenn es dich nicht stört, erst mal auf die Toilette. Ich weiß, das ist nicht gerade romantisch, und Mama hatte es nicht gern, wenn wer darüber sprach, aber ich kann das schlecht im Bett machen.

Wann sehe ich dich, mein Junge?

Ich sag das nicht, um dich zu drängen, sondern nur, damit du weißt, daß ich zu deiner Verfügung stehe.

Ich hatte noch nicht die Gelegenheit, eine meiner beiden Frauen zu beerdigen.«

Mit nackten Beinen, die unter dem Hemd hervorkamen, die wenigen Haare auf dem Schädel verklebt, eine Zigarette im Mund und die Flasche in der Hand, stakste er durch das Zimmer.

Gab er sich vielleicht mit Absicht so grotesk und abstoßend?

Letztlich hatte niemand anders als er gerade Germaines Beerdigung vorgenommen, hier, innerhalb weniger Minuten.

Der Rest war nur noch Formalität.

ZWEITER TEIL

Die beiden Tage an den Champs-Élysées

I

Er hatte diese Nacht bei Viviane geschlafen, was er seit einiger Zeit weniger oft tat. Er war um sieben Uhr in der Wohnung an der Rue de Presbourg aufgewacht und hatte sich, ohne seine Gefährtin zu wecken, ins Badezimmer geschlichen.

Das war vielleicht der einzige Ort, an dem ihn noch jedesmal das gleiche Gefühl von Luxus, eine fast kindliche Freude ergriff. Die Wohnung in dem neuen Haus war sehr modern, mit hellen, pastellfarbenen Wänden; das Licht fiel wie in einem Atelier durch eine breite Fensteröffnung in das Appartement.

Das Badezimmer einschließlich Badewanne und sanitären Geräten war in Goldgelb gehalten, und er liebte es, morgens eine Zeitlang darin zu verweilen, mit den verchromten Knöpfen zu spielen und vor dem mit einer kleinen Lampe ausgestatteten Vergrößerungsspiegel zu trödeln, der angebracht worden war, damit er sich angenehm rasieren konnte.

Viviane schlief noch, als er sich angezogen hatte. Er schrieb ihr einen Zettel, so wie er es zuweilen noch mit Bob machte: *»Ich rufe dich um elf Uhr an. Küsse.«*

Er wußte, daß der Tapezierer früh am Morgen erneut seine Rechnung vorlegen würde. Das wäre ungefähr das zehnte Mal. Er tat so, als hätte er es vergessen.

Er hatte einen hellen Anzug gewählt, einen Zwirnanzug wie jener, den er vor drei Jahren gekauft hatte, doch dieser hier war von einem Schneider am Boulevard Haussmann gefertigt worden, bei dem sich der größte Teil der Schauspieler einkleidete. Der Schneider war ebenfalls nicht bezahlt. Unwichtig.

Bevor er seinen Wagen aus der Garage holte, betrat er ein kleines Lokal an der Straßenecke, wo man ihn zwanglos Monsieur François rief. Er aß zwei Croissants, die er in seinen Milchkaffee tunkte, und warf einen Blick in die Zeitung.

Das Wetter war genauso strahlend wie damals, als er sein neues Leben begonnen hatte, doch das Viertel um die Place de l'Étoile war heller als die Rue Delambre, und der Himmel, an dem ein unsichtbares Flugzeug brummte, dehnte sich weiter.

Sein Wagen war blitzsauber. Zu sehen, wie ihn der Angestellte der Garage am Bordstein vorfuhr, und sich dann selbst ans Steuer zu setzen war noch eine Freude, die ihm geblieben war, eine Freude, die jedoch mit einer unbestimmten Furcht verbunden war, von der er sich nie ganz hatte lösen können, vielleicht auch ein wenig wegen der Affäre Gianini.

Er umkurvte den Arc de Triomphe und fuhr die Avenue Friedland hinunter, um über die Rue Berri auf die Champs-Élysées einzubiegen und zu seinem Büro hinaufzufahren.

Auch dieses Haus, ein Gebäude im amerikanischen

Stil, war neu. Der Pförtner in der Uniform mit den silbernen Knöpfen reichte ihm einen Stapel Post. Er betrat den Aufzug, dessen Führer die gleiche Uniform trug.

In den Korridoren reihten sich die Türen mit den Scheiben aus Mattglas, auf denen Nummern standen. Unter den Nummern 607, 609 und 611 war in schwarzen Lettern *La Cravache* zu lesen, und auf der ersten dieser Türen stand der Zusatz *Privat*.

Das war sein Privatbüro. Zu dieser frühen Stunde trat er durch die 611 ein, ließ die Jalousetten hinunter, die den Räumlichkeiten eine sehr an New York erinnernde Atmosphäre verliehen, setzte sich an einen der hellen Schreibtische, nahm einen Brieföffner und machte sich daran, die Post aufzuschlitzen.

Das überließ er niemand anders. Das war einer der Gründe, weshalb er gern als erster im Büro eintraf, und wenn er zufällig zu spät kam und Mademoiselle Berthe die Post bereits hinaufgebracht hatte, war er den ganzen Vormittag schlecht gelaunt.

Wie üblich waren kleine Schecks darunter und Postanweisungen für Abonnements oder Kleinanzeigen.

»Guten Morgen, Monsieur François.«

Mademoiselle Berthe wohnte recht weit in Richtung Père-Lachaise, ein Viertel, in dem er in seinem Leben höchstens zweimal gewesen war. Sie mußte erst am Place de la République, dann am Châtelet umsteigen, und dennoch war sie stets pünktlich, immer frisch, munter, sie lächelte unentwegt und roch angenehm nach Lavendel und Gesundheit.

Er hatte sie nie angerührt. Er wußte, daß er nicht

zum Ziel gekommen wäre, daß sie wahrscheinlich nur gelacht hätte. Sie war fünfunddreißig und wohnte bei ihrer Mutter, die einen Kräuterhandel in einer belebten Straße betrieb. Sie war drall mit hochstehenden Brüsten, einem Anflug von Doppelkinn, und wenn man sie ansah, dachte man eher an ein Bonbon als an Liebe.

»Viel Geld bei der Post?« fragte sie, während sie hinter der Tür, wo sie einen Spiegel aufgehängt hatte, ihren Hut absetzte.

Sie scherzte. Finanzielle Probleme konnten sie nicht aufregen.

»Sie vergessen doch nicht, daß uns heute vielleicht das Telefon abgestellt wird?«

Es amüsierte sie bloß. Sie ging ihrer allmorgendlichen Beschäftigung nach, ordnete Schreibmaschine, Papier, Kohlepapier und Radiergummi an, zog ein besticktes Taschentuch und eine Dose Plätzchen aus ihrer Tasche.

»Sind Sie heute morgen unterwegs?«

»Ich werde vor elf wieder zurücksein.«

»Was soll ich sagen, wenn jemand kommt?«

»Lassen Sie ihn warten.«

»Haben Sie nichts zur Druckerei zu schicken?«

Chartier, der Bürodiener, der gleichzeitig verantwortlicher Geschäftsführer der Zeitung war – mit anderen Worten: er wäre es, der im Gefängnis landete, wenn *La Cravache* aus irgendeinem Grund verurteilt wurde –, trat seinerseits ein, unauffällig, schleichend, wie es seine Art war, so daß man ihn nie kommen hörte und zusammenfuhr, wenn man ihn plötzlich vor sich stehen hatte.

»Er ist unten!« verkündete er.

»Wer?«

»Der Typ von gestern und vorgestern. Ich nehme an, er ist von der Polente. Er benimmt sich so. Das ist schon das dritte Mal, daß ich ihn morgens im Flur stehen sehe, und abends, wenn ich gehe, ist er immer noch da. Ich könnte wetten, das gilt uns.«

»Es gibt genau zweiundneunzig Firmen im Haus«, erwiderte François gelassen.

»Aber vermutlich nicht so viele aus unserer Branche, Chef. An Ihrer Stelle würde ich mich vorsehen. Denn wenn er zufällig nicht von der Polente ist, könnte Ihnen das gleiche Mißgeschick passieren wie im ›Fouquet's‹.«

Das war keine angenehme Erinnerung. Die Sache hatte sich zu Beginn des vergangenen Herbstes ereignet, an einem lauen Abend, als die Terrasse des ›Fouquet's‹ an der Kreuzung der Champs-Élysées und der Avenue Georges-v voll elegant gekleideter Menschen war, die vom Einkaufen zurückkamen.

François hatte sich wie so oft mit Viviane verabredet, und sie trug ein hübsches schwarzes Seidenkleid und einen vorne hochgebogenen Hut, der ihr ausgesprochen gut stand. Der Kellner hatte ihr gerade einen Cocktail und François ein Glas Bier gebracht, als er in einem Moment, wo er nicht im geringsten darauf gefaßt war, zum Mittelpunkt eines Gedränges geworden war.

Das war so schnell gegangen, daß François kaum begriffen hatte, was geschah. Fast wäre der Tisch umgestürzt. Sein Glas war zerbrochen, seine Hose mit Bier überschwemmt. Zwei Männer standen vor ihm, versperrten ihm die Sicht, und ohne daß er einen Ton gesagt hätte, raunzte einer der beiden, als wäre er beleidigt worden:

»Wie bitte? Wie bitte? Sagen Sie das noch einmal . . .«

Sie meinten ihn, François, und im nächsten Moment erhielt er einen Faustschlag mitten ins Gesicht, ohne daß er sich von seinem Stuhl hatte erheben können. Er bekam vage mit, daß die anderen Gäste aufsprangen. Er hörte eine Frau schreien, aber das war nicht Viviane. Die beiden Männer gaben inmitten einer gestikulierenden Gruppe Erklärungen ab, die er nicht verstand, und lange bevor ein Polizist eintraf, waren sie mit einer Limousine verschwunden, die am Bordstein wartete.

Er hatte es abgelehnt, Anzeige zu erstatten, denn er wußte, woher der Angriff stammte. Seitdem war er auf der Hut, und es gab in Paris eine Reihe von Plätzen, die er, vor allem nach Einbruch der Dunkelheit, sorgsam mied. In einigen Fällen scheute er sich nicht, sich begleiten zu lassen.

Chartier erzählte ihm mit seiner Geschichte um den in der Eingangshalle postierten Mann nichts Neues. Er wußte, daß er beobachtet wurde, daß man sich lebhaft für die Leute interessierte, die ihn in seinem Büro besuchten. Die Drohung, das Telefon abzustellen, war schon lustiger. Letztlich würde sich niemand mehr darüber ärgern als die Leute vom Abhördienst, die geduldig seine Gespräche aufnahmen.

Überdies würde er um elf Uhr Geld haben. Raoul würde welches bringen. Und wenn es Raoul nicht gelang, würde er einen anderen Weg finden, sich welches zu beschaffen; er fand immer im letzten Augenblick einen Weg.

Unten angekommen, betrachtete er den Mann, der auf einer Bank gegenüber dem Aufzug vollkommen in seine Zeitungslektüre vertieft schien. Er gönnte sich das Vergnügen, auf ihn zuzugehen, als wollte er ihn ansprechen, und erst einen Meter vor ihm stehenzubleiben.

Eine Viertelstunde später fuhr er am Steuer seines Wagens über den Boulevard Raspail, der nur wenige Schritte von seiner Wohnung entfernt war, und er erblickte den ehemaligen Laden von Germaines Vater.

Am Lion de Belfort bog er links ab, um durch ein ausgedehntes, trostloses Viertel, in dem er sich fremd fühlte, zur Porte d'Italie zu gelangen.

Er war in drei Jahren nur zweimal auf dem Friedhof gewesen. Das erste Mal kurz nach seiner Rückkehr aus Deauville, als er mit Bob den Stein auf das Grab gelegt hatte. Der Stein war schlicht, geschmackvoll. Es hatte ihn ein wenig beeindruckt, seinen Nachnamen frisch eingraviert hinter dem Vornamen seiner Frau auf einem Friedhof zu sehen. Das zweite Mal Allerheiligen noch im gleichen Jahr.

Heute war es genau drei Jahre her, daß Germaine tot war. Es war ihm am Abend zuvor eingefallen. Aus diesem Grund hatte er es vorgezogen, bei Viviane zu übernachten, der er nichts gesagt hatte.

Hatte sie auch daran gedacht? Das war möglich. Vielleicht würde sie erraten, daß er zum Friedhof gefahren war, denn sie hatte die Gabe, alles zu erraten, vor allem unangenehme Dinge.

Sie würde nicht darüber reden. Im Gegensatz zu seiner Mutter und zu Germaine gab sie sich nie den Anschein, alles zu wissen.

Meist war er es, der sie ausquetschte, ohne daß sie ihn irgend etwas gefragt hatte, und am Ende gab er alles zu.

Raoul hatte einmal gesagt:

»Die Frauen schaffen es, einen das ganze Leben lang als kleinen Jungen zu behandeln und einem ständig das Gefühl zu vermitteln, man habe etwas verbrochen.«

Er kaufte Blumen in der Nähe des eisernen Tors. Es gab nur Chrysanthemen. Der Wärter schaute in seinen Büchern nach und gab ihm Auskunft, wo er das Grab finden konnte. Der Bezirk, in dem es sich befand, war schon nicht mehr der neuste. Das ging schnell in Ivry. Dennoch bot der Friedhof, einem modernen Gebäude gleich, weiterhin einen klaren und sauberen Anblick. Das war alles andere als ergreifend, und es war schwierig, Trauer zu empfinden.

Riesige Maschinen hoben unablässig von der Landebahn des Flughafens Orly ab. Er begegnete Leichenwagen, groß wie Autobusse, in denen der Tote ein letztes Mal mit den Lebenden reiste. Er zählte die Gänge, erkannte endlich den Stein. Er fühlte sich ganz seltsam, als er unmittelbar davor einen Strauß frischer Rosen sah.

Jemand hatte diese Blumen in aller Frühe gebracht. Jemand, der sich erinnerte, daß Germaine eine Vorliebe für dicke, aufdringlich duftende Rosen hatte, Rosen, wie man sie nicht in einem Blumengeschäft, sondern nur in Sträußen vom Land oder an den kleinen Straßenkarren erhält.

Diese dort waren wahrscheinlich an einem kleinen Karren in der Rue Delambre gekauft worden.

Bob war gekommen, bevor er zum Unterricht ge-

148

gangen war. Vielleicht würde er zu spät in Stanislas eintreffen und den Grund nennen, oder würde er eine andere Entschuldigung angeben? Er mußte sehr früh aufgestanden und mit dem Autobus hinausgefahren sein, und es war möglich, daß sich ihre Wege gekreuzt hatten.

Hatte er in diesem Fall seinen Vater gesehen?

François war ganz durcheinander ob seiner Entdeckung, er fühlte sich traurig, enttäuscht.

Ganz zu Anfang des ersten Jahrs hatte Bob mitunter von seiner Mutter gesprochen, ohne Nachdruck, wie aus Versehen.

»Glaubst du, Mama hätte mein neuer Anzug gefallen?«

Oder auch:

»Als Mama noch lebte, mochte ich keinen Spinat. Weißt du noch? Der sieht aus wie Kuhfladen, habe ich immer behauptet.«

Der Stein auf dem Grab hatte den Jungen beeindruckt, und an jenem Abend hatte ihn François in seinem Bett weinen hören. In der Nacht hatte Bob einen Alptraum gehabt, er hatte sich schreiend, mit verstörtem Blick, in seinem Bett aufgerichtet:

»Nein, Papa, nein! Du siehst doch, daß ich tot bin! Wir sind alle tot, Papa! Glaub mir!«

Allerheiligen trug er zum erstenmal seinen neuen Überzieher.

François konnte sich nicht entsinnen, daß das Kind seitdem noch einmal von seiner Mutter gesprochen hatte.

Sie waren gute Freunde, sehr gute Freunde. Bob

erzählte ihm Geschichten aus der Schule, von seinen Spielkameraden, oftmals sogar Geschichten, die Jungen ihren Eltern eher verschweigen.

Hatte er auch im vergangenen Jahr Blumen auf das Grab gelegt?

François hate sich damit begnügt, am Eingang Blumen zu kaufen, fast wäre er mit leeren Händen gekommen. An solche Kleinigkeiten dachte er nie, und seine Mutter hatte ihn oft genug gescholten, wenn er als kleiner Junge vergaß, ihr zum Namenstag zu gratulieren.

Er wußte nicht einmal genau, weshalb er gekommen war. War er vielleicht egoistisch? Vielleicht wegen Deauville?

Denn das war nicht nur Germaines Todestag. Drei Jahre zuvor, am gleichen Tag, hatte er sich seinen ersten Zwirnanzug gekauft. Kurz darauf, am Tag nach der Beerdigung, hatte sie ein wie neu aussehender Schienenbus, der lautlos mit schwindelerregender Geschwindigkeit durch die Landschaft huschte, nach Deauville gebracht, Bob und ihn.

»Warst du schon einmal in Deauville, Papa?«

»Einmal, mein Junge.«

»Mit Mama?«

»Das war unsere Hochzeitsreise.«

Im April. Obwohl es in Paris bereits schön war und die Apfelbäume in der Normandie schon blühten, hatten sie an der Küste nichts als Kälte, Windböen und Regen angetroffen, und das Meer war schmutziggrau und aufgewühlt.

Er hatte trotz allem darauf bestanden, baden zu gehen, denn der Schwimmsport war der einzige, den er passabel ausübte. Sie waren allein am Strand gewesen, zwischen den schlagenden Türen der verlassen wirkenden, mit Sand und Tang angefüllten Kabinen.

Germaine trug einen hellblauen Pullover, den sie selbst gestrickt hatte, und sie fror. Er sah sie noch vor sich, mal auf dem einen, mal auf dem anderen Bein, wie ein Reiher, und die Haare flatterten um ihr Gesicht.

Sie beobachtete ihn ängstlich, als er durch die hohen Wellen schritt und einige Züge in dem eiskalten Wasser schwamm.

»Du bist ganz blau, François! Zieh dich schnell wieder an!«

Er erinnerte sich, daß sie einen Kaffee mit *fil en quatre* oder *fil en six* getrunken hatten, und diese Bezeichnungen für den hiesigen Schnaps hatten seine Frau verblüfft.

Zum Glück gab es auf der anderen Seite der Brücke, in Trouville, ein Kino und ein kleines Restaurant, das ganzjährig geöffnet war und in dem man Garnelen und Langusten essen konnte.

Welch ein Unterschied zu seiner und Bobs triumphaler Ankunft mitten in der Saison, wo man schon am Bahnhof mit bewunderndem Staunen nur bunte Kleider und helle Anzüge sah und fabelhafte Fahrzeuge in fröhlicher Prozession durch die Straßen rollten!

Das war so gewaltig, daß François Tränen in den Augen hatte und den Kopf hatte abwenden müssen, während Bob fragte, ob sie sogleich zum Meer gehen könnten.

Die Masten der Boote, die man über den normannischen Dächern erkannte, versetzten ihn in Entzücken. Sie waren beide gut gekleidet. François hatte Geld in der Tasche und einen neuen hellbraunen Koffer mit einem Schildchen, auf dem sein Name stand.

Er brauchte nicht mehr mit gesenktem Kopf an Madame Boussacs Loge vorbeizuschleichen. Der Bäcker, der Lebensmittelhändler, sogar der Metzger waren bezahlt, und alle Welt lächelte ihm freundlich zu.

Es war vorbei! Er war aus dem Loch hervorgekrochen. Er hatte sich lange geduldet. Er hatte jahrelang durchgehalten, hatte sich verzehrt, hatte gekatzbukkelt, Briefe geschrieben, von denen er immer noch einen schalen Nachgeschmack in der Kehle hatte.

Im Grunde hatte er gehofft, ohne zu glauben.

Und jetzt war es doch eingetroffen, von heute auf morgen, fast zufällig.

Er war am Meer. Sie brauchten nicht in einem feudalen Hotel abzusteigen. In Trouville, gegenüber dem Hafen mit den Fischerbooten, nur wenige Schritte neben dem Jachthafen und dem Schwimmbad, entdeckten sie ein kleines, schneeweißes Hotel mit lauter Geranien, und der Wirt, die weiße Mütze des Chefkochs auf dem Kopf, war fröhlich, und die Wirtin zeigte sich zuvorkommend und mütterlich.

»Natürlich haben wir ein Zimmer für den kleinen Mann!« hatte sie ausgerufen und sich über den Jungen gebeugt.

Als sie die Trauerschleife gesehen hatte, die er am Arm trug, hatte sie François hinter Bobs Rücken ein mitleidiges Lächeln geschenkt.

Später, als sie allein waren, hatte sie ihn gefragt:

»Wann ist das passiert?«

Sie hatte den Jungen unter ihre Fittiche genommen, kümmerte sich um ihn, verhätschelte ihn.

»Sie können unbesorgt Ihren Geschäften nachgehen, Monsieur François. Lassen Sie ihn bei mir. Wir beide sind dicke Freunde, nicht wahr, Bob?«

Es gab Tausende, Millionen von Leuten, die so lebten, in ständiger Zufriedenheit, und das nicht erst seit gestern oder vorgestern, sondern immer schon.

Für jene dort, für diese bunte Menge, die zwischen Trouville und Deauville auf und ab fuhr, die in die Wellen hüpfte, Sonnenbäder und Cocktails genoß, in die Läden oder ins Kasino stürzte oder auch um die weißen Jachten schlenderte – für die meisten von ihnen, wenn nicht alle, waren das Ferien, die sie an die nächsten Ferien denken ließen, auf die wiederum andere Ferien folgten.

Für François waren das die Ferien seines Lebens. Für ihn war das die Erlösung. Das war ein Wunder, und in den ersten Tagen hatte er des öfteren noch feuchte Augen.

»Na, ist das Meer schön, Bob?«

»O ja, Papa!«

»Möchtest du hinausfahren?«

»Mit einem Boot?«

Auch Bob traute seinen Augen und Ohren nicht, und doch waren sie aufs Meer hinausgefahren. Sie hatten sogar an Bord eines Fischerbootes, das Touristen mitnahm, geholfen, die Netze einzubringen, weitab von der Küste, die nur noch durch eine Art Nebel zu erkennen war.

»Wann sehe ich meine Kusinen?«

»Ich weiß es nicht.«

Der arme Junge, glaubte er sie vielleicht mit einem Bericht über seinen Fischfang zu beeindrucken? Er hatte sie erst einmal, anläßlich der Erstkommunion der jüngeren, gesehen.

Marcel und seine Frau hatten eine Villa auf halber Höhe eines Hügels gekauft, an einem Weg, der nirgendwohin führte, der mit seiner doppelten Baumreihe eher an eine Allee in einem Park erinnerte. In der Umgebung waren nur große Landhäuser, deren Dächer in dem Grün kaum auszumachen waren; manchmal bekam man einen Chauffeur zu sehen, der ein Auto wienerte.

François hatte Bob im Hotel zurückgelassen und war mit einem Taxi zu Marcel gefahren; er dachte noch nicht daran, daß er eines Tages seinen eigenen Wagen haben würde. In dem Park, in dem Springbrunnen gemächlich plätscherten, war er seinen beiden Nichten begegnet, die dort unter der Aufsicht ihrer Erzieherin spielten. Sie hatten ihn nicht wiedererkannt.

War er für sie nur ein Herr, der zu Besuch kam, vielleicht ein Lieferant? Sie konnten nicht ahnen, daß er eines Tages der Liebhaber ihrer Mutter sein würde. Würden sie es jemals wissen?

»Monsieur Lecoin ist in der Bibliothek. Haben Sie einen Termin? Ich weiß nicht, ob er Sie empfangen kann, denn er ist heute morgen sehr beschäftigt.«

»Sagen Sie ihm, es sei sein Bruder.«

»Sehr wohl, Monsieur.«

»Sein Bruder François.«

»Ja, Monsieur.«

Der Kammerdiener trug eine gestreifte Weste wie in den Theaterstücken oder den herrschaftlichen Stadthäusern des Faubourg Saint-Germain. Im Erdgeschoß der Villa reihten sich drei Salons aneinander, und eine sehr breite Treppe mündete in der Eingangshalle.

Man forderte ihn nicht auf, hinaufzugehen. Marcel kam hinter dem Diener die Treppe hinab. Er mußte sich vorgenommen haben, freundlich zu sein, denn er lächelte schwach, als er die Hand ausstreckte.

Dabei wirkte er abgekämpft, besorgt. Er trug eine helle Hose und eine Sportweste, dazu eine Krawatte in den Farben irgendeines Klubs.

Bestimmt hatten Renée und er lange über ihn geredet. Was genau mochte ihm seine Frau gesagt haben?

»Willst du etwas trinken?«

»Nein, danke.«

Es war elf Uhr. Er war mit Bob am Vortag angekommen. Zum Frühstück heute morgen auf der Hotelterrasse hatte François warme Krabben gegessen und dazu ein Glas Weißwein getrunken. Bob war in der Küche geblieben, wo er beim Erbsenausschoten half.

»Sollen wir lieber nach draußen gehen?«

Von der Treppe aus erspähte Marcel durch die Bäume hindurch das wartende Taxi.

»Was willst du den Wagen unnötig warten lassen? Mein Chauffeur kann dich doch zurückfahren.« Und nachdem er das Taxi bezahlt hatte: »Wo bist du abgestiegen?«

»In einem Hotel am Hafen in Trouville. Es heißt,

glaub ich, ganz einfach ›Hôtel du Port‹. Es ist sehr sauber, freundlich, und man ißt sehr gut.«

»Bist du allein da?«

»Mein Sohn ist mitgekommen.«

Was Marcel brennend interessierte, war, ob sein Bruder schon soweit war, daß er meinte, sich alles leisten zu können. Wahrscheinlich fragte er sich auch, ob er vorhatte, länger in Deauville zu bleiben.

Er redete um den heißen Brei herum, und in solchen Momenten zeigte er sich stets nur im Profil. Das war schon immer so gewesen. Vielleicht hatte er sich deshalb so gut mit ihrer Mutter verstanden...?

»Versucht doch nur einmal, so wohlerzogen wie Marcel zu sein!«

Was jenen nicht daran hinderte, hinter ihrem Rükken, wenn er sicher war, daß sie ihn nicht hörte, zu murmeln:

»Die Alte spielt wieder mal verrückt!«

Oder sogar:

»Alte Hexe!«

»Natürlich hat Renée nach ihrer Rückkehr aus Paris mit mir geredet«, sagte er schließlich, während er in eine andere Allee einbog als die, in der die Kinder spielten. »Es war Zufall, daß ihr euch überhaupt begegnet seid, eigentlich wollte sie gar nicht am Quai Malaquais vorbeifahren.«

»Ich denke, wir haben uns recht gut verstanden, deine Frau und ich.«

Jetzt, drei Jahre später, stellte er staunend fest, wie klug und geschickt er sich verhalten hatte, wo doch sein neues Leben gerade erst begonnen hatte und er so gut wie nichts wußte. Mitunter fragte er sich, woher er ein solches Selbstvertrauen genommen hatte.

Denn er war ruhig gewesen, ohne arrogant zu sein, und hatte dennoch durchblicken lassen, daß man künftig mit ihm zu rechnen hatte, daß er diesmal nicht kam, um sich einen kleinen Geldbetrag zu leihen oder um Hilfe zu bitten.

Hätte Marcel, statt eigensinnig sein Profil zu zeigen, genauer hingeschaut, hätte er vielleicht bemerkt, daß die Lippen seines Bruders während der gesamten Unterhaltung von einem leichten Zittern befallen waren.

»Ich nehme an, du weißt, daß ich schon eine Zeitung habe.«

»Ich weiß sogar, daß sie sich *Écho de Saint-Germain-des-Prés* nennt, und ich habe die beiden ersten Nummern gelesen.«

»Boussous, den ich mit der Leitung betraut habe, ist vielleicht kein großes Licht, aber immerhin ein alter Journalist, der sich auf sein Fach versteht. Ich habe ihn gestern deinetwegen angerufen.«

»Aha!«

»Du weißt, solche Wahlzeitungen werden eingestellt, sobald die Wahlen vorbei sind. Viel zu tun ist da nicht und zu redigieren schon gar nicht.«

François sagte keinen Ton, und sein Schweigen machte Marcel nervös.

»Boussous ist trotzdem sehr froh, daß du ihm helfen willst. Er nimmt an, du beabsichtigst, die Gesellschaftsspalte und ein paar Artikel zu schreiben. Du hast doch nicht vor, deinen Namen darunterzusetzen?«

»Auf keinen Fall.«

»Ich glaube, das ist in der Tat besser. Wir dürfen nicht vergessen, daß du mein Bruder bist und daß wir den gleichen Namen tragen.«

»Daran habe ich gedacht. Eben deshalb glaube ich, daß wir anders vorgehen müssen.«

»Was meinst du damit?«

»Die Öffentlichkeit wird unweigerlich erfahren, daß ich dein Bruder bin und daß ich für die Zeitung arbeite. Nun, du bist ein sehr reicher, sehr bekannter Mann. Ich möchte Boussous, den ich noch nicht kenne, und seine Fähigkeiten nicht unterschätzen, aber letzten Endes ist er doch nur ein drittrangiger Journalist. Es könnte merkwürdig aussehen, wenn dein Bruder unter ihm arbeitet.«

»Ich wüßte nicht, wie wir es sonst machen sollten.«

»Renée hat dir bestimmt gesagt, daß mir woanders die Stelle eines Herausgebers angeboten wurde, und ich habe noch nicht abgelehnt. Dort hätte ich den Vorteil, eine Zeitung von A bis Z nach meinen eigenen Vorstellungen machen zu können. Man läßt mir freie Hand.«

»Boussous wird niemals hinnehmen, daß seine Privilegien beeinträchtigt werden.«

»Laut Impressum ist er im Rang eines Chefredakteurs. Ein Herausgeber wurde, soviel ich weiß, nicht erwähnt.«

»Der Herausgeber bin in Wirklichkeit ich.«

»Nun denn, ich erlöse dich von dieser Aufgabe. Wobei ich natürlich meine Weisungen von dir erhalte und mich verpflichte, nichts zu tun, ohne dich zu fragen. Ich bin überzeugt, nichts anderes hat Renée gemeint.«

»Habt ihr schon Einzelheiten besprochen?«

Damit gab er zu, daß sie ihm längst nicht alles sagte.

»Vielleicht nicht so ausdrücklich. Ich habe vor, heute mit ihr darüber zu sprechen.«

»Das ist nicht nötig. Renée nimmt ausgiebig am gesellschaftlichen Leben teil. Im Augenblick ist sie sicher am Strand, und ich erwarte sie auch nicht zum Essen. Ich werde sie heute nachmittag beim Pferderennen treffen, und heute abend...«

»Um so besser. Ich hatte ebenfalls vor, zu den Rennen zu gehen.«

Er hatte das Spiel gewonnen, ohne ein einziges Mal streiten oder drohen zu müssen. Er war zu den Pferderennen gegangen. Im Kasino wurde eine Kindervorstellung gegeben, und er hatte Bob dort abgesetzt.

Zum erstenmal in seinem Leben betrat er eine Rennbahn. Die Gesellschaft war ausgesprochen glanzvoll. Um seinen Bruder und seine Schwägerin treffen zu können, hatte er eine Karte für den Wiegeplatz gekauft.

Das erregte ihn ungemein. Das Hinundherwogen der Menge verstand er noch nicht, aber er erblickte auf Anhieb die Tribüne, auf der sich die Prominenz zur Schau stellte und die meisten Männer hellgraue Zylinder trugen, wie man sie nur noch auf den Farbstichen sieht.

Er kam so nah am Aga Khan vorbei, den er aufgrund der Fotografien in den Zeitungen erkannte, daß er ihn hätte berühren können. Er sah berühmte Künstler, und er wußte, daß der alte Herr, der sich auf die Brüstung der Tribüne für Pferdebesitzer stützte und mit einem Fernglas spielte, der Baron de Rothschild war.

Er setzte kein Geld, weil er das System der Dreier-wette noch nicht kannte. Die Zahlen, die sich auf einer riesigen Tafel unablässig änderten, und das Rufen der Leute, die kleine gelbe Papierstreifen verkauften, sag-ten ihm nichts.

Vor einem Tausend-Franc-Schalter stieß er auf Renée. Sie trug einen Hut, dessen breite Krempen so leicht und durchscheinend waren wie Libellenflügel.

Sie war bildschön. Sie wußte es. Schwere, mit Bril-lanten besetzte Armreifen zierten ihre Arme. Marcel stand ein Stück weiter, er plauderte unter einem Baum mit einem sehr dicken Mann, dessen Gesicht hochrot glänzte.

»Guten Tag, François.«

Er küßte ihre Hand. Er hatte noch nicht gelernt, daß man im Freien einer Frau nicht die Hand küßt. Viel-leicht wußte es die Tochter des alten Eberlin auch nicht, denn sie schien geschmeichelt.

»Marcel hat mir eben erzählt, daß Sie sich heute morgen gesehen haben. Wir sind hier dermaßen be-schäftigt, daß wir uns zuweilen wie Fremde treffen. Haben Sie Ihr Glück versucht?«

Er antwortete aufs Geratewohl:

»Ich bin kein Spieler.«

»Ich bin eine entsetzliche Spielerin. Haben Sie noch nie beim Rennen gesetzt? Kein einziges Mal? Dann sagen Sie mir eine Zahl zwischen eins und elf.«

»Sieben.«

»Keine Chance. Die steht dreißig zu eins. Ich setze trotzdem darauf. Es heißt, das bringt Glück.«

Das Pferd gewann nicht, plazierte sich nicht einmal.

Er erblickte seine Schwägerin ein zweites Mal vor dem Schalter, aber ihr Mann stand neben ihr und redete halblaut auf sie ein.

»Kommen Sie morgen gegen sechs auf ein Glas bei uns vorbei, François. Wir werden dasein. Wir haben so selten frei!«

Sie riß die Führung an sich. Am nächsten Tag versuchte Marcel mürrisch, sie zu bremsen, Einwände vorzubringen.

»Laß mich das mit deinem Bruder regeln, ja? François hat recht. Ich glaube allmählich, er hat viel mehr Ahnung, als du dir vorstellst. Achten Sie nicht auf ihn, François. Er ist zur Zeit sehr deprimiert. Seine Widersacher machen ihm das Leben schwer.«

»Besonders Gianini.«

»Besonders Gianini, ja! Überflüssig, es Ihnen zu verheimlichen, Sie kennen ihn ja.«

Gianini wußte zu dieser Stunde nichts von der Existenz eines François Lecoin, der lediglich zwei-, dreimal inmitten der Menge an seinem Geschäft vorbeigegangen war und sich nun mit der Verbissenheit eines kleinen Kläffers an ihn klammerte.

Das war drei Jahre her, und das Spiel war noch nicht beendet.

Innerhalb von Paris war der Verkehr dichter, François mußte an mehreren Kreuzungen anhalten. Er hatte Schwierigkeiten, auf den Champs-Élysées einen Parkplatz zu finden.

Der Typ stand immer noch in der Eingangshalle des Gebäudes. Er tat so, als sei er in die Betrachtung der

Tafel vertieft, auf der die Nummern der Büros angege-
ben waren.

Tagsüber trat François nie durch die 609 oder die 611
ein, denn es konnten dort Leute sitzen, denen er nicht
begegnen wollte.

Er ging lautlos an den beiden Türen vorbei, beinahe
so leise wie Chartier, der mit seinem mageren Körper,
seinen hängenden Schultern und dem schrägen Gesicht
wie ein Herumtreiber aus Ménilmontant aussah.

Er steckte den Schlüssel ins Schloß, zog heftig die
Tür hinter sich zu, zuckte erschrocken zusammen, als
er jemanden in seinem Büro vorfand.

Es war nur Raoul, der ohne Jackett, wie es seine Art
war, in François' eigenem Sessel saß, damit beschäftigt,
sich ein Gläschen vollzugießen.

François hatte nicht verhindern können, daß irgendwo, in einem Schrank oder einem Ablagekasten,
stets eine Flasche stand, und da auch Chartier einem
Schluck nicht abgeneigt war, mühte sich Raoul ständig,
neue Verstecke zu finden.

Warum schaute er ihn so an, mit wie immer glasigen
Augen, aber bedeutungsvollem Blick?

Er trank nicht heimlich. Er machte nicht sofort Platz,
obwohl er nur ein Angestellter war.

»Warst du auf dem Friedhof?«

»Hat Viviane dir das gesagt?«

»Ich habe Viviane nicht gesehen. Ach ja, ich glaube,
sie hat angerufen und um Rückruf gebeten.«

Er holte seine Brieftasche hervor, die er wie üblich in
seiner Gesäßtasche aufbewahrte, und warf ein Bündel
Geldscheine auf den Tisch.

»Er hat's ausgespuckt«, sagte er kurz.

Endlich stand er auf und ging auf die Tür zu, die zum Nebenzimmer führte.

»Drüben warten vier, fünf Nervensägen auf dich. Ich hab ihnen gesagt, du kämst heute morgen nicht, aber sie scheren sich nicht fort.«

Dann, die Hand schon auf der Klinke:

»Boussous will dich auch sprechen. Er ist in der Druckerei. Ich glaub, irgendwas ist nicht in Ordnung.«

Es gab immer irgendwelchen Ärger, und stets mußte er, François, ganz allein sehen, wie er zurechtkam.

Wen hatte er nicht alles am Hals, Leute, die nichts als maulen konnten:

»Es funktioniert etwas nicht.«

Oder:

»Wir brauchen Geld, um...«

Immer wieder Geld! Und er trieb welches auf, für sie alle, für Raoul, für Boussous, für Mademoiselle Berthe und für Chartier, für all die kleinen Idioten und verkrachten Existenzen, die Artikel oder Zeichnungen vorbeibrachten.

»Hallo, Mademoiselle Berthe, verbinden Sie mich bitte mit der Rue de Presbourg.«

»Könnte ich Sie danach sprechen?«

»Ich habe das Geld, keine Sorge. Sie können kommen. Das Telefon wird uns heute nicht abgestellt.«

2

»Sind Sie's, Ferdinand?«

Ferdinand Boussous verbrachte den gesamten Montag und einen Teil des Dienstags damit, in der Imprimerie Centrale nahe der Börse den Seitenumbruch der Zeitung zu gestalten.

»Ich glaube, wenn Sie nicht zu beschäftigt sind, Chef, sollten Sie besser vorbeischauen. Ich komme nicht von der Schließplatte fort.«

»Etwas Schlimmes?«

»Nicht unbedingt. Es geht um einen kleinen Vorfall, der sich heute morgen vor meiner Ankunft ereignet hat. Sie sollten versuchen, auf einen Sprung vorbeizukommen.«

»Haben Sie eine halbe Stunde Zeit, um mit mir zu Mittag zu essen?«

»Ja, wenn es nur eine halbe Stunde dauert.«

An den Tagen, an denen er mit dem Seitenumbruch beschäftigt war, begnügte sich Boussous meist mit einigen Broten, die er in einem der verglasten Büroräume aß, die die Druckerei den Chefredakteuren und Redaktionssekretärinnen zur Verfügung stellte.

François konnte nicht umhin, in der Rue de Presbourg anzurufen, denn er hatte Viviane versprochen, sie zum Mittagessen abzuholen.

»Wir sehen uns heute abend. Wann, weiß ich noch nicht. Ich werde an der Place de la Bourse gebraucht.«

Raoul wartete hinter ihm, ein Blatt in der Hand.

»Was ist das?«

»Lies.«

Es handelte sich um einen Klatschbericht über die sexuelle Abartigkeit eines Großindustriellen aus dem Norden, der jede Woche für zwei, drei Tage nach Paris fuhr.

»Geben wir ihn heraus?« fragte Raoul.

»Nicht ganz so eindeutig, ohne Initialen. Das kann immer etwas bringen. Hast du zu tun? Kommst du mit essen?«

»Da sind noch fünf Typen, die auf mich warten. Ich biege den Artikel schon zurecht. Wenn du in der Druckerei vorbeifährst, kannst du ihn Boussous überreichen. Ich hab noch zwei, drei andere auf dem Schreibtisch liegen, die ein Loch stopfen können.«

»Sehe ich dich heute nachmittag?«

»Wahrscheinlich. Wenn ich nicht hier bin: du weißt, wo du mich findest.«

Raoul nutzte es kaum aus, daß er sein Bruder war. Er hatte sogar François gegenüber eine recht respektvolle Haltung eingenommen. Das hatte im Scherz begonnen, als er ihn vor anderen Leuten Chef genannt hatte.

Nach und nach hatte er sich das zur Gepflogenheit gemacht, und wenn eine Spur Ironie darin mitschwang, dann war es unmöglich, sie zu bemerken.

Im Grunde amüsierte ihn das Metier. Er, der es so liebte, auf die Menschen zu wettern und neue Gründe zu finden, sie zu verachten, hatte jetzt von morgens bis abends Gelegenheit dazu, und er konnte nach Herzenslust Dreck schleudern.

Vielleicht war er auch weiterhin auf François' Entwicklung neugierig und wollte bis zum Schluß in der ersten Reihe sitzen. Als die erste Nummer von *La Cravache* erschienen war, hatte er mißtrauisch gefragt: »Meinst du, da kommen noch viele?«

La Cravache erschien wöchentlich, und letzten Monat hatten sie die hundertste Nummer gefeiert.

Es lief gut zwischen ihnen. Es hatte keinen einzigen ernsthaften Streit gegeben. Waren sie zusammen, war Raoul wahrscheinlich der Unbefangenere von beiden, obwohl er immer noch den gleichen fragenden Blick zu haben schien, wenn er seinen Bruder ansah.

Das hatte sich ganz unerwartet ergeben, gleich nach Germaines Tod. François war nur vier Tage in Deauville geblieben, wo er beschlossen hatte, wie die Ehemänner während der Ferien jeden Samstag zurückzufahren und Bob der Obhut von Madame Fraigneau, der Hotelwirtin, zu überlassen.

Allein zurück in der Rue Delambre, hatte er sich gewundert, seinen Bruder nicht anzutreffen und keine Nachricht von ihm vorzufinden, zumal es Raoul auf sich genommen hatte, sie zum Bahnhof zu bringen. Er hatte sich zum ›Hôtel de Rennes‹ begeben und erfahren, daß sein Bruder abgereist war, ohne eine Adresse zu hinterlegen.

»Glauben Sie, er hat die Stadt verlassen?«

»Ich kann Ihnen nur sagen, daß er mit einem Taxi vorgefahren ist, um sein Gepäck abzuholen.«

Er hatte Zeit gehabt, zwei Wochenenden in Deauville zu verbringen, und Raouls Verschwinden hatte ihm eine gewisse Enttäuschung bereitet.

War er wieder in die Kolonien aufgebrochen? Die Absicht schien er nicht gehabt zu haben, und es war wenig wahrscheinlich, daß er auf den Gedanken gekommen war, sich auf dem Land niederzulassen.

Damals hatte es sich François zur Gewohnheit gemacht, jeden Abend bei Popaul vorbeizuschauen und Viviane aufzusuchen. Sie tranken ein Glas zusammen, um anschließend zu dem kleinen Hotel zu gehen, in dem sie stets das gleiche Zimmer wählten. Zweimal mußten sie auf dem Korridor warten, bis es frei war.

»Siehst du, du hattest keinen Grund, dir den Kopf zu zerbrechen!«

Zweifellos hatte sie recht, denn er hatte seine ganze Kraft wiedergefunden, eine Kraft sogar, wie er sie noch nie erlebt hatte, höchstens früher mit Aimée. Mit dem Unterschied, daß damals die Frau seines ehemaligen Chefs die Initiative ergriffen hatte. Inzwischen war ihm klar, daß sie ihn behandelt hatte, wie ein Mann ein Mädchen behandelt, auf das er Lust hat.

Viviane hingegen blieb stets ruhig und beobachtete ihn weiterhin voller Neugier. Nachher, wenn sie sich wuschen, kam sie zuweilen auf seinen Sohn zu sprechen. Sie hatte ihn gebeten, ihr ein Bild von Bob zu zeigen, und am Sonntag darauf hatte er ihn im Freien von einem Fotografen ablichten lassen.

Paris war fast ausgestorben. Die Straßen klangen hohler, und selbst auf der Rue de la Gaîté kam man zuweilen in den Genuß eines freien Blicks über einen menschenleeren Bürgersteig. Wie auf dem Land standen die Leute in der Tür, um frische Luft zu schöpfen, einige nahmen sogar ihre Stühle mit.

»Hätten Sie etwas dagegen, abends einmal mit mir essen zu gehen?«

Auf dem Zimmer hatte sie stets die berufsbedingte Gewohnheit beibehalten, ihn zu duzen. Erst als sie zwischen kleinen Pflanzen auf der Terrasse eines kleinen Restaurants am Boulevard Montparnasse saßen, war ihr das Sie ganz natürlich über die Lippen gekommen.

»Stört es Sie nicht, daß man uns in Ihrem Viertel sieht?«

An jenem Abend hatte er erfahren, daß auch sie in der Rue Delambre wohnte, wo er ihr noch nie begegnet war, nur wenige Häuser neben ihm. Unerwarteter noch: Sie konnte ihn nicht mit in ihre Wohnung nehmen, wie er sich gewünscht hätte, denn ihre Vermieterin erlaubte ihr nicht, Männerbesuche zu empfangen. Das war ein anständiges Haus, ein tugendhaftes Eiland mit einem alten Geistlichen, der im dritten Stock wohnte.

Es war ungefähr halb zehn. Sie standen auf dem Bürgersteig, und die Nacht war noch nicht stockfinster, der Himmel spiegelte sich in den Straßen, und das Licht der Straßenlaternen wirkte noch matt. Sie mußten aussehen wie jedes andere Paar, das nach dem Satz sucht, mit dem man einander verläßt, ohne Worte zu finden, um die Zärtlichkeit auszudrücken, die beide bewegt. In diesem Augenblick hatte François eine Gestalt erblickt, die ein Stück weiter, vor seiner Tür, zu warten schien.

Er hatte Raoul erkannt, und aus diesem Grund hatte er sich recht ungeschickt verabschiedet.

»Ich hoffe, ich hab dich nicht gestört«, sagte sein Bruder, als er zu ihm stieß. »Die Concierge hat mir gesagt, gewöhnlich kämst du um diese Zeit zurück, und ich hab unten gewartet und frische Luft geschnappt.«

»Bist du schon lang da?«

»Eine knappe halbe Stunde. Lädst du mich irgendwo auf ein Glas ein?«

Draußen war es angenehmer, und François hatte keine Lust, allein mit seinem Bruder in der Wohnung zu sitzen, in der er nicht einmal Zeit gehabt hatte aufzuräumen. In Bobs Abwesenheit war er weniger gewissenhaft. Außerdem müßte er eine Flasche kaufen, und Raoul würde erst gehen, wenn er sie geleert hatte.

»Setzen wir uns auf die Terrasse des ›Dôme‹«, schlug er vor.

»Wenn es dir nichts ausmacht, würde ich lieber in ein Bistro gehen.«

Es gab eins in der Straße mit gerade einmal zwei Tischen auf dem Bürgersteig. Viviane würde sie von ihrem Fenster aus, hinter dem soeben das Licht angegangen war, sehen können.

»Was trinkst du, François?«

»Einen Sprudel. Ich habe heute genug Bier getrunken.«

»Kellner, für mich bitte einen doppelten Cognac.«

Irgend etwas an ihm war anders. Zunächst einmal hatte er zweifelsohne weniger getrunken als an anderen Tagen um diese Zeit. Und er war ruhiger, weniger aggressiv, sein Hemd beinahe sauber.

»Und was erzählt Marcel?«

Die Concierge hatte ihm in den ersten Tagen bestimmt gesagt, daß er in Deauville war, denn François hatte nicht umhin gekonnt, es dem ganzen Viertel kundzutun. Vielleicht war er auf den Gedanken gekommen, das *Écho de Saint-Germain-des-Prés* zu kaufen, und hatte den Namen seines Bruders unter der Schlagzeile gesehen ...

»Marcel ist immer noch der gleiche, noch genauso abgespannt. Er scheint mir nicht ganz wohlauf zu sein.«

»Jedenfalls hast du nicht lang gefackelt! Hast du Bob an der Küste gelassen?«

Das war eine seiner ersten Fragen, recht unerwartet von seiten eines Mannes, der angeblich Kinder haßte und der erklärt hatte:

»Sie schneiden allesamt die gleichen Grimassen wie die Männer, die sie einmal werden, und außerdem erinnern sie mich an die Fratzen der Affen, von denen sie abstammen.«

Und ausgerechnet dieser Mann fragte ein wenig verlegen:

»Geht es ihm gut? Hast du jemand gefunden, der sich um ihn kümmert? Ich nehme doch an, unser lieber Bruder ist nicht so weit gegangen, dir anzubieten, ihn bei sich aufzunehmen und mit den beiden Mädchen spielen zu lassen?«

»Nein.«

Tatsächlich war unter den Gästen des ›Hôtel du Port‹ eine noch junge Frau mit einem großen, dünnen Sohn, der sich mit Bob angefreundet hatte, so daß sie der Junge jeden Tag an den Strand begleiten und an ihrem Tisch essen konnte.

»Man hat mir erklärt, du hättest dein Hotel verlassen, Raoul.«

»Hast du dich erkundigt?«

»Ich habe mich gewundert, daß von dir nichts zu sehen und zu hören war. Es ist jetzt fast ein Monat vergangen, seit... *Germaine tot ist.*«

Diese Worte, die er in den ersten zwei Tagen alle naslang von sich gegeben hatte, die er den Leuten wie einen Werbespruch aufgesagt hatte, kamen ihm immer schwerer über die Lippen. Es war, als schämte er sich ihrer.

»Ich mußte mich um meine Angelegenheiten kümmern«, erklärte Raoul keineswegs überzeugend. »Stört es dich, wenn ich mir noch ein Glas bestelle? Kellner, das gleiche noch mal!«

Das hatte gedauert. Raoul antwortete nur ausweichend, sobald die Rede auf ihn kam, und es kam vor, daß er seinen Gesprächspartner eine Zeitlang geistesabwesend anstarrte, ohne ein Wort zu sagen.

»Willst du in Paris ein Geschäft aufziehen?«

»Nein.«

»Hast du vor, in die Kolonien zurückzukehren?«

»Das dürfte auf gewisse Schwierigkeiten stoßen.«

In diesem Punkt wußte François auch nach drei Jahren nicht viel mehr. Irgend etwas mußte sich in Gabun ereignet haben, vermutlich eine ziemlich häßliche Geschichte, und dieser kurze Satz war die einzige Anspielung, die sich Raoul jemals gestattet hatte.

War es nicht zumindest verwunderlich, daß er nach soviel Jahren ohne einen Heller in der Tasche aus den Tropen zurückgekehrt war?

Bei seinem fünften Glas gestand er dann schlicht:
»Ich mußte mir eine Stelle suchen.«

»Was für eine Stelle?«

Er konnte nicht glauben, daß sich sein Bruder mit sechsundvierzig Jahren in der gleichen trivialen Lage befand wie er einen Monat zuvor, daß er die Kleinanzeigen abklapperte, in Vorzimmern und Vermittlungsbüros wartete. Raoul war sein älterer Bruder und hatte in seinen Augen stets ein gewisses Ansehen genossen, vor allem nach seiner Abreise in die heißen Länder. Sicher, so tief, wie er einige Wochen zuvor gesunken war, hatte alle Welt in seinen Augen ein gewisses Ansehen genossen!

Die beiden Flaschen erstklassigen Weinbrands, der Sahnekuchen und Bobs Revolver waren der letzte Luxus gewesen, den sich Raoul hatte leisten können, und deshalb hatte er François, der zunächst nichts begriffen hatte, vorhin auch gefragt, ob er ihm ein Glas spendieren könne.

»Hast du eine gefunden?«

»Ich habe am Montag angefangen.«

»Und was machst du?«

Raoul hatte nicht versucht, Mitleid zu erwecken oder ihm zu imponieren.

»Ich bin Lagerist in einem Haus für Frühgemüse an der Rue Coquillière bei den Hallen. Ich weiß nicht, ob das die genaue Bezeichnung ist. Ist auch nicht wichtig. Ich fange abends um elf an, wenn die Lieferwagen vom Land eintreffen... Ich habe ein Heft in der Hand und notiere die Lattenkisten und Säcke, die gerade ausgeladen werden. Das ist weder schwierig noch anstrengend.

Die armen Teufel sind die anderen, die ausladen müssen. Die Truppe wechselt ständig. Mal stellen sich viel zu viele vor, mal muß ich welche auf den Bürgersteigen einsammeln. Sie stehen direkt an der Rue Montmartre, als röchen sie den Braten, und warten im Freien.«

»Wo wohnst du?«

»Unmittelbar daneben. Ich habe ein möbliertes Zimmer gemietet.«

Vielleicht in einem der kleinen Hotels, in die François einst den Mädchen gefolgt war, die er rings um den Boulevard Sébastopol aufgegabelt hatte? Er erinnerte sich an eine belebte und schmutzige Straße, ständig vom Lärm der Lastwagen durchdrungen, an Toreinfahrten, die in überfüllte Höfe führten.

»Nun denn, mein Junge. Jetzt habe ich dich gesehen. Nett von dir, daß du mir einen ausgegeben hast. Den einen oder anderen Tag, genauer gesagt den einen oder anderen Abend, denn nachmittags schlafe ich, werde ich wieder vorbeikommen und dich um ein Glas bitten.«

François hatte gerade von der Geschichte um Gianini und das kleine Mädchen Wind bekommen. Er hatte Exinspektor Piedbœuf erst zweimal getroffen und wußte noch nicht, welchen Vorteil er daraus schlagen würde.

Im Laufe der letzten Wochen, in denen er die Möglichkeit ins Auge gefaßt hatte, auf eigenen Füßen zu stehen, war ihm die noch vage Idee gekommen, sich mit Raoul zusammenzutun. Nicht aus Mitleid, auch nicht aus Pflichtgefühl. Das war weniger noch, als Marcel für ihn getan hatte.

»Angenommen, ich gründe auf eigene Rechnung ein kleines, wöchentlich erscheinendes Klatschmagazin, wärst du bereit, mit mir zusammenzuarbeiten?«

»Wozu?«

»Ich weiß es nicht genau. Um mir zu helfen.«

»Hat dich die Affäre Gianini auf den Geschmack gebracht?«

»Nicht nur die.«

»Glaubst du, ich bin Schuft genug?«

François hatte sich nicht beleidigt gefühlt.

»Laß es dir durch den Kopf gehen. Ich denke ernsthaft darüber nach.«

»Grundsätzlich sage ich nicht nein.«

»Du wärst selbstverständlich dein eigener Herr.«

»Davon gehe ich aus. Darf ich dir ein paar Fragen stellen?«

»Nur zu.«

»Macht Boussous mit?«

»Er wird mein Chefredakteur.«

»Und Marcel?«

»Nein.«

»Und Renée?«

»Vielleicht in gewisser Hinsicht. Jedenfalls nicht namentlich.«

»Das heißt, sie liefert das Grundkapital?«

»Teilweise.«

Fast all diese Unterhaltungen mit Raoul fanden auf der Terrasse eines Cafés statt, wofür er, vielleicht nach all den Jahren im Busch, eine ausgeprägte Vorliebe hatte. Er konnte dort stundenlang sitzen und Untertasse auf Untertasse stapeln, selbst wenn der Regen das Zeltdach über seinem Kopf bedrohlich ausbeulte und der Wind dicke Tropfen bis zu seinem Tisch trieb.

Eines Abends hatte er sich entschlossen. Er hatte seinem Bruder gelassen in die Augen geschaut und gesagt:

»Ich versuch's. Von Montag an, wenn du deine Meinung nicht geändert hast, bist du mein Chef.«

Niemand anders als er hatte ihre Mutter und die Menschen schlechthin des Masochismus bezichtigt. Seine Worte aus jener ersten Nacht hatten sich in das Gedächtnis seines Bruders eingegraben, der sie wie eine Litanei hätte herunterbeten können.

»Die Leute lieben es, wenn ihnen ein Leid zugefügt wird, nicht nur physisch, auch moralisch. Die Zahl der Leute, die eine wahre Wollust dabei empfinden, sich zu erniedrigen, tiefer zu sinken als der Erdboden, ist unglaublich. Und das sind dieselben, wohlgemerkt, die sich beklagen, daß sie kein Glück haben! Etliche, die eine wichtige Stelle innehaben, ein bedeutendes Unternehmen leiten, über ungeheure Macht verfügen, laufen jede Woche zu den Puffmüttern, schleichen auf mehr oder weniger diskrete Zwischengeschosse, um sich auspeitschen oder den Hintern versohlen zu lassen.«

François hatte sich oft gefragt, ob sein Bruder nicht ein bitteres Vergnügen dabei empfunden hatte, sich ihm zu unterstellen.

»Noch eins, bevor ich endgültig ja sage. Es ist besser, wir wissen beide, woran wir sind. Du weißt, daß ich ein überzeugter Säufer bin, nicht wahr?«

»Ich weiß.«

»Ich weise dich darauf hin, daß ich an meinen Angewohnheiten nichts ändern werde. Punkt. Wenn dir das nicht zusagt, erübrigt sich jedes weitere Wort.«

Er hatte weiter getrunken, ohne daß dies jemals ernsthaft Grund zur Klage geboten hätte.

Als François im Erdgeschoß aus dem Fahrstuhl stieg, stand der Mann nicht mehr in der Eingangshalle, aber er erblickte ihn draußen auf einer Bank, rund fünfzehn Meter entfernt, im Schatten eines Baumes.

Wie am Vormittag ging er ihm nicht nach. Wenn er wirklich seinetwegen kam, was wahrscheinlich war, dann interessierten ihn weniger dessen Tun und Treiben, sondern die Besucher, die er empfing und die er vermutlich aufzulisten versuchte.

Vielleicht hoffte er, Piedbœuf in das Gebäude eintreten zu sehen? Das bewies zumindest, daß die wirkungsvollen Vorsichtsmaßnahmen des Exinspektors keineswegs lächerlich waren.

Er hatte gewisse Schwierigkeiten, in den Verkehr einzufädeln. Fast wäre er mit einem anderen Fahrzeug zusammengestoßen. An der Börse hatte er noch größere Mühe, eine Parklücke zu finden, denn zu dieser Stunde herrschte dort Hochbetrieb, und man hörte von weitem das Schreien der Börsenangestellten hinter der Säulenreihe.

Die Druckerei beherbergte eine recht große Anzahl von Zeitungen, unter anderem zwei Finanz- und einige Innungsblätter wie das *Journal de la Boucherie française*.

Die Chefredakteure hatten ihren bestimmten Tag und verfügten der Reihe nach über drei verglaste Büroräume, von denen aus die Schließplatten und die Setz-maschinen zu sehen waren. Es herrschte ein ständiges Kommen und Gehen von Reportern und Laufbur-schen, und jeder hatte feuchte Druckfahnen oder Bür-stenabzüge in der Hand.

Boussous saß in Hemdsärmeln und wie gewöhnlich unrasiert in seinem Käfig. Vor ihm standen drei Gläser Bier, die ihm ein Laufbursche aus einem benachbarten Café geholt hatte.

Er war ein Säufer, wie Raoul, wie Piedbœuf, aber jeder war es auf seine eigene Art.

Chartier, der Bürodiener, nannte sie *Die drei Fetten,* und Boussous war der dickste von ihnen, so dick, daß er sich kaum in ein Taxi zwängen konnte. Er trank von morgens bis abends nichts als Bier, dreißig Stück am Tag, wie er selbstgefällig verkündete, und sogar noch mehr, wenn er einen Teil der Nacht trinkend und Pfeife rauchend in Gesellschaft eines Kumpanen verbrachte.

»Können Sie jetzt mitkommen, Ferdinand?«

Trotz seines Bauchs, der ihm bis auf die Oberschen-kel fiel, war er der leichtfüßigste von den dreien, und er schaukelte beim Gehen hin und her wie eine Frau. Man hätte ihn deshalb für einen Homosexuellen – oder für einen Eunuchen – halten können, wäre er nicht täglich zum Aperitif oder zum Abendessen in Begleitung der einen oder anderen seiner Nichten gewesen.

Es war eine alte Gewohnheit, die kränklich aus-sehenden, armseligen, oft jedoch recht hübschen Mäd-chen als »Nichten« zu bezeichnen, mit denen er sich ständig umgab und die er Gott weiß wo aufgabelte. Er mußte ein geheimnisvolles Talent haben, sie zu dressieren, denn sie gaben sich allesamt unterwürfig und ehrerbietig und warteten respektvoll auf ihrer Bank, bis er sich gnädig ihrer Gegenwart erinnerte und ihnen einen Teller Sauerkraut auf elsässische Art bestellte.

»Ich gebe nur eben Gaston die Bürstenabzüge, dann komme ich, Chef.«

Gaston war der Umbrecher, und er hob jedesmal die Arme gen Himmel, wenn man ihm den Abzug brachte, und schwor unentwegt: »Das paßt nie und nimmer.«

»Mein Bruder hat mir ein paar Artikel gegeben.«

»Erzählen Sie Gaston nichts davon. Ausgebucht für diese Woche. Geben Sie sie mir im Büro. Wir müssen die Druckformen bis drei Uhr fertig haben. Ich hoffe doch, daß Sie mich nicht schon wieder zu einem Ihrer fürchterlichen Festessen im ›Dindon farci‹ mitnehmen?«

Was hieß, daß er Lust dazu hatte.

Das war eines der besten Restaurants von Paris, ganz in der Nähe, zur Mittagszeit vor allem von Börsenmaklern, aber auch von einigen Politikern besucht, und hin und wieder sah man dort einen Minister oder den einflußreichen Herausgeber einer großen Tageszeitung.

»Einen Tisch für Monsieur François!« rief der Oberkellner, dem François nie die Hand zu drücken vergaß.

Sicher, selbst hier gab es eine Reihe von Leuten, die den Herausgeber von *La Cravache* nicht grüßten, aber diejenigen, die ihn »werter Freund« nannten, waren ebenso zahlreich, wenn nicht zahlreicher.

Im Laufe der Zeit hatte sich François seinerseits daran gewöhnt, die Worte »Herr Direktor« in angemessenem Ton auszusprechen und sie an Leute zu richten, die er früher nur zitternd angeredet hätte.

Er konnte mit einer gewissen, nur von einem Hauch Respekt abgeschwächten Lässigkeit sagen: »Mein lieber Präsident« oder »Werter Minister«.

Er war der Luxusrestaurants noch nicht überdrüssig. Wahrscheinlich würde er es nie sein. Er liebte den Anblick des silbernen Wagens, der das Stück Rindfleisch oder ein ganzes Lamm enthielt, und es war ihm ein immer neues Vergnügen, angesichts der feinsten Horsd'œuvres ins Zaudern zu geraten.

Wie oft hatte er sein Gesicht gegen die Scheibe des Metzgerladens in der Rue Delambre gepreßt, damals, als eine Hummermuschel für ihn den Gipfel der Raffinesse bedeutete? Einmal, ein einziges Mal, hatte er vier auf einmal gekauft. Und an diesem Tag hatte sein neues Leben begonnen.

»Eine Karaffe Pouilly-Fuissé, Ferdinand?«

Das war ein beliebter Scherz. Selbst zu Tisch, selbst hier, trank Boussous nur Bier, und wahrscheinlich lag darin auch eine gewisse Zier, denn er stammte noch aus einer Zeit, in der Bier, Sauerkraut und Pfeife sozusagen die Apanage eines Journalisten waren.

»Wozu raten Sie mir, Germain? Für mich bitte etwas Leichtes.«

»Wie wär's mit Lammkoteletts von Salzweiden mit Strohkartoffeln?«

Zu guter Letzt bestellte er sich stets ein Menü mit den verschiedensten Soßen, so kompliziert wie möglich, mit Champignons und Trüffeln, weil ihn das mehr von der ärmlichen Küche wegbrachte, an die er einst gewöhnt war.

»Ist das Nierchensoufflé gut?«

»Sehr zu empfehlen.«

Für Boussous kam nur Geflügel oder ein Chateaubriand mit einem Berg von Schwenkkartoffeln in Frage. Er hatte einen gesegneten Appetit. Er mußte früher einmal gehungert haben, denn die Menge zählte viel für ihn. Das merkte man an der Art, wie er seine Bestellung aufgab:

»Ein mächtiges Steak!«

»So, mein lieber Ferdinand, jetzt können wir uns unterhalten.«

»Es dauert nicht lang. Ich bin nicht sicher, ob das wichtig ist, aber es beschäftigt mich seit heute morgen. Als ich um zehn Uhr in die Druckerei kam...«

»Um zehn Uhr?«

Jeder wußte, daß er sich nur mit Mühe aus seinem bestimmt nach Bier riechenden Bett erhob.

»Sagen wir halb elf. Als ich ankam, wie gesagt, habe ich mich gewundert, daß der Packen Druckfahnen nicht wie gewohnt auf dem Schreibtisch lag. Erst habe ich geglaubt, Gaston sei zu spät gekommen oder er habe mich vergessen. Sie wissen doch, was er montags morgens mit drei Zeitungen am Hals für eine Laune hat.

›Ihre Fahnen?‹ hat er gebrüllt. ›Die hat man Ihnen schon vor einer Stunde gebracht! Ich hab sie selbst auf Ihrem Schreibtisch gesehn.‹

Ich habe angefangen zu suchen. Ich habe den Jungen

gefragt, der das Papier einsammelt, dann den Mann, der an der Tür steht.

Es hat eine Weile gedauert, bis ich erfahren habe, daß jemand mit unseren Fahnen in der Hand gesehen worden ist, ein Typ, dem man im Glauben, er gehöre unserer Redaktion an, keine Beachtung geschenkt hat.

Ein kleiner Fettwanst mit dicken Brillengläsern und einem Strohhut. Als er rausging, hatte er eine Ledertasche unter dem Arm. Er schien es eilig zu haben. Baptiste, der Mann an der Tür, hat bemerkt, daß seine gelben Schuhe ganz abgenutzt waren.«

»Polizei?« erkundigte sich François.

»Ich weiß es nicht. Vom Quai des Orfèvres scheint mir das jedenfalls nicht zu kommen. Die Leute von der Kriminalpolizei, ich glaube, die kenne ich alle, und ich wüßte keinen, auf den die Beschreibung des Typen zutrifft. Außerdem ist das nicht ihre Art. Wenn das von denen käme, hätte der Mann keine Hemmungen gehabt. Er wäre nicht vor meiner Ankunft losgezogen. Er hätte sich auf eine Ecke meines Schreibtischs gesetzt. Er hätte mit spöttischer Miene die Papiere an sich genommen. Er hätte irgend etwas gesagt in der Richtung:

›Hören Sie, Boussous, tut mir leid, daß ich das mitnehmen muß, aber der Chef würde gern mal einen Blick darauf werfen.‹

Sie kennen die doch. Die verstecken sich nicht. Im Gegenteil, die versuchen einen eher einzuschüchtern.«

»Gianini?«

»Das habe ich im ersten Moment auch geglaubt, obwohl ihm das nicht ähnlich sieht. Die sind brutaler.

181

Die Beschreibung, die man mir gegeben hat, war vage, aber schließlich hat mich das doch an etwas erinnert.

Ich kenne auch ein paar Leute in der Rue des Saussaies. Nun, da gibt es tatsächlich einen kleinen Fettwanst mit dicken Brillengläsern, der immer ganz erbärmlich aussieht. Er hat einen komischen Namen, der mir nicht einfallen will.

Soviel ich weiß, ist er weder mit Verbrechen noch mit etwas Ähnlichem beschäftigt. Er arbeitet direkt für den großen Boss. Er erledigt die Spezialaufträge für den Minister, vor allem politische Sachen.

Verstehen Sie?«

Und ohne einen Bissen auszulassen, brummte Boussous:

»Vielleicht sind wir zu weit gegangen? Ich habe mir danach die ganze Nummer noch einmal durchgelesen. Ich sehe nichts, das schlimmer wäre als sonst. Zudem, so lange, wie die Affäre Gianini nun schon dauert, würde es mich wundern, wenn sie auf einmal aufbrausen sollten.«

Boussous war sein Leben lang nur ein zweit- oder gar drittklassiger Journalist gewesen, der von einer Zeitung zur anderen, vom Lokalteil zum politischen oder kulturellen Teil gewechselt war und höchstens zu Wahlzeiten einmal die Leitung eines kurzlebigen Blattes übernommen hatte. Aber die Kulissen eines gewissen Paris kannte er von Grund auf, und er irrte sich selten.

»Ich möchte nicht den Eindruck erwecken, als wollte ich im nachhinein recht behalten, Chef. Ich habe immer gesagt, daß Sie zu weit gehen. Vor allem haben Sie, was noch schlimmer ist, mitunter die Spielregeln mißachtet.

Wenn ich heute abend Zeit habe, werde ich die letzten Nummern noch einmal lesen, um dahinterzukommen, wer uns aufs Kreuz legen möchte.

Ich finde jetzt schon, die Sache sieht mulmig aus. Bei Gianini und seinen Gangstern riskiert man höchstens einen Schuß vor den Bug, und ich glaube nicht, daß sie sich das zur Zeit trauen. Mit dem Überfall im ›Fouquet's‹ wollten sie Ihnen nur eine Lektion erteilen, weil sie glaubten, das könne Sie beeindrucken.

Der Quai des Orfèvres macht mir auch keine angst. Die meisten von denen sind brave Jungs, die nur ihre Arbeit tun.

Bei der Rue des Saussaies sieht die Sache anders aus. Da sind wir eine Etage höher. Das ist beinahe ganz oben. Ich hoffe, daß ich mich täusche, aber ich frage mich, ob man nicht gerade an höchster Stelle beschlossen hat, dem Ganzen ein Ende zu setzen.

Für alle Fälle, um zu vermeiden, daß morgen bei Verkaufsbeginn die Nummer einkassiert wird, habe ich einige Texte noch auf der Schließplatte abgeschwächt.«

»Wen haben wir als *Prügelknaben*?«

»Nichts Schlimmes. Eine *Zahlkarte*.«

François erinnerte sich, daß er auf der Titelseite die Skizze einer jungen und hübschen Frau gesehen hatte, wahrscheinlich ein Filmsternchen, das von seinem Liebhaber ein wenig Publicity spendiert bekam.

Jede Woche veröffentlichte *La Cravache* auf der Titelseite den Kopf einer mehr oder weniger berühmten Persönlichkeit aus Politik, Geschäftsleben, Theater oder Literatur.

Dem Begriff zufolge, den Boussous benutzt hatte

und der innerhalb der Zeitung geläufig war, handelte es sich diesmal um eine *Zahlkarte*. Das hieß, daß der Artikel, der unter der Skizze folgte, sehr teuer bezahlt worden war.

Folglich war der Artikel nett geschrieben und enthielt gerade so viel Gemeinheit, daß er nicht nach Werbung roch und sich dem sonstigen Ton von *La Cravache* anpaßte. Die *Prügelknaben*, die viel Geld einbrachten, waren Artikel, die nicht erschienen und mit größter Sorgfalt ausgearbeitet wurden. Im allgemeinen war Boussous damit betraut, sie zu verfassen. Er schrieb sie an einem Brauhaustisch, schwitzend, Bier trinkend, wobei er sich wie ein Schüler mit der Zungenspitze über die fleischigen Lippen fuhr.

Der Rest, von seltenen Ausnahmen abgesehen, war Sache des Bürodieners Chartier, der sich zu einem wahren Meister auf diesem Gebiet entwickelt hatte.

»Wie tief darf ich gehen, Chef?« fragte er, bevor er aufbrach.

»Zwanzigtausend? Zehntausend?«

Es war sein ganzer Stolz, mehr als den Mindestpreis zu erzielen. Einmal hatte er das Fünffache der vorgesehenen Summe herausgeholt.

Seine Vorgehensweise änderte sich selten. Er fuhr los, mit der Metro oder mit dem Bus, seelenruhig, schwankend. Ob in einem herrschaftlichen Stadthaus oder im Büro eines bedeutenden Unternehmens, fast immer gelang es ihm, sich Einlaß zu verschaffen, vielleicht weil er wußte, wie er sich mit den Haus- oder Amtsdienern zu stellen hatte. Dabei war das der schwierigste Teil seiner Aufgabe. Alles weitere war eine

Art Komödie, die er nur zu gern spielte und die er bis ins letzte ausfeilte.

»Verzeihen Sie, daß ich mir die Freiheit nehme, Sie zu stören, aber ich habe soeben einen Schock erlitten, und selbst auf die Gefahr hin, meinen Arbeitsplatz zu verlieren, habe ich beschlossen, mit Ihnen zu sprechen, koste es, was es wolle. Versprechen Sie nur, daß Sie niemandem verraten, was ich Ihnen sagen werde. Die Zeiten sind hart, Monsieur. Ein Mann von vierzig Jahren wie ich, der eine Familie hat...«

Chartier war zeit seines Lebens ledig gewesen.

»...ist zuweilen gezwungen, Arbeiten anzunehmen, deren er sich schämt. Sagt Ihnen der Name François Lecoin etwas? Nicht so wichtig. Er ist mein Chef, leider, was mir erlaubt, aus nächster Nähe mitzubekommen, was in *La Cravache* vorgeht. Nun, das hier habe ich heute nachmittag auf seinem Schreibtisch gefunden.«

Es handelte sich um die Korrekturfahnen eines boshaften Artikels, in dem unter dem Vorwand, die Karriere einer Persönlichkeit zu erzählen, weitläufige Abschweifungen in deren Privatleben vorgenommen und vor allem schimpfliche Nebensächlichkeiten ans Licht gezerrt wurden.

»Ich habe trotz allem ein Gewissen, und so habe ich beschlossen, Sie zu benachrichtigen. Ich weiß nicht, was Sie tun können. Die Zeitung erscheint übermorgen. Vielleicht ist ja noch Zeit...«

Das klappte neun- von zehnmal.

»Wohlgemerkt, François Lecoin ist über diesen Artikel vermutlich nicht informiert. Er kümmert sich kaum um die Einzelheiten seiner Redaktion. Aber in seiner Umgebung ist eine Person ohne jeden Skrupel...«

Wenn man dieser Person vielleicht eine bestimmte Summe zukommen ließ! Chartier war bereit, sich einzuschalten. Er tat es. Er lief los, um den bösartigen Verfasser des Artikels aufzusuchen, kam zurück, betroffen, entrüstet.

»Ich hatte geglaubt, Sie kämen mit einer geringfügigen Summe davon, denn unser Mann steckt bis zum Hals in Schulden. Leider ist alles viel schlimmer. Die Zeitung ist bereits unterwegs. Man müßte den Druck abbrechen und die Druckerei entschädigen.«

Die Artikel, die nie erschienen, waren die wichtigsten, und wenn der Streich einmal mißlang, war das nicht weiter schlimm. Es war unerläßlich, daß auch bissige Texte erschienen, zum einen für die Leser, zum andern, um künftige Opfer nachdenklich zu stimmen.

»Apropos«, erinnerte sich Boussous, während er seine Pfeife stopfte, die er mit dicken Rauchschwaden an den elegantesten Orten zu rauchen pflegte, »ich habe heute morgen ein Briefchen von Piedbœuf erhalten.«

Er wühlte in seinen Taschen und zog es schließlich zusammen mit einem Schlüsselbund hervor. Die Mitteilung war in einem Café geschrieben worden, aber der Exinspektor hatte wohlweislich die Ecke mit dem Briefkopf abgerissen. Wie üblich hatte er nicht unterschrieben.

»Ich würde heute nachmittag gern den Chef sehen. Sehr wichtig. Wenn er um fünf Uhr in dem Lokal an der Ecke Avenue de Wagram und Rue Brey sein möchte. Ich rufe ihn dort an, um ihm zu sagen, wo ich bin.«

»Ich glaube, Sie täten gut daran, ihn anzurufen.«

Und Boussous schaute François verstohlen an, so wie ihn mittlerweile alle Welt anschaute, mit einer Mischung aus Vertrauen und Besorgnis. Und stets einer gewissen Verwunderung.

Denn François wirkte keineswegs erschüttert. Man hätte meinen können, all das könne ihn nicht treffen.

»Oberkellner! Die Rechnung!«

Nach einem reichhaltigen Essen fühlte er sich meist schwerfällig, ein wenig schläfrig, obwohl er nie mehr als zwei Gläser Wein trank.

3

Er hatte erneut in der Rue de Presbourg anrufen müssen. Viviane war an diese Anrufe gewöhnt, die ihre Verabredungen änderten oder umwarfen.

»Warte heute nicht mehr auf mich. Es sollte mich überraschen, wenn ich mich bis heute abend frei machen kann.«

»Schläfst du in der Rue Delambre?«

Sie war nicht allein. Eine Freundin war bei ihr, Mimi, die in dem Appartement darüber wohnte und von einem Reeder aus Nantes ausgehalten wurde. Er kam einmal die Woche, an einem bestimmten Tag, nach Paris. Die beiden Frauen konnten Stunden miteinander verbringen, sie plauderten, manchmal nähten sie und machten Anproben, denn Viviane hatte ihre alte Gewohnheit beibehalten, ihre »Kleiderchen« selbst anzufertigen.

»Ich gehe wahrscheinlich mit Mimi ins Kino«, erklärte sie. »Ist alles in Ordnung?«

»Aber ja.«

»Verheimlichst du mir auch nichts? Oder hast du Ärger?«

Eines Tages, als sie bereits zusammen waren und sie schon seit einigen Monaten nicht mehr bei Popaul verkehrte, hatte die Sittenpolizei sie unter dem Vorwand, mit ihrer Prostitutionskarte stimme etwas nicht, beim Mittagessen verhaftet.

Damals wohnte sie noch nicht in der Rue de Presbourg, sondern in einem möblierten Appartement nahe
der Place des Ternes, in der Rue Daru, und sie nahm
ihre Mahlzeiten in einem Restaurant in der Rue du
Faubourg Saint-Honoré ein. Sie war genauso ruhig,
genauso höflich geblieben wie immer, doch der Inspektor hatte absichtlich laut gesprochen, damit jeder
ringsum mitbekam, daß sie ein Mädchen mit einer
Karte war.

Man hatte sie in Gewahrsam genommen, und sie
hatte die erste Nacht gemeinsam mit den Mädchen
verbracht, die von der grünen Minna eingesammelt
worden waren; am nächsten Morgen hatte sie nackt auf
der ersten Etage hinter Dutzenden anderen auf ihre
ärztliche Untersuchung gewartet.

Abgesehen hatte man es auf François. Dank einem
der Mädchen, das am gleichen Tag freigelassen worden
war und dem sie eine Nachricht hatte zustecken können, hatte er von dem Vorfall erfahren. Er hatte nicht
gezögert, herbeizueilen, war jedoch auf eine Reihe von
formalen Vorschriften gestoßen.

Die Sache hatte mehrere mit Untersuchungen und
komplizierten Formalitäten angefüllte Tage gedauert,
nach deren Ablauf er schriftlich hatte erklären müssen,
daß er für sämtliche Bedürfnisse der jungen Frau auf-
komme und die Verantwortung für ihr Verhalten über-
nehme.

Das war eine erste Warnung, kaum angenehmer als
jene, die ihm Gianinis Leute später auf der Terrasse des
›Fouquet's‹ erteilten. Wahrscheinlich stammte das
nicht von ganz oben, vielleicht von Inspektor Boutarel,

der wohl geglaubt hatte, François werde es nicht wagen, sich für Viviane einzusetzen.

Diese Leute täuschten sich in ihm. Sie täuschten sich alle, auch Boussous und Piedbœuf, sogar sein Bruder Raoul. Piedbœuf zum Beispiel war überzeugt, daß er nur aus Arglosigkeit, aus Naivität oder Dummheit nie Angst bekam.

Diesmal hatte er ihn telefonisch ins ›Globe‹ bestellt, ein Lokal am Boulevard de Strasbourg, in dem auf Gastspielreise befindliche Schauspieler und Filmkomparsen zusammentrafen.

»Kommen Sie auf die erste Etage, Chef. Sie finden mich neben den Billardtischen.«

Auf diese Weise hatte er François bereits zu den überraschendsten Plätzen von Paris und Umgebung bestellt. Dabei war er von seinem Äußeren her alles andere als ein romantischer und dem Pittoresken zugetaner Mensch.

Er war der Sohn eines normannischen Bauern, kurzbeinig, gedrungen und so breit, daß er fast unförmig wirkte. Man spürte unter seinem drallen Fleisch den Körperbau eines Gorillas, und mit zunehmendem Alter hatte er die Leibesfülle jener Viehhändler entwikkelt, die auf den Märkten seines Landes zu sehen sind; er hatte den gleichen Akzent, das gleiche von geplatzten Äderchen durchzogene Gesicht, das oftmals einen Schlaganfall befürchten ließ und am späten Abend mitunter ins Violett überging.

Er trank Calvados und kannte sämtliche Kneipen von Paris, in denen es guten gab. Im Laufe des Nachmittags wurde seine Stimme immer heiserer.

»Haben Sie sich vergewissert, daß Ihnen niemand gefolgt ist?«

Da François keine Antwort gab, brummte er unwirsch:

»Spielen Sie nicht den Schlaukopf. Sie sind nicht als einziger im Bilde. Sie sind nicht derjenige, der am meisten ausbaden muß. Haben Sie überhaupt bemerkt, daß man Ihnen an den Champs-Élysées einen Inspektor als Schildwache hingestellt hat? Ich brauche gar nicht hinzugehen, um zu wissen, daß das Charruaud ist, ein Neuer von der Rue des Saussaies.«

»Und der, der heute morgen in der Druckerei war und mit den Druckfahnen verschwunden ist?«

Piedbœuf schaute ihn mit bedeutsamer Miene, fast wütend an, während er sein Glas in der Innenfläche seiner riesigen Pranke wärmte.

Er roch ständig nach Calvados, und das so stark, daß es einen belästigte und man den Kopf abwenden mußte. Wie alle, die einen üblen Mundgeruch haben, hatte er die unangenehme Eigenschaft, einem während des Sprechens ins Gesicht zu pusten und einen notfalls sogar am Revers zu packen, damit man in seiner Reichweite blieb.

Er war jahrelang Gendarm gewesen, ein Polizist vom alten Schlag, betrunken, nachlässig gekleidet, des Lesens und Schreibens fast unkundig, und zu jener Zeit war er eine malerische Figur im Viertel Saint-Michel gewesen.

Dank seinem Schwager, der einen ziemlich wichtigen Posten im Innenministerium bekleidete, hatte er seine Inspektorenprüfung mit Ach und Krach bestanden und war anschließend der Sittenpolizei zugeteilt worden.

Trotz des Ansehens seines Schwagers hatte er sich dort jedoch nur acht Jahre halten können, denn nunmehr in Zivil, sich selbst überlassen, hatte er mehr getrunken denn je und sich den Strichmädchen gegenüber, die er überwachen sollte, wie eine Art Satrap aufgeführt.

Er wurde beschuldigt, von mehreren Mädchen regelmäßig Gebühren, in natura wie finanziell, verlangt zu haben, und diejenigen, die sich dem hatten entziehen wollen, hatten teuer dafür bezahlt.

Am Ende hatte man sich seiner entledigt, indem man ihn in den vorzeitigen Ruhestand versetzt hatte, und das hatte er seinen ehemaligen Kollegen und Vorgesetzten nie verziehen.

François hätte ihn um ein Haar nie kennengelernt, denn der erste – nicht einmal unterzeichnete – Brief, den er von ihm erhalten hatte, war nicht dazu angetan, Vertrauen zu erwecken. Boussous war keineswegs begeistert gewesen, als er ihn um Rat gefragt hatte.

»Irgendein Sonderling. Davon werden sie noch viele erleben. Nichts lockt die mehr an als Zeitungen.«

Damals arbeitete François noch für Marcel beim *Écho de Saint-Germain-des-Prés*. Er hatte aufs Geratewohl einen ersten Artikel über Gianini geschrieben, ganz im Stil der Wahlkampfartikel, mit vagen Anschuldigungen und dem Versprechen, bald mehr darüber zu berichten.

»Gar nicht so dumm«, hatte ihn Boussous gelobt. »Sie werden sehen, daß wir uns gar nicht mehr bemühen müssen. Gleich morgen werden wir Unmengen von Briefen erhalten, in denen uns alle erdenklichen Informationen über unseren Widersacher zugespielt werden, ob wahr oder falsch. Das ist der klassische Trick. Ich wußte nicht, daß Sie ihn kennen.«

Boussous hatte François gleichmütig akzeptiert. Für ihn war er der Bruder des großen Chefs, desjenigen, der zahlte, und er hatte andere erlebt, er hatte in Diensten aller möglichen Leute gestanden.

Piedbœufs erster Brief lautete:

»Wenn Sie die Absicht haben, Gianini zu entlarven, wenn Sie wirklich den Mut haben, sich mit ihm und seiner Bande anzulegen, wenn Sie nicht davor zurückschrecken, ganz hoch zu zielen, viel höher, als Sie denken, dann finden Sie sich am Mittwoch um drei Uhr im Haupteingang des Jardin des Plantes ein. Halten Sie eine Nummer Ihrer Zeitung in der Hand.«

An diesem Tag hatte sich Piedbœuf eine gute Viertelstunde Zeit gelassen, um François zu mustern, ehe er sich an ihn heranmachte.

»Setzen Sie sich auf eine Bank gegenüber den Giraffen, da, wo am meisten Betrieb ist. In der Menge läuft man am wenigsten Gefahr, aufzufallen.«

Er mußte seit langem auf diese Gelegenheit gewartet haben, und wahrscheinlich hatte er ohne jedes Resultat Dutzende von Briefen an irgendwelche Zeitungen verschickt. Endlich schlug seine Stunde, und François schien ihm ganz der Mann zu sein, den er brauchte.

»Merken Sie sich vor allem, daß Gianini, trotz seines Geldes und seines vornehmen Getues, nichts ist. Ein kleiner Fisch. Wenn Sie jedoch wirklich die große Säuberung vornehmen wollen, kann er Ihnen trotzdem als Ausgangspunkt dienen, und ich sage Ihnen, er wird Sie weit führen. Ich weiß, daß Sie der Bruder des Stadtrats sind. Ich kenne ihn vom Hörensagen. Er ist kein Waisenknabe, aber ich frage mich, ob er in seiner Stellung Lust hat, ein Risiko einzugehen.«

»Was ist mit Gianini?«

»Ein Gangster. Ein Gangster mittleren Kalibers, der vor zehn Jahren noch als Zuhälter aufgetreten ist und der Bande der Korsen angehörte.«

François kannte zu diesem Zeitpunkt weder die Bande der Korsen noch die von Dédé aus Marseille, und er wußte auch noch nicht, daß die meisten Schüsse, die regelmäßig in den Bars am Montmartre abgegeben wurden, nur Abrechnungen zwischen den beiden rivalisierenden Gruppen waren.

»Die Hauptsache ist, daß ich weiß, ob Sie mir vertrauen. Material habe ich mehr als genug.«

Er klopfte sich an den Kopf und fügte hinzu:

»Der ist voll davon! Aber ich muß sicher sein, daß das zu etwas führt und daß Sie nicht auf halbem Weg stehenbleiben. Ich bin ehemaliger Polizeiinspektor, und ich weiß besser Bescheid als jeder andere, der Ihnen Informationen anbieten wird.«

»Was ist mit Gianini?« hakte François nach.

»Verstehe. Sie interessiert Ihr Wahlkampf. Nun gut, ich will Sie sofort über den Lebensmittelhändler aus der Rue de Buci aufklären, für den Anfang jedenfalls gut genug, um ihm das Genick zu brechen. Vor drei Jahren hat Gianini auf der Avenue d'Orléans feuchtfröhlich und mit zwei Flittchen im Wagen ein Mädchen überfahren. Er hat sich nicht die Mühe gemacht anzuhalten, und das Mädchen ist eine Stunde später im Krankenhaus gestorben. Zeugen haben die Nummer des Fahrzeugs notiert. Man hat so getan, als wolle man eine Untersuchung beginnen, aber er ist nie ernstlich behelligt worden.

Meinen Sie, das ist tausend Francs wert?«

»Sind Sie dessen gewiß, was Sie da sagen?«

»Falls Sie mir nicht vertrauen, dann ist es besser, wir trennen uns auf der Stelle. Wenn ich etwas herausrücke, dann nur etwas Solides. Ich liefere Ihnen den Namen des Beamten, der das Protokoll erstellt hat, und die der Zeugen; ich werde Ihnen sagen, wie man diese Zeugen dazu gebracht hat, ihre Aussagen zurückzunehmen. Ich nehme doch an, Sie können einen Bugatti-Sportwagen von einem anderen Wagen unterscheiden? Schön! Zu jener Zeit hatte Gianini einen Bugatti. Er hat die Angewohnheit, seine Fahrzeuge zwei-, dreimal im Jahr zu wechseln. Der von damals war blau, strahlend blau.

Am ersten Tag waren fünf Zeugen sicher, einen blauen Bugatti erkannt zu haben. Ein Drogist hat sogar präzisiert: azurblau. Nun, als man sie später vernommen hat – auf eine Art, die ich nur zu gut kenne, weil ich sie selber praktiziert habe –, konnte sich keiner an die Marke des Autos erinnern, abgesehen von einem armen Kerl, dem das nichts eingebracht hat.

Wohlgemerkt, der Unfall geschah am hellichten Tag, in unmittelbarer Nähe der Kirche von Montrouge. Was das Nummernschild angeht, da hat man die Zeugen dermaßen verwirrt, daß sie nicht mehr wußten, ob es sich nun um drei 7, gefolgt von einer 5, oder um drei 5, gefolgt von einer 7, handelte.

Endergebnis: Drei Jahre später schreckt Gianini nicht davor zurück, bei den Wahlen zum Stadtrat zu kandidieren, und die Mutter des kleinen Mädchens hat bis heute keinen Heller von der Versicherung erhalten.«

François hatte mit Boussous darüber gesprochen.

»Das hängt von Ihrem Bruder ab«, hatte jener geantwortet. »Ich weiß nicht genau, wie weit er gehen will. Ich persönlich bin gern bereit.«

Der erste Artikel trug die Überschrift: *Der Verkehrs-rowdy in der Avenue d'Orléans.*

Es folgten weitere Artikel in zunehmend schärferem Ton, die immer bestürzendere Einzelheiten angaben.

Der Mann mit dem blauen Bugatti.

Die Verbrecherbande aus der Rue de Buci.

Marcel hatte seinen Bruder mehrfach angerufen und ihn recht schroff aufgefordert, vorbeizukommen, denn er war beunruhigt.

»Du gehst viel zu weit. Wir bekommen todsicher Ärger.«

»Warte die nächste Nummer ab.«

»Weshalb?«

»Wir veröffentlichen das Protokoll der Zeugenvernehmung.«

Marcel war verdutzt. Bestimmt sagte er sich, daß er sich in seinem Bruder stets getäuscht hatte. Renée hingegen stachelte das Gerangel an.

»Wieviel ist das wert? Fünftausend? Zehntausend?«

Denn wenn Piedbœuf in erster Linie seinen Rachefeldzug gegen die Polizei betrieb, seinen Profit vergaß er darüber nicht, und der Betrag von tausend Francs war längst überholt.

Der Liebhaber von Louise Mariani: ein Kuppler.

Dieser Artikel begann so:

»Wird das Viertel Saint-Germain-des-Prés im Stadtrat künftig von einem Bordellbesitzer vertreten?«

Denn Gianinis Geliebte, eine gewisse Louise Mariani, besaß zwar kein Haus im großen Stil, aber immerhin ein Zwischengeschoß für »Massagen aller Art« in der Rue Monsieur-le-Prince.

Man blieb im Viertel.

Es störte François keineswegs, daß Viviane damals weiterhin Abend für Abend in Popauls Gegend arbeitete. Er hatte seine Gepflogenheiten beibehalten. Er ging weiterhin bei ihr vorbei. Manchmal mußte er am Tresen warten, von wo er dann sehen konnte, wie sie sich an der Einmündung der kleinen Straße von einem Kunden trennte. Er lud sie immer häufiger zum Essen ein, stets in das gleiche Restaurant am Boulevard Montparnasse.

Entgegen François' Ankündigung an Germaines Todestag hatte Gianini keine Zeitung gegründet, um seine Kandidatur zu unterstützen; er arbeitete mit Plakaten und damit, daß er die Leute durch unglaublich niedrige Preise scharenweise in seine Läden lockte. Und er suchte die öffentliche Meinung in den Cafés zu beeinflussen, wo seine Leute immer bereit waren, eine Runde zu spendieren.

Gianini und sein Neger.

Es handelte sich dabei nicht um einen wirklichen Neger, sondern um das ›Nègre‹, ein Nachtlokal in der

Rue Racine, nicht weit vom Boulevard Saint-Michel, das von Toni, Gianinis Bruder, geführt wurde. Es hieß, nach Mitternacht werde dort hinter verschlossenen Türen in großem Stil gespielt und die Polizei habe allen Anlaß, beide Augen zuzudrücken.

Das meiste Aufsehen erregte die Affäre mit dem kleinen Mädchen, da sie ganz dazu geeignet war, die Öffentlichkeit zu erschüttern. Wegen der darin verwikkelten Personen hielt sie nicht nur das Viertel, sondern ganz Paris in Atem, sie sprengte den Rahmen der Wahlen, und die großen Tageszeitungen waren gezwungen, sich damit zu beschäftigen.

Ein Stadtratsmitglied, ein gewisser Dambois, der glaubte, seinen Amtsbruder Lecoin in ein schlechtes Licht rücken zu müssen, hatte nämlich eine Anfrage an den Rat gerichtet und eine amtliche Untersuchung gefordert, um zu ermitteln, aufgrund welcher Machenschaften ein Polizeibericht in die Presse gelangen konnte.

Die Untersuchung wurde überraschend mit knapper Mehrheit beschlossen, und fortan vergiftete sie die Atmosphäre im Stadtrat. Und sie vergällte den Polizeipräfekten.

Piedbœufs Anrufe häuften sich ebenso wie die Treffen, die er in allen Ecken von Paris anberaumte, in den Restaurants der Taxifahrer, in unbekannten Kinos, manchmal auch in einer Bahnhofsgaststätte oder einem Tanzlokal am Stadtrand.

Namen wurden vertraut, wenn nicht berühmt. Das kleine Mädchen, das überfahren worden war, hieß Marcelle Tauguin, und die Mutter, die vor langer Zeit von ihrem Mann verlassen worden war, arbeitete in einer Werkstatt für künstliche Blumen an der Avenue du Parc Montsouris. Als ihr Bild anläßlich einer Spendenaktion zu ihren Gunsten zum erstenmal in der Zeitung erschien, war sie entsetzt herbeigeeilt.

»Ich bitte Sie, hören Sie auf damit! Ich verstehe ja, daß Sie nur die besten Absichten haben, aber Sie wissen nicht, was Sie mir damit antun. Gestern erst hat man mich zur Polizei bestellt. Man hat mich rücksichtslos gefragt, wieviel ich dafür bekommen hätte, daß ich Sie informiert habe, und ich konnte noch so sehr unter Tränen schwören, daß ich nichts damit zu tun habe, sie wollten mir nicht glauben. Sie haben mich bedroht. Mein Chef ist ebenfalls wütend, er ist nämlich ein Gegner Ihrer Politik.«

Die Affäre Gianini hatte nicht nur bis zu Marcels Wiederwahl angehalten, sie hatte auch als Sprungbrett für *La Cravache* gedient, die François kurz darauf ins Leben gerufen hatte und deren erste Nummern in den gleichen Räumlichkeiten redigiert worden waren.

Damals hatte er auch Viviane in der Rue Daru untergebracht.

Piedbœuf hatte sein Ziel unmerklich erreicht. Wie man schließlich erkannte, hatte er es vor allem auf den Hauptbrigadier Boutarel abgesehen, die rechte Hand des Oberkommissars Jamar, der die Sittenpolizei leitete. Boutarel hatte nämlich den Bericht abgefaßt, der der Laufbahn des Inspektors Piedbœuf ein Ende gesetzt hatte.

Eben dieser Boutarel war an einem Tisch des ›Nègre‹ gesehen worden, wo er sich gemeinsam mit den Brüdern Gianini und Louise Mariani ein feines Souper hatte schmecken lassen.

Ein anderes Mal hatte er in einem Wutanfall die Kamera eines Fotografen zerstört, der einen Schnappschuß versucht hatte, als Boutarel am hellichten Tag, die Arme vollbeladen mit Paketen, aus Gianinis Laden in der Rue de Buci gekommen war.

Piedbœufs Aktivitäten waren so fieberhaft wie geheimnisvoll. In der Redaktion fragte man sich zuweilen, wie er sich die Dokumente besorgte, die er unentwegt lieferte und die sich trotz der Zweifel, die man zu Beginn gehabt hatte, als echt erwiesen. Mußte man annehmen, daß es ihm gelungen war, seinen Schwager in sein Spiel einzuspannen? Manchmal ließ er durchblicken, daß er das Geld, das er bekam, mit jemandem teilte, der an sehr hoher Stelle saß und ein großer Feinschmecker war.

Dann wieder behauptete er, er habe noch einen Fuß in der Tür des »Hauses«, wie er die Kriminalpolizei weiterhin nannte, und einige seiner ehemaligen Kollegen könnten ihm nichts abschlagen.

Er lebte in einem Vorort, in Bourg-la-Reine, mit seiner Frau und zwei Kindern. Eines Tages, als er in vertrauensvoller Stimmung war, hatte er François eine Aufnahme seiner ältesten Tochter gezeigt, die gerade sechzehn geworden war, und es war François peinlich gewesen, ihn mit einem merkwürdigen Lachen sagen zu hören:

»Hübsches Ding, was?«

Innerhalb von drei Jahren hatte François seinen Widersacher, den berühmten Gianini, nur ein einziges Mal gesehen. Und obwohl *L'Écho de Saint-Germain-des-Prés* und später *La Cravache* mehr als einmal ein Bild von ihm veröffentlicht hatten, obwohl er ihn – ohne zu wissen, daß ihm dieser Mann eines Tages zu einem neuen Leben verhelfen würde – in seinem Laden gesehen hatte, hatte er ihn nicht erkannt.

An jenem Abend speiste er in einem eleganten Kabarett, dem ›Monseigneur‹. Kerzen standen auf dem Tisch. Viviane war an seiner Seite. Sie trug ein enganliegendes Seidenkleid, das ihren Formen schmeichelte. Die Geigen wanderten von Tisch zu Tisch.

»Hast du gesehen?«

»Wen?«

»Gianini!«

Er saß ihnen gegenüber, nur wenige Schritte entfernt, in einem Smoking, der ein wenig zu eng saß, und in Begleitung eines Mannes mittleren Alters und zweier Frauen, darunter eine Wasserstoffblonde, die reichlich Juwelen trug und lauthals lachte.

Gianini, der eine Zigarre rauchte, hatte ihn lange angeschaut und dabei den Qualm vor sich hin geblasen. Anders als seine Männer im ›Fouquet's‹ war er nicht aufgestanden, um irgendwelche Erklärungen zu verlangen. Er begnügte sich damit, ihn zu beobachten, überrascht, nachdenklich; dann hatte er dem Oberkellner achselzuckend sein Glas hingehalten, damit man ihm Champagner nachschenkte.

Viviane war ebenfalls überrascht, weniger über Gianinis als über François' Verhalten.

»Hast du nie Angst?« hatte sie mit einer Spur Gereiztheit in der Stimme gefragt.

Piedbœuf indes war heute um einiges nervöser als sonst und sogar ein wenig aggressiv. Er mußte ein Anhänger des Billards sein, denn während des gesamten Gesprächs ließ er nicht davon ab, den Kugeln auf dem nahe gelegenen Spieltisch nachzublicken.

»Sie haben natürlich keine Ahnung, was gestern in der Rue des Saussaies passiert ist?«

Und da François keine Antwort gab, keine Antwort geben konnte und nur geduldig wartete:

»Gestern ist ein einfacher Inspektor der Sûreté ins Zimmer des Ministers bestellt worden, was nicht alle Tage vorkommt. Dort warteten bereits zwei hohe Herren von der Polizei. Was glauben Sie, über wen sich diese Herren hinter verschlossener Tür unterhalten haben, während draußen ein Amtsdiener stand, der jedem zu sagen hatte, der Minister sei in einer Besprechung? Über einen gewissen François Lecoin und seine Zeitung *La Cravache*. Der Inspektor, wenn es Sie interessiert, heißt Joris.«

»Ist das derjenige, der heute morgen in der Druckerei war?«

»Er ist es.«

»Boussous glaubte ihn aufgrund der Beschreibung erkannt zu haben.«

»Boussous ist kein Volltrottel, und er ist lang genug dabei, um zu wissen, wie der Hase läuft. Aber er sollte besser darauf aufpassen, was in der Zeitung vorgeht. Wahrscheinlich denken Sie jetzt, daß sich diese Herren wegen der Affäre Gianini dorthin bemüht haben. Ich muß Ihnen sagen, daß ihnen derlei Angelegenheiten gleichgültig sind. Was sage ich? In Anbetracht der Tatsache, daß wir die Leute von der Kriminalpolizei in diese Affäre hineinziehen und das Innenministerium diese Leute nicht besonders schätzt, wären sie eher hocherfreut. Es ging auch nicht um diesen oder jenen Bankier oder Politiker, deren Schweinereien *La Cravache* aufgedeckt hat.

Geben Sie zu, man hat Sie über zwei Jahre lang in Ruhe gelassen. Solange Sie nur mit meinen Informationen gearbeitet haben, hatten Sie keinerlei Ärger.

Nun, ausgerechnet heute geht man zum Angriff über, und wenn ein Joris auf eine Affäre angesetzt wird, verheißt das nichts Gutes.«

Er holte ein Blatt aus seiner Tasche, einen Zeitungsausschnitt, genauer gesagt ein Stück einer Druckfahne.

»Wer hat das in Druck gegeben?«

Endlich war ihm die geplante Überraschung gelungen. Der Artikel schien harmlos, einer jener mehr oder weniger heiklen Artikel, mit denen *La Cravache* Woche für Woche mehrere Seiten füllte, und zwar unter der Rubrik *»Stimmt es, daß...«*

»...daß eine der elegantesten Frauen des Faubourg Saint-Germain, die Gräfin von V., deren Salon der begehrteste von ganz Paris ist, nicht immer Gräfin war und daß ihr Vater, ein Speiseölmagnat, in Oran als Erdnußverkäufer angefangen hat...?

...daß die besagte Gräfin eine bewegte Jugend hatte und daß einer ihrer früheren Liebhaber, den sie anscheinend nicht vergessen hat, kürzlich in den Genuß einer unerwarteten Beförderung in den höchsten Staatsdienst gekommen ist...?

...daß die Vorliebe gewisser Personen für Poker-

spielchen an dieser Nominierung nicht unbeteiligt ist...?«

Nachdem er gelesen hatte, bemerkte François gelassen:

»Das ist doch noch gar nicht erschienen!«

»In der Tat, das wird erst morgen erscheinen, sofern die Nummer nicht beschlagnahmt wird. Verstehen Sie immer noch nicht? Der Artikel ist noch nicht erschienen, wie Sie gerade sagten, und doch haben sich diese Herren wegen dieses Artikels gestern um fünf Uhr versammelt. Und heute morgen hat Inspektor Joris einen Abstecher in die Druckerei gemacht. Alles klar? Das heißt, daß man Bescheid wußte, das heißt, daß jemand diesen Text gelesen hat.«

»Sie meinen, jemand bei uns...?«

»Möglich. Ich traue niemandem, selbst meinem Schwager nicht immer. Aber es gibt noch eine andere Möglichkeit. Daß nämlich der Autor des Artikels und derjenige, der ihn ins Ministerium gebracht hat, ein und dieselbe Person sind.«

»Das verstehe ich nicht.«

»Ich weiß. Deshalb bin ich hier, um es Ihnen zu erklären. Sie stimmen mir sicher zu, daß es in Paris eine Reihe von Leuten gibt, die es gern sähen, wenn man Ihnen das Genick bräche und *La Cravache* von der Bildfläche verschwände. Schön! Nehmen Sie an, eine dieser Personen hat, damit Sie sich den Zorn eines mächtigen Herrn zuziehen, diesen Artikel geschrieben, ihn Ihnen geschickt und dann diesem Herrn gebracht...«

»Ich ahne, was Sie meinen.«

»Sie ahnen überhaupt nichts. Wissen Sie eigentlich, auf wen in diesen Zeilen angespielt wird? Schlicht und ergreifend auf den Finanzminister, und mit dem ist nicht gut Kirschen essen. Und was die Gräfin angeht, der Sie auf den Leib rücken: die ist seit langem seine geheime Ratgeberin, und das in einem Maße, daß sich ganze Ministerrunden in ihrem Haus am Boulevard Saint-Germain abgespielt haben. Insofern war die Versammlung gestern eine Art Kriegsrat. Heute morgen hat sich Joris in der Druckerei vergewissert, daß der Artikel wirklich erscheint.«

»Ich rufe sofort Boussous an«, sagte François erschüttert.

»Sie sollten besser persönlich vorbeifahren. Er wird brüllen, weil die Matrizen zu dieser Stunde bereits fertig sind und die Maschinen jeden Moment anfangen zu rotieren. Ich habe einen kleinen Artikel vorbereitet, der an die Stelle des anderen rücken kann, der herausfliegt. Geben Sie ihn Boussous. Im Grunde ist das ein herrlicher Streich, den wir ihnen da spielen, denn sie werden sich fragen, auf welch wundersame Weise *La Cravache* ohne ihren Artikel erscheint. Das Lustigste wäre, wenn die Anordnung bereits unterzeichnet ist und diese Herren morgen eine Zeitung beschlagnahmen, in der nichts steht.«

Madame Gaudichon hatte es stets abgelehnt, sich mit an den Tisch zu setzen, wenn François da war; sie willigte nur ein, wenn sie mit Bob allein war. Sie war eine große und kräftige Witwe mit zwei Söhnen, die beide verheiratet waren.

Zu Beginn hatte sie in dem ehemaligen Zimmer des Jungen geschlafen, während sich Vater und Sohn wie damals, als Germaine im Krankenhaus war, das große Zimmer teilten. Dann hatte François einen Stock höher einen kleinen Raum für sie mieten können, und Bob war in sein Zimmer zurückgekehrt.

Die Möbel waren ausgetauscht worden, so daß das Zimmer recht hübsch aussah. Sämtliche Wände der Wohnung waren neu tapeziert worden, doch der größte Teil der Möbel war an seinem Platz geblieben, lediglich ein modernes Radiogerät war hinzugekommen.

Als er aus der Druckerei, in der sich Boussous fürchterlich aufgeregt hatte, auf die Straße getreten war, hatte François das Bedürfnis verspürt, ein wenig mit Raoul zu plaudern, der zu dieser Stunde, wie er wußte, auf der Terrasse der ›Taverne Royale‹ sitzen würde.

Monatelang hatte er gesagt, daß man alle Kolonialbeamten aufhängen müsse, und François hatte sich nichts dabei gedacht, als sein Bruder die Taverne in der Rue Royale zu seinem Stammlokal erkoren hatte.

Nun war dies ausgerechnet der Treffpunkt der Ehemaligen aus Madagaskar, Indochina, Äquatorialafrika und Gabun. Man erkannte sie an ihrer Hautfarbe, ihrer kranken Leber, und nicht selten machten sie sich einen Spaß daraus, in irgendeinem Eingeborenendialekt zu palavern.

Raoul redete nicht mit ihnen. Er hielt sich abseits und hörte ihnen zu, einen Stapel Untertassen vor sich.

»Ob nun jetzt oder nächstes Jahr...!« hatte er François geantwortet, der ihn von den Aktivitäten der Polizei unterrichtet hatte. »Ich nehme doch an, du hast genug Verstand, um dir darüber im klaren zu sein, daß das nicht ewig so gehen kann...?«

Er hatte einen Satz hinzugefügt, der womöglich verriet, wie er seinen Bruder sah:

»Im übrigen, wünschst du dir das nicht?«

François hatte sich nicht lange aufgehalten, denn um diese Zeit stand in der Rue Delambre das Essen auf dem Tisch. Er hatte seinen Wagen vor der Tür stehenlassen, statt ihn in die Garage zu fahren. Bob hatte sich aus dem Fenster gelehnt, als er wie immer dreimal kurz gehupt hatte.

Der Junge war stark gewachsen und im Stimmbruch, und er war sehr dünn und bewegte sich linkisch, als könne er sich nicht daran gewöhnen, ein Mann zu werden.

Madame Gaudichon schien nie sonderlich begeistert, wenn François zum Essen nach Hause kam. Man hätte meinen können, er bringe sie um ihr Tête-à-Tête mit Bob.

»Ich kann Ihnen nur eine kalte Platte anbieten. Sie haben nicht angerufen, daß Sie kommen.«

Er hatte ein Telefon und ein modernes Bad in der Wohnung installieren lassen, und die Küche war vollständig erneuert worden.

»Gehst du noch aus, Papa?«

Wünschte Bob auch, daß er wieder ging? Diese Frage stellte er sich oft. Manchmal war ihm, wenn er zum Essen nach Hause kam, als störe er ein trautes Beisammensein, bei dem er nichts zu suchen hatte. Es kam zu peinlichen Pausen. Madame Gaudichon und Bob wechselten Blicke, die er nicht verstehen konnte.

Wußte sie, daß der Junge am Morgen zum Friedhof gefahren war?

Wahrscheinlich. Vielleicht hatte sie sogar die Blumen gekauft. Sie mußte früher aufgestanden sein als sonst, um ihm sein Frühstück zu machen.

Vermutlich glaubten sie beide, er wisse nicht Bescheid, und am liebsten hätte er ihnen, Bob zumindest, gesagt, daß auch er nach Ivry gefahren war.

»Ich habe den Wagen auf der Straße geparkt, damit wir beide gleich noch ein Stück durch die Gegend fahren können. Natürlich nur, wenn dir das Spaß macht.«

»Du weißt doch, daß mir das immer Spaß macht, nur...«

War Madame Gaudichon nicht im Begriff, dem Kind hinter François' Rücken Zeichen zu geben?

»Nur was?«

»Nichts. Das erledige ich morgen...«

»Wenn es etwas Wichtiges ist...«

»Nein, Papa. Ich freue mich.«

Autos begeisterten ihn, vor allem das Coupé, das François einige Wochen zuvor für den Sommer gekauft hatte. Von Zeit zu Zeit machten sie abends eine kleine Spazierfahrt. Sie fuhren die Seine entlang bis Saint-Cloud und dann über die Autobahn in Richtung Deauville, manchmal bis Mantes-la-Jolie, wo sie auf einer Terrasse am Flußufer eine Erfrischung zu sich nahmen.

»Wann bringst du mir das Autofahren bei?«

»Vielleicht diesen Sommer, auf dem Land oder am Meer.«

»Fahren wir zusammen ans Meer?«

»Ich hoffe, ich kann einen Monat Urlaub machen.«

»Das sagst du seit drei Jahren, und immer kommst du nur am Wochenende zu mir.«

Liebte ihn Bob wirklich?

An manchen Tagen war er davon überzeugt, an anderen wiederum fühlte er sich in Gegenwart des Jungen unbehaglich.

Eben wegen dieses Unbehagens hatte Bob stets das Bedürfnis, über dieses und jenes zu reden, als begreife er, daß seinem Vater gewisse Fragen auf der Zunge lagen, die er lieber nicht hören wollte.

Darunter war eine ganz schlichte Frage, die viele Hindernisse aus dem Weg geräumt hätte: Redeten seine Schulkameraden auf Stanislas über *La Cravache* und ihren Herausgeber?

Wenn ja, hielten sich die Jungen von Bob fern? War alles vielleicht noch schlimmer?

Bis zum vergangenen Jahr hatte er gut gelernt und glänzende Noten nach Hause gebracht. Doch plötzlich, innerhalb weniger Monate, war er zu einem schlechten Schüler geworden, als habe er plötzlich den Spaß am Lernen verloren oder als sei ihm das Leben an der Schule plötzlich verleidet.

»Wir werden in ein, zwei Stunden zurücksein, Madame Gaudichon. Ich nehme an, Sie möchten uns nicht begleiten?«

»Wer soll dann das Geschirr abwaschen? Nehmen Sie eine Jacke mit, Bob. Noch ist es warm, aber in einer

Stunde, wenn die Nacht hereinbricht, wird es ganz plötzlich kühl werden.«

Das Auto glitt lautlos durch die fast leeren Straßen, rollte am Eiffelturm vorbei, überholte in der Nähe des Pont Mirabeau einen Zug von Schleppkähnen, der zu später Stunde noch unterwegs war.

»Hast du mir nichts zu sagen, Bob?«

»Nein, Papa. Warum?«

»Ich weiß nicht. Ich bin froh, daß wir unter uns sind. Das ist für mich immer der schönste Augenblick des Tages, weißt du das?«

»Ja.«

»Weißt du noch, wie wir zum erstenmal wie zwei Freunde nach Deauville gefahren sind?«

»Ja.«

»Bin ich immer noch dein Freund, Bob?«

»Ja.«

Seine Fragen reizten das Kind, er wußte es, aber an diesem Abend war ihm schwer ums Herz, vielleicht wegen der Rosen auf dem Grab. War das am Ende nichts als Eifersucht?

»Ich möchte, daß du glücklich bist, daß du niemals arm bist!«

Bob blickte mit verschlossenem Gesicht auf die Landschaft, die an ihnen vorbeistrich.

»Weißt du noch, wie das war, als wir arm waren?«

»Reden wir nicht davon, bitte nicht, Papa.«

»Du hast recht. Ich will nicht mehr daran denken. Das ist zu furchtbar, zu schrecklich. Ich habe mir geschworen, daß wir nie wieder arm sein werden.«

Der Wagen kletterte die Anhöhe von Saint-Cloud

hinauf. Sie konnten über Bougival weiterfahren und Les Gloriettes sehen, wo François' Mutter geboren war. Mittlerweile war das nur noch ein verkommenes Gebäude in einem verblichenen Gelb mit einem brachliegenden Garten, in dem ein Schild stand: »Zu verkaufen«.

Vielleicht begann er seine Mutter besser zu verstehen, die sich niemals an die Armut gewöhnt hatte. Auch er würde sich nie wieder daran gewöhnen können. Um nichts in der Welt würde er sich wieder mit der Erniedrigung und der ständigen Angst, mit diesem verzweifelten Gefühl von Kleinheit abfinden, das einem die Armut verleiht.

»Freust du dich über dein neues Fahrrad, Bob?«

»Ja, Papa. Es ist ganz toll.«

Er kaufte ihm alles, was er wollte, zerbrach sich den Kopf, um seinen Wünschen zuvorzukommen, doch manchmal hatte er den Eindruck, daß es seinen Sohn Mühe kostete, seine Freude zu zeigen.

»Danke, Papa, danke! Ich freue mich sehr.«

Nie konnte man wahre Begeisterung erkennen. Es fehlte der Funke.

»Es ist schön heute abend.«

»Ja.«

»Sollen wir irgendwo ein Eis essen?«

»Wenn du willst.«

Sie begegneten anderen Wagen, in denen Paare zu sehen waren, und einige waren mit Blumen beladen, die auf dem Land gepflückt worden waren.

Das erinnerte François an die Rosen vom Vormittag. Er verstummte und blickte geradeaus auf die Straße.

Es war überflüssig, dem Jungen einmal mehr das Haus zu zeigen, in dem seine Großmutter geboren war. Es interessierte ihn nicht.

Woran er wohl dachte?

Als wollte er diese Frage beantworten, murmelte er plötzlich:

»Onkel Raoul hat uns lange nicht mehr besucht.«

Bis zu ihrer Rückkehr in die Rue Delambre fühlte sich François leer.

In dem Moment, wo er seinen Wagen auf den Champs-Élysées einparkte, hatte er Mademoiselle Berthe erblickt, die gerade aus der Metrostation George-V. stieg, und er hatte einen Augenblick auf sie gewartet. Der Inspektor vom Vortag war nicht da. Das hatte nichts zu besagen. Vielleicht hatte man einen anderen geschickt, oder er bezog seinen Posten erst um neun Uhr.

Mademoiselle Berthe ging mit kleinen Schritten, gemessen, fast feierlich. Er fragte sich, woran sie in diesem Augenblick, da sie sich unbeobachtet glaubte, wohl dachte, was sie wohl von ihm hielt. Sie war sehr fromm und hatte über alle Dinge ganz feste Ansichten. Jeden Morgen nahm sie sich die Zeit, die Messe zu besuchen, ehe sie in die Metro stieg. Sie haßte Chartier, der absichtlich, zum Spaß, weil er wußte, daß sie prüde und sehr empfindlich war, in ihrem Beisein schlüpfrige Geschichten erzählte und dabei die derbsten Worte wählte.

Lange hatte er sie damit wütend gemacht, daß er jedesmal, wenn er an ihr vorüberging, ihr pralles Hinterteil getätschelt hatte. Wenn sie an ihrem Schreibtisch saß, hatte er ruckartig beide Arme ausgestreckt und so getan, als wollte er ihre Brüste packen.

Es hatte eine denkwürdige Szene gegeben, in deren Verlauf sie erklärt hatte:

»Einer geht, entweder er oder ich.«

François hatte es, nicht ohne Mühe, erreicht, daß beide geblieben waren. Chartier hatte versprochen, sich zurückzuhalten. Er hielt insofern Wort, als er seine Handgreiflichkeiten durch Grimassen ersetzt hatte.

»Sie sehen, Mademoiselle, ich habe die Hände in den Taschen und sage nichts.«

Dabei starrte er dann auf ihre Brust und fuhr sich mit der Zunge über die Lippen.

»Haben Sie auf mich gewartet?« wunderte sie sich, als sie François auf dem Bürgersteig sah. »Haben Sie Ihren Schlüssel vergessen?«

»Ich habe Sie aus der Metro kommen sehen, als ich gerade einparkte, und ich wollte lieber mit Ihnen hochfahren.«

»Es wird heute noch heißer als gestern.«

Im Vorbeigehen nahm er die Post an sich; der Fahrstuhl setzte sie auf ihrer Etage ab. Zu beiden Seiten des Flurs waren Büroräume. Die Reinigung der linken Reihe wurde morgens in aller Frühe vorgenommen. Sie war gerade beendet. Die rechte Reihe, in der sich die Büros von *La Cravache* befanden, wurde abends nach Büroschluß gesäubert.

Sie verhielten sich beide wie jeden Morgen. Mademoiselle Berthe setzte vor dem Spiegel ihren hellen Hut ab, bauschte ihre Haare auf und rückte ein paar Nadeln zurecht. François warf im Stehen einen raschen Blick auf die Post.

Er hörte, wie sie überrascht fragte:

»Waren Sie heute morgen schon im Büro?«

»Nein, weshalb?«

»War denn Chartier vielleicht schon hier?«

Es gab drei Schlüssel zu den Büros. Mademoiselle Berthe hatte einen, ebenso François, und Chartier hatte den dritten. Das Reinigungsunternehmen benutzte einen speziellen Passepartout.

»Es sollte mich wundern, wenn Chartier so früh schon hier war«, sagte er.

Keiner von beiden maß der Sache große Bedeutung bei. François erinnerte sich, daß der Bürodiener an diesem Morgen auf dem Weg zu einem »Prügelknaben« war. Er wollte um neun Uhr in Auteuil sein, um zu versuchen, einen Tiefbauunternehmer, den er in seinem Büro nicht angetroffen hatte, in seiner Wohnung zu erreichen. Er hatte den Abzug der nächsten Titelseite sowie den Artikel, der vermutlich nie erscheinen würde, in der Tasche. Das war nichts Großes, eine Sache von fünfzehn-, höchstens zwanzigtausend Francs.

»Schauen Sie mal, Chef. Auf meiner Schreibmaschine ist Zigarettenasche. Ich könnte schwören, daß sie jemand benutzt hat, denn der Radierer liegt nicht dort, wo ich ihn immer hinlege, und der Wagen steht auch nicht genau in der Mitte.«

Sie zog die Schubladen auf.

»Jemand muß in meinen Sachen gewühlt haben.«

»Fehlt etwas?«

»Ich weiß nicht. Auf den ersten Blick nicht. Ich könnte nicht einmal sagen, was nicht an seinem Platz liegt, aber ich spüre es.«

Die Akten standen in zwei metallenen Ablageschränken, deren Schlüssel normalerweise unter einer Bronzeglocke lag, die als Briefbeschwerer verwendet wurde. Es handelte sich um eine Kuhglocke aus den Bergen. François hatte sie aus Savoyen mitgebracht, als er seine Tochter in ein Sanatorium hatte bringen müssen, wo man wenig Hoffnung hatte, sie zu heilen.

Odile fing an zu schreiben, sehr wenig, sehr schlecht, mit ebensoviel Fehlern wie Wörtern, denn ihre Krankheit hinderte sie daran, zur Schule zu gehen. Seit zwei Jahren war sie ständig bettlägerig.

»Ich bin sicher, Monsieur François, daß jemand diese Schränke geöffnet hat. Was den linken angeht, kann ich es sogar beweisen, denn ich schließe ihn immer nur einmal ab, seit das Schloß zuweilen klemmt, wenn man zweimal abschließt. Heute morgen ist er aber zweimal abgeschlossen.«

Raoul, der unbemerkt eingetreten war, beobachtete neugierig seinen Bruder, der plötzlich seinen Blick auffing.

»Hast du gehört?«

»Ja.«

Sanft, fast spöttisch, fügte er hinzu:

»Hast du mir das gestern nicht angekündigt? Sie gehen zum Angriff über!«

Mademoiselle Berthe wandte sich heftig an François:

»Wissen Sie etwas? Die Polizei?«

»Ich werde versuchen, mich zu erkundigen.«

Nach einer Viertelstunde kam er besorgt zurück. Er hatte das Gebäude nicht zu verlassen brauchen.

»Im Bericht des Nachtwächters steht nichts. Ich habe ihn noch am Telefon erreicht. Er lag noch nicht im Bett. Er behauptet, er habe nichts gesehen und nichts gehört. Der Hausverwalter war ziemlich kühl. Ich habe mit den beiden Frauen gesprochen, die die Büros gestern zwischen sechs und sieben Uhr gereinigt haben. Es sind immer dieselben, außer samstags. Sie versichern, sie hätten überall Staub gesaugt und nirgendwo Zigarettenasche zurückgelassen.«

»Und noch weniger den Stummel in deinem Aschenbecher«, knurrte Raoul. »In deinem Papierkorb liegt eine leere Streichholzschachtel, und jemand hat auf deinem Platz einen Bleistift gespitzt.«

»Würden Sie bitte die Vertriebsgesellschaft am Telefon verlangen, Mademoiselle Berthe?«

François ärgerte sich über die Haltung seines Bruders, der ihn an die Geschichte von dem Engländer erinnerte, der dem Zirkus in der Hoffnung nachreist, eines Tages zu erleben, wie der Löwe den Dompteur auffrißt.

»Hallo? Spreche ich mit der Vertriebsgesellschaft? Hier François Lecoin. Ich rufe Sie nur an, um mich zu erkundigen, ob Sie *La Cravache* wie üblich in Empfang genommen haben. Wie bitte? Sie wird um zwölf Uhr in den Kiosken sein? Nein, nichts Außergewöhnliches. Die Druckerei hatte gestern ein wenig Verspätung, und ich hatte Angst, es könnte zu Schwierigkeiten in der Verteilung kommen.«

Seine Zeitung war nicht beschlagnahmt worden, jedenfalls noch nicht. Zu dieser Stunde waren die Pakete bereits auf dem Weg in die Provinz.

»Wäre es Ihnen möglich, Mademoiselle Berthe, zu überprüfen, ob in den Akten etwas fehlt?«

»Das wäre möglich, aber das würde lang dauern, und

ich muß heute morgen mit Monsieur Raoul die Honorarabrechnungen erstellen.«

»Die Abrechnungen können warten.«

»Meinen Sie nicht, die Polizei wäre eher am hellichten Tag mit einem Durchsuchungsbefehl erschienen?«

Er blieb ruhig, dennoch zeigte er Wirkung. Seit dem
gestrigen Abend spürte er eine Last auf seinen Schultern. An diesem Morgen hatte er beim Frühstück, zerstreut wie er war, kaum mit seinem Sohn geredet, und
das reute ihn. Madame Gaudichon hatte ihren schlechten Tag. Er war lustlos in der Rue Delambre aufgebrochen und hatte während der ganzen Fahrt den Sonnen-
schein keines Blickes gewürdigt.

»Und du«, fragte er Raoul ungeduldig, »hast du
dich wenigstens erinnert, wer den Artikel gebracht
hat?«

In diesem Ton redete er selten mit seinem Bruder,
und jener tat so, als hätte er nichts bemerkt. Er hatte
eine Flasche aus einer der Schubladen hervorgeholt
und direkt an den Mund gesetzt, was ganz dazu angetan war, Mademoiselle Berthe zu erfreuen.

»Entschuldige, daß ich dir keine Antwort gegeben
habe, François. Ich war mit den Gedanken woanders.
Ich wette, diese Schweine haben aus meiner Flasche
getrunken. Was sagtest du? Nein, mein Junge, ich
kann mich nicht erinnern. Weißt du, es kommen so
viele!«

»Du hast weder die Schrift erkannt noch das Papier?«

»Ich könnte wetten, das ist mit der Post gekommen.
Ich verlange von den regelmäßigen Mitarbeitern, daß

sie ihre Beiträge mit der Maschine schreiben, von ein paar Zeilen vielleicht abgesehen, die in letzter Minute hinzugefügt werden, was hier nicht der Fall ist. Hör mal!«

»Was denn?«

»Findest du nicht, daß die Visite, die Chartier heute morgen machen soll, gefährlich werden könnte, wenn Ferdinand recht hat und unsere Büros letzte Nacht tatsächlich durchsucht worden sind?«

»Es ist zu spät, ihn daran zu hindern. Um diese Zeit ist er schon da.«

»Dann hoffen wir, daß ihn der Kunde nicht empfängt.«

»Wovor hast du denn Angst?«

»Ich weiß nicht. Ich traue der Sache nicht.«

Das war ein unangenehmer Vormittag, wie wenn man voller Ungeduld auf ein Gewitter wartet, das nicht losbricht, und einem die Fliegen auf der Haut kleben. Die Fliege war in diesem Fall Raoul, der nichts zu tun hatte, da Mademoiselle Berthe beschäftigt war, und ohne sie konnte er die Honorare der Woche nicht abrechnen. Er wanderte pfeifend von einem Raum in den anderen, faßte alles an und pflanzte sich dann und wann vor seinem Bruder auf, um ihn mit ernster Miene anzusehen und sich dabei am Kopf zu kratzen.

Um seine Ungeduld zu zügeln, sah François peinlich genau die Post durch, machte sogar einige unnütze Randnotizen.

Boussous kam nie zu so früher Stunde ins Büro, vor allem nicht am Tag nach dem Umbruch. Woche für Woche war dies der Vormittag, an dem am wenigsten zu tun war, an dem sich selbst die Bittsteller rar machten, als hätten sie sich abgesprochen.

Das Telefon klingelte.

»Die Rue de Presbourg, Monsieur François.«

Viviane liebte es, lange Telefongespräche zu führen, wenn sie ihr Frühstück im Bett beendet hatte.

»Wie geht es dir? Und deinem Sohn?«

»Sehr gut, danke.«

»Du mußt diese Woche unbedingt ins *Marbeuf* gehen. Da läuft ein außergewöhnlicher Film. Ich überlege, ob ich ihn mir nicht mit dir ein zweites Mal anschaue.«

»Ja.«

»Was hast du?«

»Nichts. Es ist nichts.«

»Sitzt jemand in deinem Büro? Soll ich später noch mal anrufen?«

»Nein.«

»Essen wir zusammen?«

»Ich weiß es nicht. Ich habe fürchterlich viel zu tun.«

»Rufst du mich an?«

Er konnte ihr nichts vorwerfen, ganz im Gegenteil. Sie war nett und so unaufdringlich wie möglich. Weit davon entfernt, ihn zu großen Ausgaben zu verleiten, bremste sie ihn eher. Sie konnte ganze Tage auf ihn warten, ohne jemals ungeduldig zu werden, selbst wenn er sie im letzten Augenblick versetzte.

Hatte Renée vielleicht recht?

Eine der Bedingungen, die Piedbœuf an seine Mitarbeit geknüpft hatte, lautete, daß man niemals versuchte, ihn außerhalb der Verabredungen zu erreichen, die er selbst auf verschlungenen Wegen traf.

Was Boussous anging, der immer noch nicht kam, so konnte nicht die Rede davon sein, ihn telefonisch oder sonstwie zu erreichen. Dieser Mann, der jedem Hergelaufenen die intimsten Einzelheiten aus seinem Leben erzählte, kannte nur in einem Punkt Verschwiegenheit, dort jedoch ohne Wenn und Aber: seine Adresse. Selbst nach drei Jahren konnte François nicht sagen, in welchem Viertel von Paris sein Chefredakteur wohnte.

Warum war ihm Renée in den Sinn gekommen? Er überlegte, aufgrund welcher Gedankenverbindung er an seine Schwägerin hatte denken müssen, als Viviane angerufen hatte.

Wegen seines Anwalts. Er hatte gedacht, daß es vielleicht klug wäre, ihn zu Rate zu ziehen.

Dieser Anwalt war ebenfalls eine verkrachte Existenz, wie Boussous, wie Raoul, wie Chartier, wie Exinspektor Piedbœuf. Mit seinen fünfundfünfzig Jahren strich er auf der Suche nach einem Plädoyer für zwanzig Francs durch die Gänge des Justizpalasts und ließ die Ärmel seiner fettigen Robe wehen.

Wie die anderen mußte auch er sein Laster haben. Das Trinken war es nicht. François hatte auch nicht den Eindruck, daß es die Frauen waren.

Jetzt fand er den Fluß seiner Gedanken wieder. Wenn Raoul bloß aufhören wollte zu flöten! Aus Angst, ihn zu bissig anzufahren, wagte er es nicht, ihm etwas zu sagen.

Er hatte gedacht, für ein so heikles Geschäft wie

seines wäre ein Mann wie Marcel der ideale Ratgeber. Der alte Eberlin hatte den richtigen Riecher gehabt.

Marcel war vielleicht nicht imstande, ein brillantes Plädoyer zu halten, aber er kannte das Gesetz bis in seine verborgensten Lücken. Sobald sich eine Rechtsfrage stellte, blieb er straff stehen, reglos, wie es bestimmte Raubvögel in der Luft tun. Er verweilte einen Augenblick in dieser Haltung und fand sogleich eine Lösung, auf die nur wenige seiner berühmteren Kollegen verfallen wären.

François spann den Faden seiner Gedanken weiter.

Die Schlußfolgerung lautete: Schade, daß er sich mit Marcel überworfen hatte.

Und da Renée der Grund ihres Zerwürfnisses war, hatte er angefangen, an sie zu denken.

Und so schloß sich der Kreis, denn seine Kälte am Telefon, als Viviane anrief, hatte ihn ebenfalls an seine Schwägerin denken lassen.

»Ich wette, das wird Ihnen fehlen!«

Er war rot geworden, als Renée das gesagt hatte, und später hatte er oft über diesen Satz und alles, was er an Beunruhigendem enthielt, nachgegrübelt. Das war zu der Zeit gewesen, wo er, wegen des *Écho de Saint-Germain-des-Prés,* seine Schwägerin ziemlich häufig gesehen hatte. So oft wie möglich hatte er es so eingerichtet, daß er zum Quai Malaquais ging, wenn er wußte, daß sein Bruder außer Haus war und die Mädchen mit ihrer Erzieherin durch die Tuilerien spazierten, wo sie sich fast jeden Nachmittag aufhielten.

Renée hatte recht bald gemerkt, daß sie ihn erregte. Eine Zeitlang – vielleicht war diese Zeit noch gar nicht verflogen? – hatte sie für ihn die Frau schlechthin verkörpert, und jedesmal, wenn er in ihrer Gesellschaft war, hatte er an leidenschaftliche Vereinigungen denken müssen.

Während ihrer Gespräche hatte er auf jeden noch so geringen Fleck entblößter Haut gelauert, er hatte ihre Bewegungen verfolgt und seine Hände fast schmerzhaft zu Fäusten geballt, wenn sich der Stoff ihres Kleides aufreizend über ihrem Hintern spannte.

»Stimmt es, François, daß Sie geheime Laster haben?«

Und erst ihre Stimme, die an brünstiges Fleisch erinnerte, an einen Körper, der sich auf einer rohen Bettstatt ausstreckt.

»Wer hat das gesagt?«

»Marcel. Er behauptet, Sie seien schon als junger Mann so gewesen. Er hat mir erzählt, Sie hätten jetzt ein Strichmädchen als Geliebte und warteten geduldig, bis sie sich aus den Armen eines Freiers löst.«

Das mußte eine Woche nach Vivianes Umzug in die Rue Daru gewesen sein.

»Sie übt dieses Gewerbe nicht mehr aus«, erklärte er.

»Ah! Sie schläft also nur noch mit Ihnen?«

»Ich habe allen Anlaß, das zu vermuten.«

»Ich frage mich, ob das nicht schade ist.«

»Für wen? Für sie?«

»Für das Mädchen und für Sie. Vor allem für Sie. Ich wette, das wird Ihnen fehlen. Das muß doch einen Reiz auf Sie ausgeübt haben, zu wissen, daß ein anderer sie vor Ihnen bearbeitet hat.«

Dieses Wort »bearbeiten« war ihm im Gedächtnis

geblieben. Mehr als jedes andere löste es in ihm ganz bestimmte Bilder aus.

»Geben Sie zu, daß Sie schon immer verdorben waren?«

»Ich weiß nicht, was Sie darunter verstehen.«

»Erzählen Sie mir, wie Sie angefangen haben.«

Er war auf das Spiel eingegangen. Er hatte begriffen, daß er ein leicht erregbares Weibsbild vor sich hatte. Sie empfing ihn meist in dem Boudoir, das an ihr Schlafzimmer grenzte. Nicht weit von einem sehr schönen, mit Intarsien versehenen Sekretär stand ein Sofa aus gelbem Satin, auf dem sie sich nachlässig auszustrecken pflegte.

»Erzählen Sie!«

»Was?«

»Das erste Mal.«

»Da war ich siebzehn.«

»Und Sie hatten noch nie eine Frau berührt?«

»Nein.«

»Nicht einmal mit dem Finger? Ich habe schon mit dreizehn mit dem jüngeren Bruder einer meiner Internatsfreundinnen gespielt. Wie war sie?«

»Sie hatte ungefähr Ihr Alter, und sie ähnelte Ihnen ein wenig, bloß nicht so üppig. Sie war die Frau meines Chefs, eines Verlegers in der Rue Jacob, der bankrott gegangen ist.«

»Hat *sie* angefangen?«

»Ich glaube schon.«

Und er erzählte ihr sein Abenteuer mit Aimée, während er ihren Bauch beben sah und sie nervös die Schenkel zusammenpreßte.

»War sie auch verdorben?«

»Ich glaube schon. Sie wollte es ständig an den unmöglichsten Orten tun.«

»Wo denn?«

»Einmal in meinem Büro, während von der anderen Seite der Tür die Stimme ihres Mannes zu hören war und man durch das Fenster hineinsehen konnte, denn es war Winter, und das Licht brannte. Ein andermal im Bois de Boulogne, im Gebüsch.«

»Und auch im Taxi?«

»Sogar in einer alten Droschke. Und ein paarmal in einer Loge des Kinos Max Linder, in das ich nie wieder gegangen bin.«

»Wo noch?«

»Ich glaube, es erregte sie, zu wissen, daß man uns überraschen konnte. Zu Hause machte sie absichtlich die Tür nicht zu. Eines Tages ist die kleine Tochter einer Nachbarin hereingekommen.«

»Was hat sie gesagt?«

»Ich weiß es nicht mehr.«

»Wußte ihr Mann Bescheid?«

»Das habe ich mich oft gefragt. Er hat drei Jahre im Gefängnis gesessen. Ich weiß nicht, was aus ihnen geworden ist.«

Sie stellte immer präzisere, fast technische Fragen, mit einer Stimme, die heiserer war denn je. Auf eine ihrer Fragen antwortete er fast treuherzig:

»Sie trug nie ein Höschen.«

Sie lachte ihr heißes, kehliges Lachen und entblößte sich mit einer raschen Handbewegung.

»Ich auch nicht. Schauen Sie!«

»Aus dem gleichen Grund?«

Er zitterte. Er konnte seine Augen nicht von Renées Unterleib losreißen, und er spürte, daß ihm schwindlig wurde. Er fragte sich, ob ihn Marcels Gegenwart oder sonst etwas hätte aufhalten können, und plötzlich verstand er die Männer, die sich zu einer Vergewaltigung hinreißen lassen.

In höchster Erregung, mit feuchten Lippen und die Augen bereits halb geschlossen, fuhr sie fort:

»Sie sehen, die Tür steht auch hier offen, und in der Wohnung sind zwei Dienerinnen und ein Diener.«

Das Ganze hatte sich für ihn mit schmerzhafter Heftigkeit abgespielt. Er hatte sie derart leidenschaftlich geknetet, daß sie überall auf ihrer sehr weißen Haut blaue Flecken zurückbehalten haben mußte, und er erinnerte sich an die Mulde, die nachher im Sofa gewesen war, an ein völlig unförmiges Kissen.

»Haben Sie keine Gewissensbisse, daß Sie mit der Frau Ihres Bruders geschlafen haben? Er kommt so selten in den Genuß, der Ärmste!«

Sie war noch komplizierter, als er gedacht hatte. Am nächsten Morgen und in den folgenden Tagen hatte er vergeblich versucht, sie telefonisch zu erreichen.

Die Wahlen hatten gerade stattgefunden. François bereitete die Gründung von *La Cravache* vor, und Renée hatte auf eigene Rechnung einen Teil des Kapitals gestiftet, denn Marcel scheute davor zurück, sich auf dieses Abenteuer einzulassen.

François hatte versucht, seinen Bruder zu sprechen, um gemeinsam mit ihm die Wahlzeitung aufzulösen.

»Ich bin heute nachmittag um vier Uhr im Büro!«

Er hatte François einen frostigen Empfang bereitet. Mit starrem Blick, in dem nicht die geringste Wärme war, hatte er ihn seinen Rechenschaftsbericht vorlegen lassen.

»Nun gut, künftig werden wir keinen Anlaß mehr haben, uns zu sehen, und ich bin froh darüber!« hatte er gesagt und war aufgestanden, als wollte er einem lästigen Besucher die Tür weisen.

»Was heißt das?«

»Ich glaube, du hast erreicht, was du wolltest, und sogar noch mehr. Lassen wir es dabei bewenden.«

François war nicht sicher, ob er verstanden hatte.

»Du würdest mir eine große Freude machen, wenn du nie wieder meine Wohnung am Quai Malaquais und meine Büros betreten würdest. Das Hauspersonal und die Bürodiener haben ihre Anweisungen.«

Er hatte seine Hände zusammengepreßt, als wollte er sie daran hindern, zuzuschlagen, und hinzugefügt:

»Renée hat mir alles erzählt... Geh jetzt!«

Wütend, aber in verhaltenem Ton hatte er zwei-, dreimal wiederholt:

»Geh... Mach schon... Geh!«

Hatte Renée vielleicht recht gehabt, was Viviane betraf? Er hatte sie nicht gefragt, warum sie das Bedürfnis gehabt hatte, Marcel alles zu erzählen. Denn er hatte sie wiedergesehen. Nach der zweiten Nummer von *La Cravache* war sie in sein Büro gekommen. Das war noch das alte, schäbige Büro auf dem linken Seineufer.

Wie bei Dhôtel gab es nur zwei Räume, und Boussous hielt sich in dem einen auf, während François seine Schwägerin in dem anderen empfing.

»Haben Sie unsere erste Nummer gesehen?« erkundigte er sich.

»Ich habe sie gesehen, und eben deshalb bin ich gekommen. Ich kritisiere Sie nicht. Ich mache Ihnen keine Vorwürfe. Aber ich glaube nicht, daß es in meiner Situation klug wäre, wenn ich, und sei es auch nur in geringem Umfang, an einem Magazin dieser Art beteiligt wäre. Haben Sie keine Angst, ich verlange meinen freiwilligen Beitrag nicht zurück. Es kommt nicht in Frage, daß Sie mich auszahlen. Viel Glück, François. Sie sind ein seltsamer Mann. Manchmal frage ich mich, was aus Ihnen wird.«

Wie alle anderen.

Hatte sie bereits einen Hintergedanken, als sie in das Büro kam? Trieb sie die Erinnerung an Aimée? Sie betrachtete die Unordnung, die bei einem Altwarenhändler gekauften Möbel, den schmutzigen Fußboden, die Fenster des Hauses gegenüber, das durch die Scheiben, vor denen keine Gardinen hingen, zu sehen war. An einem dieser Fenster rauchte ein alter Mann seine Pfeife, und trotz des Halbdunkels im Büro mußte er den hellen Fleck der Gesichter erkennen.

»War das so bei Ihrem Verleger?«

»Ungefähr.«

Um den Eindruck zu vervollständigen, war mit einemmal Boussous nebenan am Telefon zu hören.

»Ich hätte fast Lust, es auszuprobieren«, sagte sie herausfordernd, beinahe verächtlich.

Und während er sie auf den Schreibtisch niederdrückte, sah er, daß sie unentwegt durch das Fenster auf den alten Mann starrte.

Sie war nie wieder gekommen. Er hatte sie nur noch von weitem gesehen. Im Theater, beim Pferderennen, auf einer Terrasse an den Champs-Élysées. Er war nicht mehr nach Deauville zurückgekehrt. Im ersten Jahr hatten Bob und er ihre Ferien in Savoyen verbracht, um Odile nahe zu sein. Im Jahr darauf, als jene im Sanatorium war, hatten sie sich für Riva-Bella unweit Caen entschieden, wo er eine Pension für seinen Sohn gefunden hatte.

Unterschied er sich wirklich von den anderen? Gab es Menschen, die sich nicht mit finsteren Gedanken herumschlagen mußten, die nie in ihrem Nebel versanken? Er hatte das stets getan, schon als er ganz klein war. Vielleicht hatte Marcel nichts anderes gemeint, als er ihn lasterhaft genannt hatte.

Woche für Woche prangerte *La Cravache* die Laster einer bestimmten Anzahl prominenter Personen an, und Anekdoten dieser Art trafen zu Hunderten bei der Zeitung ein. Mußte man daraus schließen, daß es keine andersartigen Leute gab, normale Leute, um den Ausdruck seiner Mutter zu verwenden?

Und sie selbst mit ihrem eitlen Stolz, ihren Befürchtungen, die ihr eingetrichtert worden waren, und ihrer einzig auf Geld ausgerichteten Weltsicht, war sie normal? Waren seine Brüder Marcel und Raoul normaler als er? Hatte Marcel auf normalem Weg die Tochter und das Vermögen des alten Eberlin erworben, der ein Leben lang seine Mitmenschen ausgebeutet hatte? Raoul hatte zweimal geheiratet und wußte nicht, wo seine Frauen lebten und was aus seiner Tochter geworden war, doch es schien ihn nicht zu bekümmern.

Und die beiden Trunkenbolde von Großvätern, konnten die als Vorbild herhalten?

In der ganzen Familie hatte es nur einen gegeben, der in dem Sinne, wie es seine Mutter verstand, normal gewesen war, und das war sein Vater. Weil er sich in sein Schicksal ergeben hatte. Weil er nicht hatte kämpfen, jemandem Kummer bereiten wollen. Weil er, vielleicht seiner Söhne wegen, Wert darauf gelegt hatte, sein Gesicht zu wahren, und weil er sich in sich selbst zurückgezogen hatte.

Und doch hatte er, wenn man Raoul Glauben schenken konnte, zuweilen dem Bedürfnis nach einer armseligen und flüchtigen Zerstreuung in einem gewissen Haus an der Rue Saint-Sulpice nachgegeben.

»Hör auf zu pfeifen, Raoul, ich bitte dich!«

»Warum hast du mir nicht früher gesagt, daß dich das stört?«

Vielleicht war das, zum Teil wenigstens, eine Antwort auf die Fragen, die ihn bewegten. Warum hatte er es nicht gesagt? Um seinen Bruder nicht zu kränken. Um ihm gegenüber nicht den Chef herauszukehren. Aus Schüchternheit. Und jetzt verübelte man ihm beinahe, daß er geschwiegen hatte.

»Boussous ist immer noch nicht da«, murmelte er, um auf andere Gedanken zu kommen.

»Er wird schon auftauchen. Ich wette, er schluckt gerade an der Theke des ›Select‹ sein erstes Bier und trifft jeden Moment ein.«

»Wissen Sie schon, ob etwas fehlt, Mademoiselle Berthe?«

»Mir ist nur eine merkwürdige Kleinigkeit aufgefallen. Sehen Sie sich zum Beispiel diesen Brief an. An allen vier Ecken sind kleine Löcher, wie Nadelstiche. Ich bin sicher, daß ich das nicht gemacht habe. Aber das ist nicht der einzige. Da ist bestimmt ein Dutzend Briefe, die ganz genauso durchlöchert sind.«

»Legen Sie sie zur Seite, ja?«

»Damit habe ich bereits angefangen, aber ich bin noch nicht fertig, und vielleicht sind noch weitere da.«

Endlich! Boussous' mächtige Gestalt zwängte sich in den Türrahmen, und jeder, Gott weiß, warum, fühlte sich erleichtert, als brächte er die Lösung all ihrer Probleme.

»Kommen Sie mit in mein Büro, Ferdinand.«

»Gibt es Neuigkeiten, Chef?«

Er war morgens nie ganz auf der Höhe und lebte erst auf, wenn er vier, fünf Bier getrunken hatte.

»Das Büro ist letzte Nacht durchsucht worden.«

»Sicher die Polizei.«

»Mademoiselle Berthe schaut gerade nach, ob in den Akten etwas fehlt. Das ist nicht alles. An den Ecken bestimmter Dokumente sind Nadelstiche zu sehen.«

»Jemand hat sie auf einem Brett befestigt, um sie zu fotografieren.«

»Das habe ich mir auch gedacht.«

»Da sie das mangels geeigneter Einrichtungen nicht hier gemacht haben können, müssen sie mindestens zweimal gekommen sein. Was sagt der Nachtwächter?«

»Ich habe ihn angerufen. Er behauptet, ihm sei nichts Ungewöhnliches aufgefallen.«

»Dann hat ihn die Polizei aufgefordert, nichts zu sagen.«

»Der Hausverwalter war heute morgen sehr reserviert. Ich hatte den Eindruck, aber vielleicht täusche ich mich auch, daß er mit meinem Erscheinen rechnete und auf der Hut war.«

»Ebenfalls die Polizei!«

»Außerdem ist Chartier noch nicht zurück.«

»Wohin ist er gefahren?«

»Nach Auteuil.«

»Ein Prügelknabe?«

»Er wollte versuchen, den Tiefbauunternehmer Jérôme Boutillier um neun Uhr zu Hause zu erreichen.«

»Verstehe. Den Artikel habe ich selbst geschrieben.«

»Es ist jetzt halb zwölf.«

Boussous klopfte seine Pfeife an der Schuhsohle aus. Plötzlich wirkte er schlaffer, träger noch als sonst.

»Das stinkt«, stellte er fest.

Er stand seufzend auf und setzte sich den Hut wieder auf den Kopf.

»Wollen Sie gehen, Ferdinand?«

»Ich setze mich auf die Terrasse des ›Select‹ und trinke ein Glas. Wenn Sie mich brauchen...«

»Die Zeitung ist heute morgen nicht beschlagnahmt worden.«

»So dumm sind die nicht!«

François war merkwürdig zumute, als er den breiten Rücken seines Chefredakteurs verschwinden sah. Einen Augenblick lang fragte er sich, ob Boussous ein Verräter war, der gekommen war, um in den Räumen herumzuschnüffeln, oder ein Feigling, der den Kampf scheute.

Raoul, der unwillkürlich wieder zu pfeifen begonnen hatte, betrachtete seinen Bruder mit amüsiertem Blick.

Hoffte er vielleicht mitzubekommen, daß der Dompteur gefressen wurde? Oder waren das nur versponnene Gedanken?

»Verbinden Sie mich mit der Rue de Presbourg, Mademoiselle Berthe.«

Das Dienstmädchen war am Apparat. Sie erklärte, Madame sei im Bad, aber sie werde ihr sogleich den Apparat bringen.

»Bist du's?«

»Ja, ich bin's«, sagte er.

»Und?«

»Wir können zusammen essen. Soll ich dich in einer Stunde abholen, oder möchtest du lieber zu Fuß zum ›Fouquet's‹ gehen?«

»Mir wäre lieber, du kämst mit dem Wagen vorbei.«

War sie so bequem geworden, weil sie so lange den Bürgersteig auf und ab geschlendert war?

»Was soll ich anziehen? Wie ist das Wetter?«

Er hatte keine Ahnung. Er mußte zum Fenster hinausschauen, durch die Schlitze der Jalousetten.

»Ein paar Wolken. Ich glaube nicht, daß es Regen gibt.«

»Dann ziehe ich das geblümte Kleid an. Bis gleich. Das Badewasser wird langsam kalt, und es ist Zeit, daß ich hinauskomme.«

Raoul, die Flasche in der Hand, beobachtete ihn immer noch.

Zum erstenmal widerte François diese Flasche, die Raoul überall mitschleppte, im gleichen Maße an, wie

sie Mademoiselle Berthe immer schon angewidert
hatte.

»Was soll ich tun?«

»Was du willst.«

»Soll ich die Zeilenhonorare vorbereiten, als ob
nichts geschehen wäre?«

»Ja.«

Vielleicht war es das Bedürfnis, einen Kontakt mit
der Außenwelt, mit dem Leben herzustellen, daß François zum Fenster ging und die Jalousetten hochzog. Ein
Spatz flatterte davon...

5

Sie aßen auf der zum Hotel ›George v‹ gelegenen Ter-
rasse des ›Fouquet's‹ zu Mittag. Jedesmal, wenn ein
Triller aus der Pfeife des Polizeibeamten den doppelten
Strom der Fahrzeuge auf den Champs-Élysées zum
Stehen brachte, warf François unwillkürlich einen
Blick auf die Terrasse des ›Select‹, wo trotz der Entfer-
nung die wie im Theater in mehreren Reihen sitzenden
Gäste deutlich zu sehen waren, ganz klein, wie in einem
Spielzeugtheater.

»Erwartest du jemanden?« hatte Viviane gefragt.

»Nein. Eigentlich nicht.«

Er war an der Theke des ›Select‹ vorbeigegangen, als
er aus dem Büro gekommen war, und der Barkeeper
hatte ihm gesagt:

»Monsieur Boussous war hier und hat auf die
Schnelle ein Bier getrunken, aber das war vor elf Uhr.
Soll ich ihm etwas ausrichten, wenn er kommt?«

Wozu, wenn er wahrscheinlich doch nicht kommen
würde?

»Danke, Jean. Für alle Fälle: Ich esse drüben zu
Mittag.«

»Guten Appetit, Monsieur François.«

Rechnete Boussous vielleicht damit, daß ihn die Polizei jeden Moment verhaften konnte, und zog es vor,
nicht anwesend zu sein? Als sie eines Tages über Beer-
digungen gesprochen hatten, hatte er gestanden:

»Ich bin bereit, alles für einen Freund zu tun, außer zwei Dingen, zu denen ich nicht fähig bin: ihn ins Krankenhaus zu bringen und an seinem Begräbnis teilzunehmen.«

Es verblüffte François, als er Viviane essen sah, wie sehr sie sich an ihr neues Leben angepaßt hatte. Ringsum saßen einige der hübschesten Frauen von Paris, von den zahlreichen Theaterschauspielerinnen und Filmsternchen ganz abgesehen. Und doch war es Viviane, die die größte Ungezwungenheit, ja Vornehmheit an den Tag legte.

Er bemerkte auch, daß sie eine neue Frisur hatte, die ihren Nacken frei ließ – den er sozusagen noch gar nicht kannte.

Als die Horsd'œuvres serviert wurden und er immer noch diese feine, weiße Haut unter den kurzen Haaren betrachtete, fragte er nachdenklich:

»Warst du schon einmal arm?«

Sie war so überrascht, daß sie einen Moment lang keine Antwort gab und ihn ihrerseits musterte.

»Glaubst du, wir wären uns auf diese Art begegnet, wenn ich nicht arm gewesen wäre?«

»Du hättest etwas anderes probieren können, in einem Atelier oder einem Kaufhaus.«

Er sollte nicht vergessen, wie sie mit einer ganz neuen Intensität im Blick hervorstieß:

»Nein.«

Er war nicht sicher, ob er sie recht verstanden hatte, und ein Gefühl von Scham hinderte ihn daran, zu fragen, was sie genau meinte.

»Würdest du es hinnehmen, wieder arm zu sein?«

»Nein, auf keinen Fall!«

Das kam schroff, mit geschürzten Lippen. Unmittelbar darauf lachte sie, freudlos, lustlos.

»Komische Fragen, die du hier stellst! Du wirkst heute nicht gerade fröhlich, François. Stimmt etwas nicht in der Zeitung?«

Er zog es vor, nicht nachzuhaken, und sie erkannte, daß der Ort für solche Fragen noch weniger geeignet war. Eher zufällig, aus guter Absicht, um das Thema zu wechseln, fragte sie ihn, während sie einen auf griechische Art zubereiteten Champignon an ihre Lippen führte:

»Gehst du nicht zu der Zeugnisverleihung?«

»Wann ist das?«

»Heute nachmittag. Hat dir Bob nicht davon erzählt?«

»Ich hatte es vergessen.«

Er log. Sein Sohn hatte ihm nichts gesagt. Er erinnerte sich, daß ihm am Vortag etwas ungewöhnlich vorgekommen, dann jedoch entfallen war. Das war auf dem Friedhof gewesen, als er die Rosen auf dem Grab gesehen hatte. Bob war in aller Frühe nach Ivry gefahren, vor der Schule. Drei Jahre zuvor, als Germaine gestorben war, da hatte er Ferien gehabt.

Er dachte nach, während er aß, und es dauerte eine Weile, bis er verstand, daß nicht unbedingt der Ferientermin geändert worden war, sondern daß es sich ebensogut um eine Verschiebung von lediglich einigen Tagen handeln konnte, was darauf zurückzuführen war, daß die Trimester nach Wochen gezählt wurden.

Viviane hätte ihn in diesem Moment besser nicht darauf angesprochen, wo er seine ganze Geistesgegenwart benötigte, um sich anderen Problemen zu widmen. Er wußte aus Erfahrung, daß das immer so war. Jedenfalls bei ihm!

»Aller guten Dinge sind drei!«

Als würdiger Sohn seiner Mutter hatte er ein Gespür für Katastrophen.

»Ein Unglück kommt selten allein!«

In dem Moment, wo ihm diese Worte in den Sinn kamen, ließ sich zwei Tische weiter der Leiter eines Werbeunternehmens in Begleitung einer hübschen Frau nieder, und François erhob sich halb von seinem Stuhl, um ihn mit einer Handbewegung zu grüßen. Der andere jedoch, der ihn sehr gut kannte, der ihn gewöhnlich »mein lieber Freund« nannte, tat so, als sähe er ihn nicht, oder er blickte vor sich hin, als wüßte er nicht, daß dieser Gruß ihm galt.

Das war Viviane nicht entgangen, aber sie sagte nichts. Warum hatte sie die unglückliche Eingebung gehabt, ihn auf Bob anzusprechen? Lag es an der Zeugnisverleihung, daß sich jener trotz der Bemühungen seines Vaters so ausweichend, fast ablehnend verhalten hatte?

François wäre ohnehin nicht dorthin gegangen.

Früher, als Germaine noch lebte, hatten sie beide daran teilgenommen, und François mußte sich widerwillig eingestehen, daß er ein handfestes, schäbiges Interesse daran gehabt hatte. Die Zeremonie bedeutete für ihn eine Gelegenheit, mit seinen ehemaligen Schulkameraden wieder Verbindung aufzunehmen, lauter

Leuten, die fest im Sattel saßen, wie es von einflußreichen Männern heißt.

Obwohl es ihn demütigte, unter ihnen zu sein, notierte er doch fleißig ihre Adressen.

»Das kann nützlich sein, verstehst du?« hatte er Germaine erklärt.

Bei etlichen war er vorbeigegangen, als er Arbeit gesucht hatte. Anderen hatte er geschrieben. Das war für ihn fast dasselbe gewesen wie für Viviane der Bürgersteig zwischen Popauls Lokal und dem Stundenhotel.

Hatte er nicht ein wenig die Absicht gehabt, diesen Eindruck zu verwischen, als er im ersten Jahr seines neuen Lebens, diesmal allein, an der Zeugnisverleihung teilgenommen hatte? Er hatte nicht sofort bemerkt, daß die anderen die Situation noch peinlicher empfunden hatten als früher. Vor allem die Väter hatten ihn dies, wenn auch unauffällig, spüren lassen.

Tat er nicht mehr oder weniger, was viele andere taten, die deswegen nicht im Abseits, sondern ganz im Gegenteil im Mittelpunkt standen?

Um nur seinen Bruder Marcel zu nennen, der jedes Jahr bei der Zeugnisverleihung im vornehmsten Mädcheninstitut von Paris den Vorsitz hatte: wie hatte er denn die Tochter des alten Eberlin zur Frau gewonnen?

Und wußte nicht alle Welt, daß jede Kampagne einer der größten Tageszeitungen von Paris einer kaum verhohlenen Erpressung großen Stils gleichkam, was den Herausgeber nicht daran gehindert hatte, Minister zu werden?

Jede Woche gab es seitenweise Enthüllungen dieser Art in *La Cravache*, und jeder dieser Beiträge war wahr.

Kein einziges Mal in drei Jahren hatte jemand es gewagt, ihn wegen Verleumdung gerichtlich zu belangen, nicht einmal Gianini.

Der Kellner servierte ihm ein Geflügel-Chaudfroid. Während er zerstreut Vivianes Nacken betrachtete, dachte er weiterhin an Bob und das Gymnasium.

Im zweiten Jahr hatte ihn sein Sohn eines Abends mit schlecht gespielter Lässigkeit gefragt:

»Hast du vor, an der Zeugnisverleihung teilzunehmen? Sie findet übermorgen statt.«

»Möchtest du, daß ich komme?«

»Aber sicher!« hatte Bob ohne große Überzeugung erklärt.

»Leider glaube ich kaum, daß ich frei sein werde. Um wieviel Uhr ist das?«

»Um drei Uhr.«

»Da habe ich einen Termin, den ich nur schlecht absagen kann.«

Wenn der Junge nur im mindesten darauf bestanden hätte, wäre er mitgekommen. Bob hatte nichts gesagt, und das hatte ihn betrübt.

»Denkst du immer noch über die Armut nach, François?«

Viviane sah, daß er wieder in seinem Nebel war.

»Ja ... Nein ... Das ist kompliziert ...«

Er war überrascht, als er sie mit einer Ruhe, die zeigte, daß sie ihrerseits viel darüber nachgedacht hatte, sagen hörte:

»Die Menschen, die die Armut kennengelernt haben, nicht zufällig, sondern für lange Zeit, die in ihr gelebt haben, ohne große Hoffnung, ihr zu entkommen, die reden nicht darüber, ist dir das nicht aufgefallen? Deshalb wird auch soviel Unsinn über dieses Thema geredet. Wenn darüber geredet wird, sind das stets die anderen, die, die nichts wissen.«

Sie aß bedächtig ihren Steinbutt.

»Ich habe in einer Filmzeitschrift ein Interview mit einem sehr berühmten Schauspieler gelesen, der seine Jugend im Londoner East End verbracht hat. Auf den wieder und wieder geäußerten Vorwurf, er sei geizig, entgegnete er:

›*Wenn man, so wie ich, arm gewesen ist, tut man alles, um es nicht wieder zu sein. Und man schämt sich dessen nicht.*‹«

Die meisten Frauen ringsum waren von bekannten Modeschöpfern eingekleidet worden, und ihr Schmuck stammte aus der Rue de la Paix. Jede Kleinigkeit, die sie ihrer Handtasche entnahmen, ob Feuerzeug oder Puderdöschen, war aus Gold, oft mit Steinen verziert. Viele von ihnen waren blutjung, manche hatten vor zwei Jahren noch in der Wohnung einer Concierge oder einem Elendsviertel am Stadtrand gehaust.

Wie viele der durchweg älteren, aus allen Ecken Europas stammenden Männer hatten ihre Kindheit barfuß in einem Ghetto von Wilna, Warschau oder Budapest verbracht?

Lag es an der Erinnerung daran, daß das Lachen all dieser Männer und Frauen irgendwie härter klang? Gab es unter ihnen nur einen einzigen ehrbaren Menschen in dem Sinne, den seine Mutter diesem Wort unterlegte? Oder einen anständigen, wie sein Vater gesagt hätte?

»Ich frage mich, was ich mit dreizehn Jahren geantwortet hätte«, seufzte François.

»Worauf?«

»Auf die Frage, die ich mir stelle.«

»Ich ahne, was du meinst. Mit dreizehn hatte ich
schon einen Entschluß gefaßt.«

Er betrachtete sie mit einer Mischung aus Bewunde-
rung und leichtem Erschrecken.

»Bist du sicher?«

»Ich habe es sogar meiner Mutter mitgeteilt.«

»Was hat sie geantwortet?«

»Daß ich vielleicht recht hätte.«

»War deine Mutter...?«

»Sie führte kein liederliches Leben, wenn du das
meinst.«

Erneut lachte sie.

»Das muß an dem drohenden Gewitter liegen, daß
wir solch fröhliche Gedanken hegen.«

Ein Page am Eingang des Restaurants rief in Richtung Terrasse:

»Monsieur Lecoin...! Monsieur François Lecoin...!«

Er hatte fast Angst, die Hand zu heben. Der Page
schlängelte sich herbei, um ihm eine Nachricht zu
überbringen, die für ihn abgegeben worden war.

»Gestattest du?«

Er hatte Piedbœufs Schrift erkannt, genauer gesagt:
seine verstellte Schrift, denn der ehemalige Inspektor
ließ keine Vorsichtsmaßnahme aus. François hatte ihn
sogar im Verdacht, daß er mit Handschuhen schrieb,
um keine Fingerabdrücke zu hinterlassen.

»Achtung. Es gibt Neuigkeiten. Sie täten gut daran, heute nachmittag gegen vier Uhr in den Zoo von Vincennes zu kommen. Ich rate Ihnen, auf Ihren Wagen zu verzichten. Die Metro führt fast direkt dorthin. Wenn Sie bis fünf Uhr niemanden getroffen haben, gehen Sie in die ›Taverne Royale‹, wo Ihr Bruder einen Anruf erhalten haben wird.«

»Schlimm?«

»Weder schlimm noch gut.«

War ihr bewußt, daß das Ende jeden Augenblick kommen konnte? Wahrscheinlich. Sie hatte es stets gewußt. Alle, die ständig mit ihm in Verbindung waren, hatten es stets gewußt, und bestimmt schätzten sie ihn alle gleich ein.

Weil sie glaubten, er, François, wisse nicht Bescheid.

Seltsamerweise fiel ihm eben dazu eine Geschichte vom Gymnasium Stanislas ein, die in die Zeit fiel, als er in der sechsten Klasse war, und die mit Pater Hobot, dem Religionslehrer, zusammenhing, der einen Christuskopf hatte und beim Sprechen die Arme ausbreitete, als stünde er auf der Kanzel.

Am Ende jeder Stunde forderte er die Schüler auf, ihre Einwände vorzubringen, die er dann widerlegte.

Nicht François, sondern einer seiner Mitschüler hatte die unvermeidliche Frage nach der Willensfreiheit gestellt.

»Wenn Gott alles weiß, von Beginn an, wenn er, noch bevor wir geboren werden, weiß, welche Fehler wir begehen werden, wie kann man dann behaupten, wir trügen die Verantwortung für unser Tun? Ist dann nicht Gott für unsere Sünden verantwortlich?«

Er sah den Priester noch vor sich, wie er sich, großgewachsen und schlank in seiner Soutane, langsam aufrichtete und sich scheinbar auseinanderfaltete, wie er sich Zeit ließ, sie reihum ansah, als wollte er sich ihres Geistes bemächtigen.

»Wie immer, meine Herrn, werde ich zu einem Gleichnis, einem Bild, greifen. Ein Mann geht durch die Straßen und liest dabei Zeitung, und ihr schaut ihm nach. Ihr erkennt, daß auf dem Weg, den er anscheinend gehen will, und ich betone die letzten drei Worte, auf dem Weg, den er *anscheinend gehen will,* Arbeiter einen Kanaldeckel entfernt haben und folglich mitten auf der Straße ein Loch klafft.«

Bei dem Wort »Kanaldeckel« mußte die ganze Klasse lächeln, und Pater Hobo freute sich über die Wirkung, die er erzielt hatte. Er bemühte sich immer wieder, einen trivialen und unerwarteten Vergleich zu finden.

»Zwanzig Schritte, zehn Schritte trennen den Mann noch von diesem Loch, und er bleibt einen Augenblick stehen. Ihr als Zuschauer, ihr seht, wie er stehenbleibt ... Wird er seine Zeitung zusammenfalten und in die Tasche stecken ...? Er stößt gegen einen Passanten, und das bringt ihn leicht von seiner Bahn ab ... Ist das die Rettung ...? Nein, denn da schlägt er blindlings seinen ursprünglichen Weg wieder ein, und er liest weiter ...

Nur noch fünf Schritte, nur noch drei ... Das Loch ist genau vor ihm, und die Zeitung verdeckt es weiterhin.

Ihr seht ihn, und ihr wißt Bescheid.

Kann man sagen, er habe nicht die Freiheit, erneut

stehenzubleiben, seine Lektüre zu unterbrechen oder umzukehren?

Dieser Mann, der in die Kanalisation fallen wird, meine Herren, ist ein Symbol für...«

»Warum lächelst du?«

»Nur so.«

Dieser Mann war er. Die anderen, ob Marcel, Renée, Raoul, Viviane, Boussous oder Mademoiselle Berthe, die anderen waren Zuschauer dieser Szene, sie waren diejenigen, die ihre Augen auf den Spaziergänger mit der Zeitung und die offene Kanalisation richteten.

Und vielleicht beobachteten sie ihn eben deshalb, ohne es zu wollen, mit einem gewissen Entsetzen.

Was sie allerdings nicht wußten: Er *wußte* ebenfalls, daß die Kanalisation offen war!

»Oberkellner, die Rechnung!«

Er wußte jedoch *nicht,* daß er zum letztenmal auf dieser Terrasse speiste.

»Fährst du ins Büro zurück?«

»Nur kurz. Danach habe ich einige Termine in der Stadt.«

Chartier war nicht zurückgekommen. Mademoiselle Berthe aß gewöhnlich im Büro, sie brachte ihr Mittagessen in einer kleinen, stets hübsch verschnürten Schachtel mit. Sie hatte versprochen, ihn anzurufen, wenn Chartier zurückkam oder von sich hören ließ.

Es war kaum anzunehmen, daß er absichtlich verschwunden war, beispielsweise um sich die fünfzehn- oder zwanzigtausend Francs anzueignen, die er in Auteuil eingetrieben hatte. Er hatte oft genug Gelegenheit gehabt, sich erheblich größerer Beträge zu bemächtigen, und hatte es nicht getan. Andererseits spitzte sich die Lage von Tag zu Tag zu, und Chartier hatte einen Riecher dafür und eine gewisse Erfahrung.

Glaubhafter war die Hypothese von einer Falle, in die er getappt war. Wenn dem so war, hatte dann jemand aus dem Haus die Polizei informiert? Vielleicht Boussous? Raoul? Piedbœuf selbst? Warum nicht Viviane, die er über beinahe sämtliche Geschäfte der Zeitung unterrichtete?

Hatte sie nicht gerade zugegeben, daß sie es um nichts in der Welt hinnähme, wieder arm zu sein?

»Woher weißt du, daß heute die Zeugnisverleihung ist?«

Sie zuckte zusammen, denn sie hatte sein Mißtrauen gespürt. Erst war sie erstaunt, dann lachte sie laut auf.

»Mimi ist nach deinem Anruf vorbeigekommen, um mir guten Tag zu sagen. Sie kommt fast jeden Morgen vorbei, im Bademantel, sobald sie aus dem Bad steigt.«

»Ich sehe da keinen Zusammenhang.«

»Mimi hat eine Schwester, die einen Architekten geheiratet hat, und die beiden wohnen auf dem linken Seineufer. Sie haben einen sechzehnjährigen Sohn, der wie Bob auf Stanislas geht. Mimi begleitet ihre Schwester heute nachmittag zu der Zeugnisverleihung. Das ist keine Hexerei. Sehe ich dich heute abend?«

»Vielleicht.«

»Ich würde dich gern treffen, und wenn es nur für einen Moment ist, aber nicht hier. Ich glaube, das wäre besser.«

»Ich rufe dich nach fünf Uhr an, wenn ich nicht sofort in die Rue de Presbourg komme.«

»Wenn ich zufällig aus dem Haus sein sollte, hinterlasse ich dir eine Nachricht.«

Er verübelte ihr diesen Satz. Sie nutzte ihre Freiheit wahrhaftig nicht aus. Aber es erschien ihm ungeheuerlich, daß sie an einem Tag wie diesem andere Sorgen haben konnte, als auf ihn zu warten. Was bedeutete es schon, daß sie nicht Bescheid wußte? Sie mußte spüren, daß sich wichtige Dinge ereigneten. Boussous war bereits gegangen.

Und wenn Chartier wirklich verhaftet worden war, was würde er wohl erzählen?

Innerhalb von Paris durfte ihm lediglich die Kriminalpolizei eine Falle stellen und eine ordentliche Verhaftung vornehmen. Wenn dem so war, saß Chartier jetzt am Quai des Orfèvres, und bestimmt mischte sich Boutarel fröhlich ins Geschehen ein.

Chartier war kein Held. Er war ein Findelkind, war aus dem Waisenhaus geflohen und ganz allein in Belleville aufgewachsen. Zynisch und spöttisch hatte er sich durchs Leben geschlagen, den Katzen gleich, die immer wieder auf die Füße fallen.

Eines Tages hatte François in seinem Beisein zu einem Besucher gesagt:

»Wir sind hier ehrlich, Monsieur. Wir arbeiten nicht im dunkeln.«

Und Chartier, der hinter dem Kunden stand, hatte seinem Chef zugezwinkert und sich ironisch mit dem Zeigefinger gegen das Kinn geklopft.

Die kleine Komödie, die er den Prügelknaben vorspielte, nützte François. Wahrscheinlich hatte Chartier dem Tiefbauunternehmer wie allen anderen erzählt, er sei aus eigenem Antrieb gekommen, eigenmächtig, ohne Wissen seines Chefs, weil es ihn empöre, daß... usw., usf.

Es gab keinen Beweis für das Gegenteil. Und selbst im Falle einer Verurteilung wegen Pressevergehens – was leider nicht ganz zutraf – würde niemand anders als Chartier in seiner Eigenschaft als Geschäftsführer im Gefängnis landen.

Er hatte schon darin gesessen, aber nicht wegen François. Das lag weit zurück. Dieses Geständnis war ihm eines Tages entschlüpft, als sie über Bohnen geredet hatten und er versichert hatte, die habe er ein Jahr lang gegessen, für den Rest seines Lebens habe er genug davon. Einzelheiten hatte er nie erzählt. Er mußte bereits mehrere Strafen abgesessen haben, als er zum Militärdienst eingezogen wurde, denn er hatte dem afrikanischen Strafbataillon angehört, dem nur besonders hartnäckige Übeltäter zugeteilt werden. Von seinem Leben im Regiment erzählte er am liebsten, und er gefiel sich darin, Mademoiselle Berthe zu deren großer Entrüstung die saftigsten Marschlieder ins Ohr zu trällern.

François bot Viviane nicht an, sie zurückzufahren. Sie wohnte um die Ecke. Er ließ seinen Wagen vor dem ›Fouquet's‹ stehen, überquerte die Champs-Élysées und ging in sein Büro.

»Chartier?«

»Nichts«, antwortete Mademoiselle Berthe. »Dafür war Boussous da.«

Einen Augenblick lang freute er sich fast darüber. Es machte ihm Mut, aber das war nicht von Dauer.

»Was hat er gesagt?«

»Nichts.«

»Ist er aus einem bestimmten Grund gekommen?«

»Er hat seine Aktenmappe mit Papieren vollgestopft und dann mitgenommen.«

Die Schubladen seines Schreibtischs waren so gut wie leer, und er hatte sich nicht einmal die Mühe gemacht, sie wieder zu schließen. Wie ein Gast, der ein Hotelzimmer räumt, hatte er nur eine zerbrochene Pfeife, einen alten Tabaksbeutel, Bleistiftstummel und dreckige Papiere zurückgelassen.

Mademoiselle Berthe hatte verstanden, sie schaute ihn schweigend an.

»Mein Bruder?«

»Er ist essen gegangen.«

»Allein?«

»Boussous hat ihn eingeladen. Monsieur Raoul hat versprochen, um zwei Uhr zurück zu sein, um die Mitarbeiter zu empfangen.«

Es war zehn nach zwei.

»Die Honorarabrechnungen sind noch nicht gemacht«, fuhr sie fort. »Wir können sie heute nachmittag nicht auszahlen. Ich nehme an, es ist besser so.«

Wie hatte man in so kurzer Zeit einen solch langen Weg in die Mutlosigkeit zurücklegen können, ohne daß es einem auffiel? Dieser letzte Satz war bezeichnender als alles andere, vor allem aus dem Mund von Mademoiselle Berthe.

Er antwortete schroff – und bedauerte sogleich seine Schroffheit –:

»Sie werden die Honorare eins nach dem andern ausrechnen und dann ausbezahlen.«

»Haben Sie das Geld?«

Fast widerwillig gab er es ihr.

»Es sei denn«, sagte er, »Sie ziehen es auch vor zu gehen.«

Im gleichen Moment trat Raoul ein, und Mademoiselle Berthe brauchte nicht zu antworten.

»Auf geht's!« meinte er wie jemand, der auf den Geschmack gekommen ist.

Dann, fragend, ohne die geringste Besorgnis in der Stimme:

»Na, was ist mit Chartier? Geschnappt?«

Er unterstrich das Wort mit einer vielsagenden Handbewegung. Und er hatte die unglückliche Eingebung, hinzuzufügen:

»Langsam frage ich mich, ob mein Freund Bob dieses Jahr seine Ferien am Meer verbringt. Übrigens, gehst du zur Zeugnisverleihung?«

Noch jemand, der Bescheid wußte, der ihn unbedingt an seinen Sohn erinnern mußte! Das Schlimmste war, daß niemand anders als Bob mit Raoul über die Zeugnisverleihung gesprochen haben konnte. Raoul hatte es sich angewöhnt, in die Rue Delambre zu gehen, und zwar mit Vorliebe, wenn François nicht da war. Das fiel ihm um so leichter, als er dessen Telefongespräche mit Viviane im Büro mitbekam.

Sie vermieden es, diese Besuche vor François zu erwähnen. Das war eine Art Verschwörung, der auch Madame Gaudichon angehörte. Sie hatte sich mehrmals verplappert.

Weshalb war Bob nicht aufrichtig zu seinem Vater? Weil er sich seiner Freundschaft mit dem alten Säufer schämte? Oder etwa auch aus Angst, ihn zu bekümmern?

»Du mußt um fünf Uhr in der ›Taverne Royale‹ sein, besser noch früher.«

»Schön. Warum?«

Er reichte ihm Piedbœufs Nachricht.

»Einverstanden«, seufzte Raoul. »Zahlen wir?«

Sein Blick fiel auf die Scheine, die auf Mademoiselle Berthes Schreibtisch lagen, und er gab sich die Antwort selbst.

»Wir zahlen? Dann mal los!«

In einigen Minuten würde der Aufmarsch der armen Schlucker beginnen, wie Chartier sie nannte, die aus allen Ecken und Kanten von Paris und Umgebung kamen, um sich einen Beitrag oder eine kleine Zeichnung mit fünfzig Francs honorieren zu lassen. Wenn sie wieder fort waren, würde das Büro völlig verräuchert sein und den durchdringenden Geruch alter Kleider und Schuhe angenommen haben.

François war wütend, beleidigt, weil er mit der Metro nach Vincennes fahren sollte, aber jetzt war nicht der rechte Zeitpunkt, die Anweisungen des Exinspektors zu erörtern, der wahrscheinlich als einziger wußte, woran sie waren. Er ging zu Fuß die Champs-Élysées hinunter. Vor der Tür eines Modeschöpfers erkannte er Renées Wagen und Chauffeur.

Plötzlich beneidete er Marcel. Er sagte sich, um derart gegen jegliche Angriffe gefeit zu sein, wie sein Bruder es offenbar war, mußte man einen bestimmten Berg erklommen haben, den er nicht einmal erreicht hatte.

Marcel war über seinen Schwiegervater eine Art

Schuft der zweiten Generation, um mit Raoul zu sprechen, und seine Töchter würden vollkommen ehrenwerte Personen sein, ihre Kinder auch, dann würde es wie bei den Nailles und den Lecoins bergab gehen, es würden wohlerzogene, wohldenkende Leute folgen, die sich der Glanzzeit der Familie erinnern und über ihr Unglück klagen würden.

Und eines Tages würde es Jungen geben wie sie, wie Marcel, Raoul und er selbst.

Am Ende einer dieser Verästelungen stand zur Zeit Bob, der gemeinsam mit den glorreichen Kindern der Wohlhabenden auf Stanislas zur Schule ging.

An der Place de la Concorde wäre er um ein Haar in die Rue Boissy-d'Anglas abgezweigt, um in ein Bistro einzukehren. Plötzlich hatte ihn ein Schwall seines einstigen Nebels umfangen, des Nebels des armen Kerls von François Lecoin, der ganz allein und in Selbstgespräche versunken seine endlosen Schneisen durch die Straßen gezogen hatte.

Auf einmal sehnte er sich danach zurück, und er fragte sich, ob dieser François wirklich unglücklich gewesen war.

Sicher, er hatte an sämtlichen Theken gestanden und getrunken. Er hatte den größten Teil des wenigen Gelds vertrunken, das er mit soviel Mühe, um den Preis kleiner Tricks und großer Erniedrigungen, zusammengekratzt hatte.

Aber als Hundehütte war das nicht übel gewesen, wenn sein Nebel gerade recht war, wenn er schön dicht war. Es war aufregend gewesen, die Welt mit schmerzlichem Neid zu betrachten, gegen diese hohen Häuser zu torkeln, die wie absichtlich errichtete Mauern waren, damit er sich an ihnen den Kopf einrannte.

Er war klein und schwach gewesen, und das Schicksal hatte sich in ihn verbissen, hatte ihn Tag für Tag gehetzt und bei jedem Volltreffer sein schallendes, wildes Lachen von sich gegeben. Sobald er Anstalten machte, sich aufzurappeln, sobald er einen Hoffnungsschimmer sah und die Hand ausstreckte, hatte sich das Scheusal alsbald ein neues Unglück ausgedacht, um ihn wieder in die Knie zu zwingen.

Damals beneidete er sogar die Strichmädchen. Nicht nur eine Viviane, sondern sogar den Feldwebel. Er beneidete die Clochards unter den Brücken, die Woche für Woche Anspruch auf eine Suppe und auf ein Bett an Bord des Kahns der Heilsarmee hatten und für die alle Jahre wieder ein Weihnachtsessen organisiert wurde.

Das war ganz einfach: der Nebel war stets in Reichweite. Im Laufe der letzten drei Jahre hatte er des öfteren nach den Tresen der Weinhändler geschielt, nicht aus Lust, ein Glas zu trinken, sondern um eine atmosphärische Dichte wiederzufinden, die er verloren hatte.

Er hatte sich nie an die zu hellen und zu sauberen Büros an den Champs-Élysées gewöhnt, auch nicht an das Appartement in der Rue de Presbourg. Selbst die Wohnung in der Rue Delambre hatte ihr Flair verloren, seit sie neu gestrichen war.

Ein paar Gläser auf dem mehr oder weniger schmierigen Zinn der Theke, in dem aufdringlichen Geruch von billigem Wein oder Schnaps, und er würde sich erneut wie der erfüllteste Mensch der Erde fühlen. Er könnte kichern, wenn er an sie dachte, an all die, die er mit ausgestreckten Armen trug und die im Glauben, er verliere das Gleichgewicht, eilends auf den festen Boden hüpften.

Raoul indes war zurückgekommen. Und Mademoiselle Berthe war geblieben. Sie riskierte nichts, sie war nur eine Angestellte. Er zahlte ihr mehr, als sie an jeder anderen Stelle bekommen hätte. Sie war auf ihre Art geizig, sparte an allem, an ihrem Essen, an ihren geringfügigen Ausgaben, und wenn sie abends ihre Kleider selbst nähte und ihre Hüte auffrischte, dann nur, um der Summe näher zu kommen, die es ihr erlauben würde, mit ihrer Mutter auf dem Land zu leben.

Sie wußte nicht besser als François, was das war. Für sie waren Kühe, Hühner, Schweine nur Spielzeuge aus Holz, die vor Weihnachten in den Schaufenstern zu sehen waren, und Felder waren nur wogendes Getreide hinter den Glasscheiben der Züge und Bauernhöfe hübsche rote Dächer mitten im Grünen, und dazu die Sonne.

Chartier war um diese Zeit wahrscheinlich im Begriff auszupacken. Vermutlich saß er auf einer Tischkante, so wie er es auch im Büro tat, und gab sich in den Räumlichkeiten der Kriminalpolizei ebenso lässig, ebenso spöttisch wie an den Champs-Élysées.

Nach dem Treffen mit Piedbœuf würde François seinen Anwalt aufsuchen. Er hatte versprochen, in der ›Taverne Royale‹ vorbeizuschauen. Viviane hatte er so gut wie versprochen, in die Rue de Presbourg zu kommen. Und er hatte Lust, seinen Sohn nach der Zeugnisverleihung zu sehen.

Es war Zeit, daß er in die Metro stieg. Mehr um Piedbœuf zu gehorchen als aus Überzeugung, vergewisserte er sich, daß ihm niemand folgte, und wechselte unterwegs zweimal den Zug.

Der Zoo von Vincennes erinnerte ihn ebenfalls an Bob, denn früher waren sie sonntags oft zu dritt dorthin gefahren, als der Junge noch klein war und er ihn noch auf seinen Schultern trug, um ihm die Tiere zu zeigen.

»Er kann laufen, François, setz ihn ab. Das wird dir zu anstrengend«, pflegte Germaine zu sagen.

Die Sonne, der Staub, sogar der Zoo hatten damals einen anderen Geschmack, einen anderen Geruch. Und als er, François, noch klein war, gab es den Zoo noch gar nicht, und sein Vater war mit ihm in den Jardin des Plantes gegangen.

Hatte sich sein Vater Gedanken gemacht, was später aus ihm würde? Hatte er sich darum gesorgt, was François dachte, welches Bild er von ihm behalten werde?

Er gelangte zu den ersten Gräben, die die Tiere von der Menschenmenge trennten, und er zuckte zusammen, als ihn jemand an die Schulter tippte. Es war Piedbœuf.

»Ich folge Ihnen schon eine Weile, Chef. Ich wollte mich selbst vergewissern, ob Ihnen niemand auf den Fersen ist. Wissen Sie, die Sache stinkt, sie stinkt zum Himmel. Kommen Sie mit. Wissen Sie, woran ich eben gedacht habe? Ich habe mich gefragt, ob Sie nicht allen Anlaß haben, einen Abstecher nach Belgien zu machen. Weiß Gott, es könnte durchaus passieren, daß ich Ihnen nachreise.«

»Was ist mit Chartier?«

»Sitzt seit heute morgen zehn Uhr am Quai des Orfèvres. Man hat ihm aus der ›Brasserie Dauphine‹ Bier und Brote bringen lassen. Und für diese Herren auch. Sie hocken zu fünft in einem Büro, darunter auch diese Ratte von Boutarel, und sie stehen in telefonischem Kontakt mit der Rue des Saussaies. Ich bin vom Fach, und Sie können mir glauben, die haben ihren Fischzug ganz vorzüglich eingefädelt.«

»Letzte Nacht waren sie in unserem Büro.«

»Nicht dieselben. Die kamen von der Sûreté, allen voran Joris. Glauben Sie bloß nicht, Gianini und Boutarel hätten mich schon vom Hals!«

Plötzlich schoß François die Möglichkeit einer Lösung durch den Kopf, und er mußte die Augen abwenden.

Was hinderte ihn daran, sich ebenfalls abzuseilen, wie es Boussous bereits getan hatte und Chartier bestimmt gerade tat, wie es die anderen ihrerseits versuchen würden?

Wenn er nun Gianini aufsuchte, um ihm, als ebenbürtiger Gegner, Frieden anzubieten?

Besser noch, er konnte zur Rue des Saussaies gehen, wo man ihn, davon war er überzeugt, unverzüglich empfangen würde. Einer seiner Kollegen, der eine ähnlich aufgemachte Zeitung herausgab, war dorthin gegangen, ohne jemandem etwas davon zu sagen. Seitdem hatte er seine Ruhe. Seine Zeitung erschien weiter.

Wahrscheinlich erhielt er heimlich Anweisungen. Seinerseits lieferte er gelegentlich gewisse Informationen.

Als Gegenleistung hatte er eine Art »Freibrief«, das hieß, man ließ ihn in Ruhe wirken, und bei Bedarf ersparte man ihm kleinere Scherereien.

Obendrein erhielt er an jedem Monatsende wie viele andere, wie gewisse angesehene Herausgeber, einen Umschlag, der seinen Anteil an dem Geheimfonds enthielt.

François hatte ihnen bewiesen, daß man sich auf ihn verlassen konnte, denn er hatte drei Jahre lang standgehalten und zudem den Stadtrat gezwungen, mehrere Untersuchungen einzuleiten. Ihre Hartnäckigkeit, der Angriff großen Stils, den sie gegen ihn eröffnet hatten, all das bewies, daß er als Widersacher nicht zu verachten war.

Ahnte Piedbœuf die Kehrtwendung, die er in Gedanken vollzogen hatte?

»Mir wäre lieb, Sie wären schon in Brüssel, wohin schon viele vor Ihnen gegangen sind, unter anderem Victor Hugo und Ihr Vorgänger Rochefort. Sie sehen, ich kenne mich in der Sache aus. Das hat sie nicht daran gehindert, zurückzukehren. Sie werden ebenfalls zurückkehren, und mir wäre einstweilen wohler.«

Er roch wie immer stark nach Calvados. Er mußte sich vor dieser Unterhaltung eine ordentliche Ration genehmigt haben.

»Wohlgemerkt, persönlich habe ich nichts zu befürchten. Ich war immer vorsichtig genug, nichts zu unterschreiben und keine Papiere aufzubewahren. Trotzdem, auch wenn sie keinen Beweis haben, keinen einzigen Zeugen, fände ich es doch für alle Beteiligten wünschenswert, wenn Sie nicht zu genau verhört werden.«

Als befürchtete er plötzlich, François auf einen gefährlichen Pfad gelockt zu haben, fuhr er fort:

»Überflüssig zu betonen, daß auch ich einiges in der Hand habe, um mich zu verteidigen. Und um anzugreifen, wenn es sein muß. Vor allem, um anzugreifen. Der Nachtzug fährt kurz nach elf an der Gare du Nord ab. Ein Reisepaß ist nicht erforderlich. Denken Sie darüber nach, Chef! Ich werde für alle Fälle einen Abstecher auf den Bahnsteig machen. Haben Sie Geld bei sich? Um so besser. Ich hatte große Ausgaben. Und Sie werden in der nächsten Zeit vielleicht keine Gelegenheit haben, mich zu sehen.«

François gab ihm zweitausend Francs, wobei er darauf achtete, daß Piedbœuf den Inhalt seiner Brieftasche nicht zu sehen bekam. Er wurde seinerseits geizig, bedauerte schon, daß er Mademoiselle Berthe das Geld für die Honorare gegeben hatte. Sie hatte recht gehabt, als sie gemeint hatte, es sei vielleicht besser, die Mitarbeiter nicht zu empfangen.

Auch er würde vielleicht für längere Zeit kein Geld auftreiben, und er rechnete im Kopf nach, wieviel er noch in der Tasche hatte.

6

Jetzt ärgerte er sich, daß er Piedbœufs Anweisungen gefolgt war und seinen Wagen vor dem ›Fouquet's‹ hatte stehenlassen. Er war lange nicht mehr mit der Metro gefahren, und er stieg niedergeschlagen aus dieser unterirdischen Feuchtigkeit, diesem verlangsamten Leben in einem Licht ohne Helligkeit und Schatten, aus einer Welt, stumm wie die Welt der Fische, in der das metallische Kreischen der vorbeifahrenden Züge das einzige Geräusch war.

Am Fuß der Steintreppe, wo ihn ein Emailschild anwies, sich links zu halten, traf ihn das grelle Tageslicht, und es dauerte einen Augenblick, bis er aus diesem Blickwinkel die Säulenreihen der Madeleine erkannte. Er blieb auf halbem Weg stehen und entdeckte eine andere Sicht der Welt, eine Sicht in Höhe der Bordsteinkante, Tausende von Beinen, die sich bewegten, die hellen Beine der Frauen, deren Stöckelabsätze die Schritte wie bei einem Tanz betonten, und die dunklen, schlaffen Beine der Männer; dazu wie Ebbe und Flut das Kratzen all dieser Sohlen auf dem staubigen Boden, das Bremsen der Autos und Autobusse.

Ihm war, als habe sich, seit er in die Erde hinabgestiegen war, der Rhythmus des Lebens beschleunigt, und er fühlte sich linkisch, als er den Boulevard überquerte.

Die Uhr gegenüber der Kirche zeigte drei Minuten nach fünf. Nie zuvor hatte er so viele Menschen gesehen wie an diesem Tag auf dem Bürgersteig, der von der Madeleine zum Faubourg Saint-Honoré führte, und die beiden Terrassen der ›Taverne Royale‹ und des ›Weber‹, die nebeneinander lagen, verschmolzen zu einer einzigen, auf der es von Gästen nur so wimmelte.

Er suchte seinen Bruder, schlängelte sich zwischen Tischen, Schultern und Beinen hindurch, verfehlte nur knapp das Tablett der Kellner. Er kannte die Ecke, in der sich Raoul gewöhnlich aufhielt, aber er war nicht dort. Es war ein merkwürdiger Gedanke, daß dieses Chaos nur äußerlich war und daß in diesem Trubel jeder seinen Platz hatte und wußte, wohin er ging.

Raoul war selten pünktlich, er würde sicher bald kommen. Vielleicht hatte er auf den Autobus warten müssen. Die Menge war an diesem Abend so dichtgedrängt, daß sich François fragte, ob vielleicht ein Festtag war, den er vergessen hatte, so wie er die Zeugnisverleihung vergessen hatte.

»Sagen Sie, Kellner, haben Sie meinen Bruder gesehen?«

»Ist er nicht oben?«

Raoul beschränkte sich nicht darauf, auf der Terrasse zu trinken. Wenn er fand, daß die Bestellungen dort zu langsam gingen, konnte es passieren, daß er nach oben ging und schnell ein Glas Cognac an der Theke schluckte, ehe er seinen Platz wieder einnahm. Auch an der Bar hatte man ihn nicht gesehen.

Hatte er sich schließlich doch entschlossen, Boussous' Beispiel zu folgen?

Als François wieder hinunterging, glaubte er in dem Gewühl seinen Chefredakteur zu erblicken, und fast wäre er losgestürmt. Es war jedoch nicht Boussous, sondern ein anderer dicker Mann, der ebenfalls Pfeife rauchte und einen Watschelgang hatte.

Er würde im Büro anrufen. Das war das Einfachste. Er brauchte Raoul nicht. Er bedurfte seiner Ratschläge nicht. Wenn er sich mit der Rue des Saussaies arrangierte, würde er keinem davon erzählen. Nicht einmal seinem Bruder? Nein! Er hatte den Eindruck, Raoul würde das nicht gefallen. Er würde ihn in der Zeitung behalten, ohne ihn aufzuklären, und wahrscheinlich würde auch Boussous zurückkommen, wenn die Gefahr vorüber war.

Er hatte sich nichts Bestimmtes überlegt. Es war reichlich spät für einen solchen Vorstoß. Er hatte keine Zeit, darüber nachzudenken, wie er vorgehen sollte, und das störte ihn, es war ihm zuwider.

Er mußte vor allem sicher sein, daß Bob niemals davon erfuhr. Darauf legte er besonderen Wert. Entweder so oder gar nicht. Bob würde ihn nicht verstehen. Er war nicht wie Viviane, die vorhin auf der Terrasse des ›Fouquet's‹ unmißverständlich, mit einem beinahe wilden Unterton, geantwortet hatte:

»Nein!«

Es gab die andere Lösung, sich an Marcel oder besser an Renée zu wenden. Mitunter waren Zwistigkeiten unwichtig. Er würde ihnen erklären, daß es auf Leben und Tod ging.

Piedbœuf würde versuchen, sich zu rächen. Er hatte keinen Hehl daraus gemacht. Er hatte durchblicken lassen, daß er einige Trümpfe in der Hand hatte. Welche? Es war ein Fehler gewesen, ihm zuviel Vertrauen zu schenken. Er war der Typ des böswilligen, nachtragenden Säufers, und er bezog die ganze Welt in seinen Haß auf Boutarel ein.

Wenn sich François mit der Rue des Saussaies verständigte, wäre Piedbœuf automatisch kaltgestellt und könnte ihm nicht mehr schaden. Sein Schwager würde wahrscheinlich gefeuert. François hatte ihn nie gesehen, er wußte nicht, wie er war. Er mußte ein Mann mittleren Alters sein, ein Streber, sonst hätte er nicht die Stellung erreichen können, die er einnahm, einer jener unnachgiebigen und strengen Beamten, die sonntags mit ihrer Ehefrau am Arm und bereits freudlosen Kindern, die vornweg laufen, an einem vorübergehen.

Vielleicht hatte er auch eine Wohnung in den Neubauten der Stadt Paris, auf dem Grund der ehemaligen Befestigungsanlagen, oder er hatte irgendwo in Richtung Choisy-le-Roi ein Häuschen gebaut, das er jährlich abbezahlte und dessen kleinen Garten er bestellte.

Wieviel zahlte ihm Piedbœuf? Wieviel hatte ihm François in den letzten drei Jahren mittelbar eingebracht? Auch er mußte beunruhigt sein, und wahrscheinlich würde er am Abend ungeduldig auf den Anruf seines Schwagers warten, der ihm mitteilen würde:

»Er ist abgereist!«

Und er mußte die Lösung bedacht haben, die François eingefallen war.

Jener trat fast unbewußt in ein Lokal. Er wollte nichts trinken, sondern telefonieren, und er hatte sich häufig umgedreht, um sich zu vergewissern, daß ihm niemand folgte. Wenn es einen Verräter im Büro gab, konnte die Polizei durchaus über seine Verabredung in der ›Taverne Royale‹ unterrichtet sein.

Er stellte sich in die Kabine, wählte die Nummer des Büros und wartete. Jemand – wer, wußte er nicht mehr – hatte ihm versichert, bei einem Telefon mit Selbstwahl sei es unmöglich, den Anrufer zu ermitteln. Er hätte sich diese Information von Piedbœuf, der sicher Bescheid wußte, bestätigen lassen sollen.

Er hörte das Rufzeichen. Jemand hob ab. Normalerweise hätte sich Mademoiselle Berthe melden müssen, er hörte aber nichts.

»Hallo…!« sagte er nach einem zögerlichen Hüsteln.

Worauf ihm eine männliche Stimme, allerdings nicht Raouls Stimme, wie ein Echo antwortete:

»Hallo?«

»Ist dort Élysées 34-77?«

»Ja.«

»Wer ist am Apparat?«

Schweigen. Er hörte jemanden rumoren, flüstern. Dann fragte eine andere Stimme:

»Wer spricht?«

François, der sich plötzlich sehr schwerfällig fühlte, legte auf, ging hinaus, ohne an der Theke stehenzubleiben, was er auf dem Bürgersteig bedauerte, denn er hatte einen ganz trockenen Mund, und wanderte weiter.

Eher gefühlsmäßig als nach einem festen Plan wandte er auf einmal dem Viertel um die Place de l'Étoile den Rücken zu, überquerte die Rue Royale und bog in die Rue Saint-Honoré ein.

War Raoul im Büro geblieben? Hatte man ihn festgehalten? Das Ganze konnte natürlich auch Zufall sein. Wenn Mademoiselle Berthe beschäftigt war, hob zuweilen einer der armen Schlucker, die auf ihr Geld warteten, den Hörer ab. Aber gleich zwei verschiedene Stimmen?

Er trat in ein anderes Lokal ein, in eine neue Kabine, wählte erneut. Es dauerte eine Weile, bis sich das Klikken einstellte. Dann klingelte es. Jemand hob ab. Er wartete, hielt den Atem an. Schließlich ließ sich die zweite Stimme von vorhin vernehmen:

»Hallo!«

Dann, merklich unbeholfen:

»Hier *La Cravache*.«

Es war besser zu gehen. Er war nicht sicher, ob es wirklich unmöglich war, den Standort eines Anrufers zu ermitteln. Er ging mit schnellen Schritten über die Bürgersteige, achtete darauf, niemanden anzustoßen.

Sie erwarteten ihn in seinem Büro. Wenn Raoul noch bei ihnen war, hatten sie ihn wohl kaum verhaftet, denn Angestellte verhaftet man nicht, und sein Bruder war nur ein Angestellter. Hatten sie Mademoiselle Berthe womöglich nach Hause geschickt? Leider gab es in dem Kräuterladen kein Telefon.

Chartier hatte, wie erwartet, geplaudert. Er hatte keine Veranlassung zu schweigen. Noch nie waren ihm die Häuserfronten so steil vorgekommen, und er zitterte, als er einen Bogen um die Laterne einer Polizeiwache machte, vor der die Fahrräder der Gendarmen abgestellt waren.

Blieb noch Zeit, sich freiwillig in der Rue des Saussaies zu melden? Würde man ihn nicht auslachen und einfach festnehmen?

Im Grunde war er immer naiv gewesen. Vielleicht war das die wahre Erklärung für die Blicke, die ihn so sehr geärgert hatten: Man nahm ihn nicht ernst.

Nach all dem Geld, das er seit dem Vormittag verteilt hatte, blieben ihm gerade noch dreitausendfünfhundert Francs, und sein Wagen stand immer noch vor dem ›Fouquet's‹. Hatten sie ihn entdeckt? War es nicht gefährlich, ihn abzuholen? Er hatte keine Lust dazu. Das Viertel um die Champs-Élysées flößte ihm mit einemmal Abscheu und Schrecken ein.

Die zahlreichen Leute, die ihn im Vorbeigehen streiften, hatten ebenfalls ihre Probleme. Aber gab es einen unter ihnen, dessen Probleme ebenso schwerwiegend, ebenso dringlich waren wie seine?

Trotz allem dachte er nicht wirklich nach, er sprang jäh und überreizt von einem Thema zum andern. Vor allem mußte er in der Rue Delambre anrufen. Zum Glück gab es genügend Bistros auf dem Weg. Diesmal stand eine Frau in der Kabine, sie lächelte dümmlich in den Apparat. Erneut hätte er fast etwas getrunken, während er wartete, aber er hielt sich zurück.

»Hallo? Sind Sie's, Madame Gaudichon? Hier spricht Monsieur François.«

»Das höre ich.«

»Wie sieht es aus bei Ihnen?«

»Gut. Warum?«

»Und Bob?«

»Er ist aus der Schule zurück. Vor einer Weile hat er sich in sein Zimmer eingeschlossen, und ich höre ihn nicht mehr. Ich nehme an, er schläft. Soll ich ihn rufen?«

»Nein.«

Sie sprach leise, um den Jungen nicht zu wecken.

»Überdies, vorhin sind zwei Herren vorbeigekommen, die Sie sprechen wollten.«

»Was haben Sie gesagt?«

»Nichts. Ich weiß überhaupt nichts. Bob hat ihnen aufgemacht. Ich war in der Küche.«

»Sind sie wieder gegangen?«

»Natürlich. Meinen Sie, die würden den Nachmittag hier verbringen?«

»Bob hat Ihnen nicht gesagt, was sie wollten?«

»Nein. Er wird es Ihnen nachher erzählen.«

»Wie geht es ihm?«

»Er war ein wenig müde. Heute war Zeugnisverleihung, und das ermüdet die Kinder immer. Kommen Sie zum Abendessen nach Hause?«

»Wahrscheinlich. Ich bin noch nicht sicher.«

»Das ist praktisch für mich!«

Waren das dieselben gewesen wie in seinem Büro? Waren sie erst in die Rue Delambre und von dort zu den Champs-Élysées gefahren? Was hatten sie Bob gesagt? Hatten diese Leute soviel Anstand, daß sie wenigstens die Kinder schonten?

Er ging weiter. Er wollte nicht an einem Ort bleiben, wo er telefoniert hatte. Er ging mit schnellen, mitunter hüpfenden Schritten, wandte sich immer häufiger um. Ihm war ein wenig, als hätte man erneut eine Mauer auf seinem Weg errichtet. Erst hatte man ihm die Champs-Élysées versperrt, jetzt die Rue Delambre.

Er mußte eine Lösung finden, und er würde sie finden, aber dazu mußte er Bescheid wissen.

Ein anderes Lokal, eine andere Kabine. Ein Jeton, dann eine Nummer, die der Rue de Presbourg. Ob wieder ein Mann den Hörer abhob?

Es war Viviane, aber er hörte an ihrer Stimme, daß auch bei ihr etwas vorgefallen war.

»Wo bist du, François? Oder sag es mir lieber nicht. Achte auf deine Worte. Sag mir nur, ob du in der Stadt bist.«

»Ja.«

»Sie sind vor einer Stunde gekommen.«

»Zu zweit?«

»Ja, zu zweit. Ich kenne sie nicht. Sie haben mir zu entlocken versucht, wo du bist, wann und wo ich dich treffe. Hörst du zu?«

»Ja.«

»Du bist allein, nicht wahr?«

»Ja, ich bin allein.«

Noch nie in seinem Leben war er so allein gewesen!

»Haben sie die Wohnung durchsucht?«

»Ein wenig. Sie haben nichts durcheinandergebracht.«

»Haben sie sich dir gegenüber anständig verhalten?«

»Im großen und ganzen. Was soll's. Geh bloß nicht ins Büro. Ich habe versucht, dich anzurufen, um dich zu warnen. Ein Mann ist an den Apparat gegangen.«

»Ich weiß.«

»Ah! Gut. Mir war, als hätte ich die Stimme von einem der beiden erkannt, die hier waren. Was hast du vor? Ich bin dumm. Sag nichts. Du wirst stets eine

Möglichkeit finden, mich wissen zu lassen, wo du bist, aber erst, wenn du in Sicherheit bist. Ich möchte dir helfen, François.«

»Danke.«

»Ich habe durchs Fenster geschaut, ob sie jemanden auf der Straße postiert haben. Leider kann ich nur einen Teil des Bürgersteigs überblicken. Ich habe mich nicht getraut, vor die Tür zu gehen, weil ich auf deinen Anruf gewartet habe. Wenn du ein bißchen später noch einmal anrufst, kann ich dir Bescheid sagen.«

Sie verstummten beide. Bestimmt lächelte sie bitter, als sie nach einer Weile hervorstieß:

»Erinnerst du dich noch an unser Essen, mein armer François?«

»Ja.«

»Glaubst du, du kommst zurecht?«

»Ich muß doch wohl, nicht wahr?«

Hörte er ihre Stimme zum letztenmal? Er zögerte, die Verbindung abbrechen zu lassen, die noch zwischen ihnen war, zwischen ihm und einem menschlichen Wesen.

»Auf Wiedersehen.«

»Auf Wiedersehen.«

Er konnte sie nicht mitnehmen. Er hatte sich nämlich plötzlich entschlossen, abzureisen. Sich mit den Männern der Sûreté Nationale zu verständigen war unmöglich. Es war zu spät. Man würde ihn auslachen. Man würde sich einen Spaß daraus machen, auf ihn einzudreschen. Piedbœuf hatte recht gehabt, und er ärgerte sich schwarz, daß er zu dieser Einsicht kommen mußte, vor allem, wo ihm der Exinspektor zynisch einen großen Teil des Geldes abgenommen hatte, das ihm noch geblieben war.

Er würde Viviane nicht mitnehmen. Nur Bob. Deshalb brauchte er sofort Geld, viel Geld, denn auch Bob hatte auf die Frage von vorhin mit »*Nein!*« geantwortet und würde es wieder tun.

Sie würden beide nach Brüssel fahren, und zwar mit Geld in der Tasche, genug Geld, um nie wieder arm zu sein, um sich nie wieder erniedrigen, nie wieder schämen zu müssen. Bob durfte auf keinen Fall den Eindruck bekommen, mit seinem Vater gehe es wieder bergab.

Das würde nach einem vergnüglichen Ausflug aussehen, wie damals, als sie nach Deauville gefahren waren.

Wer weiß? Vielleicht war das endlich eine Chance, die ihm das Schicksal gewährte... Sie würden zusammen in einem anderen Land leben, in einer neuen Umgebung, zwischen neuen Möbeln, unter anderen Leuten. François würde von vorn beginnen, ganz von vorn.

Ein würdiges Leben. Er sehnte sich weniger nach Reichtum oder Luxus als nach einer Art Würde, und dieses Wort hatte für ihn einen ganz bestimmten Sinn, den er nicht hätte erklären können. Vor niemandem zittern, vor keinem Menschen! Auch nicht vor dem Leben! Sich nie wieder wie ein minderwertiger Mensch fühlen, mit dem andere Menschen, ganz wie es ihnen beliebte und wie es ihnen gerade in den Kram paßte, ihr gewissenloses Spiel trieben, um ihn in seine Schranken zu verweisen!

Nie wieder betrügen, niemanden mehr belügen müssen, nicht einmal mehr sich selbst! Er hatte Tränen in den Augen, als er durch die Straßen ging, wo einige dicke Regentropfen gefallen waren, während er telefonierte.

Es wäre wunderbar, wenn Renée wie drei Jahre zuvor allein am Quai Malaquais wäre und der Rest der Familie in Deauville. Warum sollte es das Schicksal nicht satt haben, immer nur gegen ihn zu sein, und ihm diese Gunst erweisen?

Mehr verlangte er nicht. Er würde mit ihr reden. Er würde in einem Ton mit ihr reden, den er noch nie angeschlagen hatte. Es ging tatsächlich, im wahrsten Sinne des Wortes, auf Leben und Tod. Sie oder er. Und wenn sie ihn nicht verstehen würde, dann müßte sie daran glauben, nicht er. Drei Jahre zuvor hatte er ebenfalls einen Moment lang erwogen, sie zu töten, und das war kein Gedankenspiel gewesen.

Heute würde er keinen Augenblick zögern, wenn sie ihm nicht gab, was er von ihr forderte. Würde sie nicht dasselbe für ihre Tochter tun?

Am schwierigsten würde es sein, Bob zum Bahnhof zu bringen. Er sträubte sich, zur Rue Delambre zu gehen. Mittlerweile hatte er das Viertel um die Hallen erreicht. Bis zum Quai Malaquais war es nicht mehr weit. Es war besser, wenn er erst anrief. Als er bei einem Weinhändler eintrat, las er auf einem blauen Emailschild die Worte »Rue Coquillière«.

Er holte sein Notizbuch hervor. Es war Mademoiselle Berthes Aufgabe, die Adressen auf dem neuesten Stand zu halten, und es kam ihm merkwürdig vor, als er ihre ausgeglichene und leserliche Schrift sah. Das

Rufzeichen ertönte. Für seinen Geschmack ertönte es viel zu oft. Auch gut, wenn Marcel in Paris war. Dann würde er mit Marcel sprechen.

Warum hatte er dem Ton nach, den er am anderen Ende der Leitung vernahm, den Eindruck, die Wohnung sei leer? Endlich eine Stimme, eine Frauenstimme. Es war nicht Renée, auch kein Dienstmädchen. Es war eine Schallplatte, die dort ablief.

»Auftragsdienst für abwesende Teilnehmer.

Monsieur und Madame Lecoin sind bis zum 15. September nicht in Paris erreichbar.«

Da er vergaß aufzulegen, drehte die Platte weiter, wiederholte den gleichen Text. Und diese Platte klang um so höhnischer, als er sich erinnern konnte, Renées Wagen noch vor wenigen Stunden auf den Champs-Élysées gesehen zu haben.

Seine Stirn, sein Rücken waren feucht.

Man hörte nicht auf, ihn zu verfolgen, neue Mauern vor ihm zu errichten. Vielleicht war es ein Fehler, den Nachtzug abzuwarten, sich um Bob Gedanken zu machen, der nachkommen konnte, denn die Polizei verhaftet keine Kinder. Es war leicht, ein Taxi zur Gare du Nord zu nehmen und in den erstbesten Zug zu springen, bevor seine Beschreibung an sämtliche Bahnhöfe und Flugplätze durchgegeben wurde. Gab es nicht stündlich einen Flug nach Belgien? Er hatte genug Geld in der Tasche, um die Reise und seine unmittelbaren Bedürfnisse zu bezahlen, von der goldenen Uhr ganz zu schweigen, die er sich gekauft hatte, sowie er sich reich gefühlt hatte.

Statt davonzueilen, irrte er durch das Hallenviertel,

dann um das Rathaus herum und näherte sich so, ohne sich dessen bewußt zu sein, dem linken Seineufer, wo er geboren war und stets gelebt hatte.

»Hallo! Viviane?«

»Ja. Ich war unten. Ich habe mir die Umgebung angesehen. Mir ist nichts Verdächtiges aufgefallen. An deiner Stelle würde ich mich aber nicht darauf verlassen.«

Nach einer Pause:

»Hast du Geld?«

»Brauchst du welches?« fragte er kalt.

»Aber nein. Für dich, meine ich. Ich mache mir Sorgen, ob du genug Geld hast, um ...«

Sie hielt rechtzeitig inne. Sie mußte ebenfalls an Brüssel gedacht haben, und es war wahrscheinlich, daß ihr Gespräch abgehört wurde.

»Hast du von Bob gehört?«

»Anscheinend schläft er.«

»Der arme Junge!«

Er legte auf, ohne noch etwas zu sagen. Er hatte ihr nichts mehr zu sagen. In dieser Hinsicht war die Leitung unterbrochen. Das war wie eine weitere Mauer ...

War es Aberglaube, daß er es nicht wagte, am Justizpalast und am Quai des Orfèvres vorbeizugehen? Er machte einen Umweg über die Ile Saint-Louis, überquerte den Pont de la Tournelle.

Einen ganzen Abschnitt seines Lebens hindurch war er so gegangen, tagelang, aber jetzt war ihm das lange nicht mehr passiert. Er trank immer noch nicht, und innerlich war das eine Art Geschenk, das er seinem Sohn machte.

Er würde Bob abholen. Ganz gleich, wie gefährlich es war. Sie würden zu zweit fortgehen, und es ging nicht an, daß der Junge an seinem Atem riechen konnte, daß er getrunken hatte.

Es war seltsam, daß Bob auf Raouls Trunksucht ohne jede Schärfe reagierte, wo er doch schon die Brauen runzelte, wenn sein Vater nur ein Bier trank! Er hegte für seinen Onkel eine ganz besondere Zuneigung, eine Freundschaft wie für jemanden seinesgleichen, für jemanden seines Alters, und er redete anders mit ihm als mit seinem Vater.

Jedenfalls kam es für François nicht in Frage, sich verhaften zu lassen. Er hatte daran gedacht. Er dachte an alles, plötzlich, impulsiv, und jedesmal glaubte er für einen Augenblick, die richtige, die einzige Lösung gefunden zu haben.

Die heiße Menge brandete weiter an ihn heran.

Wenn François ins Gefängnis kam, würde dann nicht Raoul die Aufsicht über den Jungen zugesprochen? Wäre Bob unglücklich darüber? War er unglücklich gewesen, als sie arm waren? Hatte er ihn nicht an manchen Tagen vorwurfsvoll, enttäuscht angeschaut, als fragte er sich, warum sein Vater anders war als andere? Was hatte er an dem Abend von Raouls Ankunft gedacht, als er seinen Vater in dem kleinen zweifelhaften Lokal an der Rue de la Gaîté abgeholt hatte?

Er wollte nicht, daß Bob mit Raoul zusammenlebte. Er durfte nicht im Gefängnis landen.

Er wußte nur zu gut, was manche Leute, ein Marcel zum Beispiel, von ihm erwarteten. Die Idee dazu war ihm gekommen, als er die Seine überquert hatte.

Das war das Einfachste. Vielleicht hatte er sich im Grunde deshalb nichts zu trinken bestellt und würde es auch nicht tun. Wenn er nur ein einziges Glas Alkohol tränke, würde sich der Mechanismus auslösen, und er würde unwiderstehlich bis zum bitteren Ende gehen.

Warum nicht? Dann konnte er endlich lachen, richtig lachen, ein endloses, schallendes Lachen mitten in der Nacht, samt und sonders würde er ihnen ins Gesicht lachen, seiner Mutter, all diesen verfluchten Nailles und Lecoins, Boussous, Marcel, dieser scheinheiligen Mademoiselle Berthe und diesem schändlichen Verräter von Piedbœuf, ein lautes, herzhaftes Lachen, das einem die Eingeweide zerriß, und dann könnte er losspringen.

Man hatte ihn bestohlen. Man hatte ihn auf der ganzen Linie betrogen. Man hatte einen jämmerlichen, gepeinigten Wicht aus ihm gemacht, einen Halbgegorenen. Das war ein Ausdruck von Chartier, und allmählich ging ihm auf, was das hieß: halb Ehrenmann – halb Schuft; halb-halb, wie in einem Cocktail oder bei einem Trick.

Ein Niemand hieß das, nichts anderes! Und dieser Herr Niemand irrte durch die Straßen wie eine dicke Fliege in einem geschlossenen Raum, unter einer sengenden Sommersonne, unter schweren grauen Wolken, die sich langsam über der Stadt zusammenschoben, während man alles tat, um ihm die letzten Ausgänge zu verstopfen.

Nichtsdestoweniger erreichte er sein Viertel. Sie würden ihn nicht fassen. Er würde aufs Ganze gehen. Schon überquerte er den Boulevard Montparnasse. Wenn man ihn nur in die Rue Delambre gelangen ließ, wenn man ihm seinen Sohn gab, um den Rest würde er sich kümmern, er würde zusehen, daß sie auf einen Zug oder in ein Flugzeug kamen.

»*Nein!*« hatte Viviane auf der Terrasse des ›Fouquet's‹ gesagt. Auch er hatte »*Nein!*« gesagt.

Aber das war lang her. Außerdem würde er nicht mehr arm sein. Er würde kein halbes Irgendwas sein. Man hatte dafür gesorgt, daß ihm Renée entging, die sonst vielleicht bereits tot in ihrer Wohnung am Quai Malaquais gelegen hätte.

Er würde andere finden!

Das stimmte nicht! Er log. Inzwischen sagte er, wenn auch zaghaft, in seinem Innersten:

»*Ja...!*«

Vorhin, da hätte er es gekonnt. Er war davon überzeugt. Jetzt war es vorbei. Er bog in seine Straße ein. Er nahm es hin, arm zu sein, doch, doch, und er schrie es schnell zum Himmel, damit man keinen Fehler auf seine Kosten beging.

Er würde arm sein, in Brüssel, irgendwo. Er würde auf der Straße Zeitungen verkaufen, wenn man es von ihm verlangte. Er würde Schuhe putzen.

Hatte er genügend Zugeständnisse gemacht? Würde man ihn in Frieden lassen und ihm jetzt, wo er so wenig verlangte, endlich eine Chance geben?

Warum hielt er nicht sogleich ein Taxi an, um Zeit zu sparen? Er tat es nicht. Er sagte sich, daß das Taxi wahrscheinlich unten warten müßte. Es war schon komisch, die Denkart eines Armen wieder anzunehmen, wo er doch noch ein fast neues Coupé vor der Terrasse des ›Fouquet's‹ stehen hatte.

Es reichte, wenn er Bob rief, selbst von der Straße

aus. Die Fenster waren bestimmt offen, und er würde ihn hören. Oder Madame Gaudichon würde ihn hören und den Jungen rufen. Er brauchte keine Koffer zu packen. Es wäre unsinnig, noch mehr Zeit zu verlieren.

»Wir fahren in Ferien, mein Junge!«

»Aber...«

»Mach dir keine Sorgen. Wir fahren in Ferien, für immer. Hörst du, Bob? Für immer! Taxi, zur Gare du Nord!«

Oder nach Orly oder Bourget, er wußte es nicht, es war unwichtig. Das Taxi konnte sie sogar zur Grenze bringen.

Er ging weiter, von Schwindel, von körperlicher Angst ergriffen, wie damals, als er mit seinem neuen Anzug nach Hause gekommen war und vier Hummerkrabben und einen Blätterteigkuchen gekauft hatte.

An jenem Abend hatte ihn Raoul bestohlen, Raoul mit seinem Sahnekuchen und seiner automatischen Pistole.

Immer hatte man ihn bestohlen.

Was würde man ihm heute abend antun?

Er hob die Hand wie in der Schule, öffnete den Mund. Man hatte nicht das Recht...

Er kam zu spät. Die Nachbarn hatten ihm lange den Blick auf den Krankenwagen vor seinem Haus sowie die Uniform eines Polizisten versperrt.

Er war losgerannt. Als er das Schlagen einer Wagentür gehört hatte, die jemand zudrückte, hatte er gerufen:

»Halt...! Halt...!«

Die Schaulustigen hatten sich umgedreht, doch der Krankenwagen war losgefahren und bog bereits in die Rue de la Gaîté ein.

Alle starrten ihn an. Er starrte zurück, fragte:

»Wer war das?«

Und plötzlich war ganz nah, zu nah vor ihm ein bleiches und schreckliches Gesicht.

Es war Madame Gaudichon, die ihm böse zurief:

»Wissen Sie es nicht?«

Doch. Er wußte es. Er begriff alles. Er schaute die Menge immer noch an, und man wich vor ihm zurück, so beeindruckend war er. Er rührte sich nicht, weinte nicht. Sein Gesicht und sein Körper waren urplötzlich aus einem anderen Stoff.

»Ist er... Ist er...?«

Er schluckte seinen Speichel, schaffte es endlich, mit noch nie gehörter Stimme hervorzustoßen:

»Ist er tot?«

Man antwortete ihm nicht sofort, erst nach einer langen Pause schrie Madame Gaudichon mit zum Himmel verdrehten Augen:

»Er hat sich in seinem Zimmer erhängt! Deshalb war er so ruhig!«

Die Nachbarn zerrten die Frau fort, sie wehrte sich und wandte sich um, um ihm mit der Faust zu drohen. Man ließ ihn allein. Madame Boussac zog die Vorhänge ihrer Loge dicht zu, als wollte sie ihn nicht sehen, und als er nach oben ging, erzitterten auf sämtlichen Stockwerken die Türen.

Seine stand weit auf, und ein leichter Luftzug bewegte die Vorhänge. Der Eßtisch stand quer. Man mußte ihn zur Seite geschoben haben, um die Trage vorbeizulassen.

Von dem polierten Nußbaumholz hob sich scharf der weiße Fleck eines Briefes mit dem Kopf des Gymnasiums Stanislas ab. Er war an ihn adressiert. Er war ungeöffnet. Wahrscheinlich war er mit der Abendpost gekommen, kurz nach seinem Anruf.

Er las ihn stehend im Halbdunkel, ohne auf den Gedanken zu kommen, den Lichtschalter zu drehen.

»Sehr geehrter Herr Lecoin,

zu meinem Bedauern muß ich Ihnen mitteilen, daß die Direktion des Gymnasiums aus Gründen, die ich Ihnen, wenn Sie es wünschen, lieber mündlich angebe, nicht die Absicht hat, Ihren Sohn Jules Lecoin erneut als Schüler für das kommende Schuljahr einzuschreiben.

Hochachtungsvoll...«

Das Telefon klingelte auf der Truhe. Er ließ es lange klingeln, während er den Brief in kleine Fetzen zerriß und durch das Fenster auf Pachons große Uhr starrte.

Diesmal hatte sich die Uhr, anders als bei Germaine, nicht einmal die Mühe gemacht, stehenzubleiben.

Schließlich hob er ab und sagte hallo, und seine Stimme mußte so verändert klingen, daß Raoul am anderen Ende fragte:

»Bist du's, Bob?«

François legte auf.

Die Zimmertüren standen offen, die Fenster auch, und der Wind strich hindurch wie auf einem Bahnsteig.

Gleich würde Piedbœuf an der Gare du Nord sein und sich Sorgen machen, zu Unrecht Sorgen machen.

Alle würden sich zu Unrecht Sorgen machen.

Langsam stieg er die Treppe hinunter und ging an der Wohnung mit den zugezogenen Vorhängen und an den noch auf den Türschwellen versammelten, plötzlich verstummenden Nachbarn vorbei.

Er war ruhig. Er hatte nie gedacht, daß es eine solche Ruhe gab. Er kehrte dem Krankenhaus, in das man seinen Sohn routinemäßig wohl gefahren hatte, den Rücken zu.

Jetzt war er es, er, François, der, als er den Boulevard Montparnasse erreichte, ganz leise und mit einem Blick auf das letzte Stück Himmel zwischen den Dächern sprach:

»Papa!«

Früher hatte er mitunter geglaubt, er sei ganz unten angelangt, er sei der letzte aller Menschen.

Fast war ihm danach zumute, diesen François nachsichtig zu belächeln, der nichts verstanden hatte und der in weiter Ferne ganz schlichte Wahrheiten gesucht hatte, ohne sie zu finden.

Was hatte er sich sein ganzes Leben lang geschunden! Er war sinnlos herumgeirrt, wie er es nach seinem Treffen mit Piedbœuf im Zoo von Vincennes getan hatte, als er halsstarrig auf der Suche nach einem Ausgang, den es nicht gab, von einer Mauer gegen die andere gelaufen war.

Jetzt ging er langsam. Er bog in den Boulevard Raspail ein und ließ alles hinter sich, ohne sich umzudrehen. Er wandte sich nicht einmal um, als er schnelle Schritte hörte, ein Keuchen und eine Stimme, die seinen Namen rief.

»François!«

Es war Raoul. Vermutlich hatte er vorhin aus einem Bistro im Viertel angerufen, um dann besorgt zur Rue Delambre zu eilen. Hatte man ihm mitgeteilt, François sei wortlos, wie einer, der den Verstand verloren hat, über den Bürgersteig davongegangen?

»Wohin gehst du?« fragte er und schaute ihn beunruhigt an.

»Ich habe eben die Nachricht erfahren.«

Er wischte sich über das Gesicht, und man sah, wie sein dicker Körper zitterte.

»Hör zu, François. Wir müssen miteinander reden.«

»Nein.«

»Dich trifft keine Schuld. Du darfst nicht...«

Raoul wußte nicht, daß die Lösung mit der Seine schon lange nicht mehr galt.

»Sag mir wenigstens, wohin du gehst.«

»Zum Quai des Orfèvres. Sie warten auf mich.«

»Ich weiß. Aber...«

Und plötzlich schien Raoul, der einen Augenblick zuvor noch so irritiert, so ängstlich gewirkt hatte, in den Augen seines Bruders die Wahrheit zu lesen. War es möglich, daß er verstand? War das nur ein letzter Trugschluß?

Raoul senkte den Kopf und sagte:

»Ah!«

Dann zaghaft:

»Soll ich dich fahren?«

»Ich gehe lieber allein hin. Geh ins Krankenhaus. Ich werde sie bitten, mich nachher dorthin zu fahren.«

War er fähig, auch das zu verstehen? War jemand auf der Erde imstande, seine Gedanken zu ergründen?

»Mir ist lieber, er sieht mich mit ihnen, damit er weiß, daß es vorüber ist.«

Eine dicke, schwitzige und ungeschickte Hand suchte nach seiner, drückte sie sehr fest, löste sich endlich.

»Ja.«

Raoul schaute sich um. Wagen fuhren vorbei.

»Nimmst du kein Taxi?«

François schüttelte den Kopf, und sein Bruder sah nur mehr seinen Rücken, der sich in Richtung Quai des Orfèvres entfernte.

Georges Simenon
im Diogenes Verlag

● Romane

Drei große Romane
Der Mörder / Der große Bob / Drei Zimmer in Manhattan. Deutsch von Linde Birk und Lothar Baier. detebe 21596

Brief an meinen Richter
Roman. Deutsch von Hansjürgen Wille und Barbara Klau. detebe 20371

Der Schnee war schmutzig
Roman. Deutsch von Willi A. Koch detebe 20372

Die grünen Fensterläden
Roman. Deutsch von Alfred Günther detebe 20373

Im Falle eines Unfalls
Roman. Deutsch von Hansjürgen Wille und Barbara Klau. detebe 20374

Sonntag
Roman. Deutsch von Hansjürgen Wille und Barbara Klau. detebe 20375

Bellas Tod
Roman. Deutsch von Elisabeth Serelmann-Küchler. detebe 20376

Der Mann mit dem kleinen Hund
Roman. Deutsch von Stefanie Weiss detebe 20377

Drei Zimmer in Manhattan
Roman. Deutsch von Linde Birk detebe 20378

Die Großmutter
Roman. Deutsch von Linde Birk detebe 20379

Der kleine Mann von Archangelsk
Roman. Deutsch von Alfred Kuoni detebe 20584

Der große Bob
Roman. Deutsch von Linde Birk detebe 20585

Die Wahrheit über Bébé Donge
Roman. Deutsch von Renate Nickel detebe 20586

Tropenkoller
Roman. Deutsch von Annerose Melter detebe 20673

Ankunft Allerheiligen
Roman. Deutsch von Eugen Helmlé detebe 20674

Der Präsident
Roman. Deutsch von Renate Nickel detebe 20675

Der kleine Heilige
Roman. Deutsch von Trude Fein detebe 20676

Der Outlaw
Roman. Deutsch von Liselotte Julius detebe 20677

Die Glocken von Bicêtre
Roman. Neu übersetzt von Angela von Hagen. detebe 20678

Der Verdächtige
Roman. Deutsch von Eugen Helmlé detebe 20679

Die Verlobung des Monsieur Hire
Roman. Deutsch von Linde Birk detebe 20681

Der Mörder
Roman. Deutsch von Lothar Baier detebe 20682

Die Zeugen
Roman. Deutsch von Anneliese Botond detebe 20683

Die Komplizen
Roman. Deutsch von Stefanie Weiss detebe 20684

Die Unbekannten im eigenen Haus
Roman. Deutsch von Gerda Scheffel detebe 20685

Der Ausbrecher
Roman. Deutsch von Erika Tophoven-Schöningh. detebe 20686

● Maigret-Romane und -Erzählungen